The Color of Silence By Liane Shaw
Published by Second Story Press

Copyright ⓒ 2013 by Liane Shaw
Published by permission of Second Story Press, Toronto, Ontario, Canada through Yu Ri Jang
Literary Agency, Seoul.

Korean translation ⓒ 2016 Danielstone Publishing

우리들의 다정한 침묵

초판 1쇄 발행 2016년 12월 22일
    3쇄 발행 2019년 7월 20일

지은이 리안 쇼
옮긴이 최설희
펴낸이 고영은 박미숙

펴낸곳 뜨인돌출판(주) ㅣ 출판등록 1994.10.11.(제406-251002011000185호)
주소 10881 경기도 파주시 회동길 337-9
홈페이지 www.ddstone.com ㅣ 블로그 blog.naver.com/ddstone1994
페이스북 www.facebook.com/ddstone1994
대표전화 02-337-5252 ㅣ 팩스 031-947-5868

ISBN 978-89-5807-624-7 03840

이 도서의 국립중앙도서관 출판예정도서목록(CIP)은 서지정보유통지원시스템 홈페이지
(http://seoji.nl.go.kr)와 국가자료종합목록시스템(http://www.nl.go.kr/kolisnet)에서
이용하실 수 있습니다. (CIP제어번호 : CIP2016030264)

우리들의 다정한 침묵

리안 쇼 지음 | 최설희 옮김

뜨인돌

소란스럽고 바쁜 일상 속에서도

침묵 안에 평화가 있음을 기억하라

가능한 한 모든 이들과 어울리는 일을 포기하지 말라

너의 진실을 조용히, 그러나 명확하게 말하라

그리고 그들 말에 귀 기울여라… 그들에게도 저마다의 이야기가 있으니

— 맥스 어만 「간절히 바라는 것들」(1927)에서

"어떻게 해! 차가 말을 안 들어! 나 어떡해야 돼, 말 좀 해 봐!"

말들이 머리를 뒤흔든다. 뭐라도 해야 한다.

무슨 말이든 해야 한다.

입을 열어 우리를 구해 낼 방법을 그녀에게 말해 줘야 한다. 그러나 입에서는 비명 소리 말고는 어떤 말도 나오지 않는다. 귀에 들리는 거라곤 그 애와 나의 비명 소리뿐.

비명의 소용돌이가 세상을 삼키고 우리 둘만 남겨 놓았다.

몸을 일으켜 앉았다. 온몸이 흠뻑 젖고 부르르 떨렸다. 아직 떨리는 손으로 두 눈을 비비며 머리를 흔들었다. 아직 비명 소리가 머리에 울리고 있다.

그냥 꿈일 뿐이다.

나는 잠이 완전히 깨지는 않았지만 꿈이 끝난 것에 안도했다. 잠시.

하지만 곧 잠이 완전히 달아나고 기억이 돌아왔다.

이 꿈은, 진짜다.

끝난 건 꿈이 아니라 바로 나다.

이제는 그 비명 소리조차 더 이상 들을 수 없다.

거기엔 침묵뿐.

암흑,

공허함,

끝이 없는

침묵뿐.

1

Alexandra

"좀 잘해 봐. 더 크게 부를 수 있잖아. 그런 구슬픈 목소리로 노래했다 간 브로드웨이에 절대 데뷔 못 한다니까."

"내 목소리는 구슬프지 않아. 계속 아파서 목이 좀 가라앉은 거야."

"됐네. 너 지금 발표회 때 마지막 순서 받으려고 연기하는 거잖아. 그 럼 다른 애들보다 연습할 시간이 많을 테니까."

칼리는 베개를 내 머리에 던졌다. 그 바람에 나는 마이크를 떨어뜨렸 다. 그러자 칼리가 그걸 얼른 주워 들고 내 침대 위로 뛰어올랐다.

"앗싸! 네 순서 뺏겼어. 이제부터 진짜 노래를 들려주지. 다른 노래 좀 들어 봐. 여기가 노래 부르기 딱 좋은데."

칼리는 침대 위에서 방방 뛰면서 생전 본 적 없는 동작의 칼리표 발레 를 선보였다. 나는 아빠가 방에 들어오지 않기만을 바랐다. 아빠는 침대 에서 뛰는 사람은 남은 인생을 휠체어에서 보내려고 작정한 거라고 생각한다.

뭐, 칼리는 우리 아빠가 어떻게 생각하는지 신경조차 쓰지 않지만. 아니, 칼리가 신경 쓰는 사람이 있기나 할까!

"나 기다리고 있잖아. 내 실력을 제대로 보여 줄 수 있는 노래로 골라 봐. 브로드웨이 뮤지컬 음악 빼고. 그건 싫어. 옛날 노래는 더 싫어. 팝송, 락, 재즈가 좋아. 사람들이 진짜 부를 수 있는 노래 말이야."

그녀는 점프를 하면서 동시에 빙글빙글 돌았다. 그러다 침대 끝에서 바닥으로 곤두박질치고 말았다. 바닥에 떨어진 칼리는 아무 소리도 내지 않고 꼼짝 하지 않은 채 누워 있었다.

칼리 입에서 아무 소리도 안 난 적은 없었다.

"괜찮아?"

너무 놀라 나도 모르게 큰 소리가 튀어나왔다. 그러자 칼리는 눈을 뜨고 웃음을 터뜨렸다.

"내가 이럴 줄 알았어. 너 목소리 멀쩡하잖아!"

"칼리, 너 진짜!"

"걱정 마. 비밀은 지켜 줄게. 친구 좋다는 게 뭐니?"

그녀는 일어나 앉아 나를 올려다보며 머리까지 흔들며 웃었다.

"아픈척 하는 거 아니라니까. 지난달에 기관지염 걸렸던 거 알잖아. 목이 아직도 이상하다고. 이러다가 6월 최종 발표회에서 솔로를 못 따낼까 봐 걱정이야."

"지금처럼 노래하면 따낼 수는 있고?"

칼리는 침대로 기어올라 다시 춤을 추기 시작했다.

"칼리, 그렇게 침대에서 뛰어 대는 거 우리 아빠가 보면 졸도하실 거야. 곧 집에 오실 거라고."

"너희 아빠 날 너무 좋아하시잖니. 절대 내 앞에서 졸도하진 않으실걸. 그리고 난 무대에 올라야 노래가 더 잘 나와. 사람들이 날 봐 주는 게 좋거든. 음악, 큐!"

칼리는 다시 빙그르르 돌았고 아슬아슬하게 떨어질 뻔했다.

"좋아. 네가 정 침대에서 떨어져 휠체어 신세를 지고 싶다면 마음대로 해. 대신 난 그 휠체어 안 밀어 줄 거다!"

"글쎄, 너도 가끔은 기분 전환으로 내 휠체어 밀고 싶을걸."

그녀는 나를 향해 활짝 웃고는 침대 머리판에 발을 딛고서 앞으로 공중제비를 휙 돌아 넘었다. 그러더니 다시 바닥에 발을 쾅쾅 굴러 댔다. 제발 아빠가 아래층에 계시지 않기만을 바랄 뿐이다!

칼리가 내 말에 고분고분해진다면 기분이 어떨까, 나는 가끔 상상한다. 하지만 이런 상상조차 쉽지 않다.

나는 칼리를 설득하는 걸 포기하고 음악을 고르기 시작했다. 완벽한 곡을 고른 나는 씩 웃었다. 바로 내가 가장 좋아하는 뮤지컬 〈위키드〉! '중력을 넘어서'의 반주가 시작되자 칼리는 얼굴을 찌푸렸다.

"좋았어, 알렉스!"

칼리는 음악 소리보다 더 큰 목소리로 외쳤다.

칼리가 똑바로 서서 눈을 감자 음악이 온 방 안을 가득 채웠다. 그녀는 마이크를 입에 대고, 큰 소리로 노래를 부르기 시작했다. 칼리는 브로드웨이 뮤지컬 음악을 싫어한다고 했지만 내가 아는 그 누구보다 잘한다. 굉장한 폐활량을 가진 것도 사실이다. 그녀는 내가 아는 한 가장 목소리가 크고 노래를 잘하는 사람이다.

"알렉스! 무슨 일이니?"

아빠가 방 안으로 들어오며 말했지만 칼리의 노랫소리에 묻혀 거의 들리지 않았다. 아빠가 바로 앞에 서서 보고 있었지만 칼리는 여전히 침대 위에서 방방 뛰며 노래를 부르고 있었다. 아빠는 약간 짜증이 난 것처럼 보였다. 칼리가 아빠의 존재를 알아채고 애교 가득한 미소를 보내기 전까지는.

"어머, 아저씨! 잘~ 지내셨어요~? 제 노래~ 어떠신가요오~?"

칼리는 멜로디에 정확히 말을 맞춰 노래처럼 불렀다.

"지금도 좋지만 바닥에 내려와서 조금 작게 부르면 어떻겠니."

아빠는 소리치는 타입이 아니다. 결국 아빠의 말을 알아들은 건 나뿐이었다. 칼리는 여전히 침대 위에서 큰 소리로 노래하고 있었다.

"고마워요! 좋으시다니 저도 기뻐요!"

칼리는 두세 바퀴 더 빙글빙글 돌았고, 노래는 후렴으로 치닫고 있었다. 아빠는 나를 보았고, 나는 아빠의 안전교육 훈계가 시작되기를 기다리고 있었다.

"칼리한테 저녁 먹고 갈 건지 물어봐라!"

아빠가 내 귀에 대고 약간 큰 목소리로 말했다. 문을 향해 걸어가던 아빠는 뒤돌아 칼리를 보았다. 그러더니 머리를 절레절레 흔들고 나서 나를 보고 미소 지었다. 우리는 둘 다 칼리를 바라보았다. 학예회 무대를 바라보는 아이의 부모처럼.

칼리에게는 이런 힘이 있다. 심지어 화가 난 순간에도 칼리를 보면 도저히 웃지 않을 수가 없다.

"알렉스, 지금 이 상황이 뭐가 그리 재미있는지 좀 알려 주겠니?"

차갑고 무미건조한 말투에 나는 따귀를 맞은 듯 퍼뜩 정신이 들었다. 음악은 사라졌다. 누군가 내게 화를 내는 소리에 깜짝 놀라 올려다보았다. 나는 양손으로 슬금슬금 입을 가리고서 아빠의 눈을 보았다. 나는 아니라는 듯 고개를 저으며 아빠를 향해 어깨를 으쓱해 보였다.

"죄송합니다."

아빠가 말했다. 아빠는 자신이 잘못한 사람인 양 나 대신 사과했다. 사과는 나를 향한 게 아니다. 아빠는 방 안의 다른 두 사람을 바라보고 있었다.

"계속 말씀하시죠."

나는 엄습해 오는 불안감을 느끼며 내 방이 아닌 이 공간을 둘러보았다. 내가 어떻게 그럴 수 있었지? 이 사람들 앞에서 어떻게 그렇게 정신을 놓을 수가 있었던 거지?

여기는 나에 대한 최종 판결이 내려지고 있는 법원이다.

11개월 16일 13시간이 지난 지금에서야 마침내 나에 대한 판결이 났다. 나는 이미 11개월 16일 13시간 전에 스스로에게 판결을 내렸는데.

"사회봉사 200시간과 보호관찰 1년을 선고합니다."

"저는 왜 이 아이가 벌을 받아야 하는지 이해를 못 하겠습니다. 고통은 지금껏 충분히 받았다고요."

아빠의 목소리는 사포로 긁어 대듯 귓속을 파고들었다. 귀가 따가웠다. 모두 입을 다물게 하고 싶었지만 그럴 수 없었다.

"테일러 씨. 알렉산드라는 차 주인의 허가 없이 차량을 이동시키는 데에 가담했습니다. 차량 절도는 형사상 범죄에 해당합니다. 따님의 행동에는 법적 책임이 따르고요."

차량 절도라고? 방금 판사가 그렇게 말한 건가?

우리가 재미로 그런 일을 했다고 생각하는 건가?

"알렉산드라. 이 용어를 이해하겠니?"

판사는 내 앞에 놓여 있는 서류를 연필로 톡톡 두드렸다.

내가 범죄자라는 증거.

나는 잠시 서류를 보았다. 흘깃 판사를 보고 나서 고개를 끄덕였다.

"기록을 해야 하니까 목소리를 크게 내서 대답해 주겠니?"

나는 입을 열었지만 아무 소리도 나오지 않았다. 숨을 깊이 들이마시려고 해 봤지만 그마저도 쉽지 않았다. 중력이 머리를 몸 쪽으로 눌러 내려 더 힘들게 하고 있었다. 목이 느껴지지 않았다. 나는 눈을 감고 집중하려고 했다. 이 방 안의 무거운 중력에 저항하려 노력했다. 나는 아빠를 위해 이걸 해내야 한다. 나는 이 사람들의 말을 들어야 하고, 그들이 원하는 말을 해야만 한다.

"알렉스!"

아빠의 목소리에 다시 번쩍 정신이 들었다. 아빠의 목소리는 더 커졌다. 나는 눈을 뜨고 아빠 얼굴에 초점을 맞추려고 했다.

"죄송합니다."

또 나 대신 아빠가 사과했다.

"딸아이가 말하는 데에 문제가 생겼습니다. 그 사고 이후에… 말하기가 고통스러워진 모양입니다. 이 점은 전에도 말씀드렸던 것 같은데요."

아빠는 변호사를 보았고, 변호사는 판사를 바라보았고, 판사는 고개를 끄덕였다.

나를 보는 사람은 아무도 없었다.

"알겠습니다. 하지만 알렉산드라는 말할 수 있는 '능력'은 있기 때문에 우리는 구두 대답이 필요합니다. 네, 아니요로 진행하겠습니다."

"알렉스?"

아빠의 목소리는 모난 데 없이 부드러웠다. 간청하는 듯한 나직한 목소리가 내 마음을 파고들었다. 그 말에 눈이 따가워지고 목 안쪽으로 뭔가 차오르는 게 느껴졌다. 숨이 막혔다. 방망이로 뇌를 두드리기라도 하는 것처럼 머리까지 쿵쿵거렸다.

눈을 감았다. 나를 쓰러뜨리겠다고 위협하는 편두통을 밀어내고 여기서 버텨야 한다. 이걸 해내야 한다. 그렇지 않으면 이미 최악인 상황을 더 나빠지게 만든다.

나는 질식하지 않기를 바라며 숨을 크게 들이마셨다.

"예."

다른 사람 같은 목소리가 내 목에서 새어 나왔다. 힘없이 낮은 목소리.

"보호관찰이라는 건 네가 정기적으로 법원의 담당자에게 너의 일거수일투족을 확인받아야 하는 걸 말한단다. 네가 명령을 잘 따르고 있다는 걸 확인시켜 주기 위해서 말이지."

"명령이라니요? 그게 무슨 뜻입니까?"

아빠는 두 손으로 얼굴을 거칠게 비벼 댔다. 궁금하다. 아빠는 오늘을 마음속에서 지워 버리고 싶을까? 아니 어쩌면 나를.

"학교 수업을 빠지지 않고 꼬박꼬박 들어야 합니다. 경찰이 출동할 만한 행동을 해서도 안 되고요. 그리고 반드시 야간 통행금지를 지켜야 합니다. 그러니까 매일 밤 10시까지 아버님의 관리 감독 하에서만 외출이 가능하다는 뜻입니다."

"혹시 어기게 되면요?"

그 말은 허공에 떠올라 엉망이 된 내 멍청한 머리를 화살표 모양으로 가리키고 있었다.

"다시 이 자리에 모여 이 과정을 반복하겠죠. 물론 그런 일은 일어나지 않겠지만. 그렇지, 알렉산드라?"

판사는 나를 보았다.

나는 두 개의 물음표가 걸려 있는 그녀의 둥근 눈썹을 보았다. 그걸 보고 있자니 원래 눈썹을 뽑고 그 자리에 새로 눈썹을 그리는 사람들이 떠올랐다. 칼리가 그러듯. 아니, 정정해야겠다. 과거형으로 써야 한다. 칼리가 그랬듯이.

나는 칼리가 너무 보고 싶어서 그 애를 생각할 때마다 현재형으로 말한다. 칼리가 현재에 있기를 바라니까.

하지만 우습게도, 그녀를 영원히 과거로 밀어 넣은 사람이 바로 나다.

아빠는 목을 가다듬었다. 그 고통스러운 소리에 나는 눈을 돌려 아빠를 보았다. 두 뺨은 아직도 빨갛다. 지금 아빠의 눈과 어울리는 색이다.

많이 피곤해 보이는 아빠.

"알렉스, 제발!"

아빠는 화난 것처럼 말하려 했지만 목소리는 금방이라도 울 것 같았다. 상황이 나쁘다. 아빠는 절대 우는 법이 없었는데.

토할 것 같은 느낌이 들었다. 나는 또 정신이 흐려질까 봐 눈썹은 보지 않으려고 애쓰면서 판사를 바라보았다.

"예."

아주 작지만 판사에게는 충분히 들릴 정도의 소리가 새어 나왔다.

"200시간의 사회봉사는 뭔가요?"

"말 그대로 사회봉사입니다. 지역사회에 기여할 수 있는 일로 200시간을 보내는 겁니다. 아이가 긍정적으로 시간을 보낼 수 있는 일을 한번 찾아보죠."

변호사가 처음으로 입을 열었다. 내 변호사. 심지어 나는 이 사람의 이름조차 기억나지 않는다.

"어디서 하게 되는 건가요?"

나는 사실 아무래도 상관없었지만 아빠에겐 굉장히 중요한 일이다. 내가 어딘가로 가서 뭔가 좋은 일을 해야 한다는 사실을 걱정하는 것 같았다.

"청소년 보호관찰관이 보직을 줄 거예요. 봉사 시간을 관리해 주고 보호관찰 기간에 감독 역할을 하게 될 분이죠."

나는 어깨를 으쓱했다. 내가 무슨 일을 해야 하며 어디로 가야 하는지는 중요하지 않다. 그냥 모든 게 다 사라져 버리면 좋겠다. 뒤돌아 저 문을 열고 나가 작년에 잃어버린 나의 길을 찾을 때까지 그저 계속 걷고 싶을 뿐이다.

"좋다, 알렉산드라. 보호관찰은 정확히 이해했지? 소리 내서 대답해 주기 바란다."

판사는 나를 내려다보고 있었다. 그녀의 눈빛은 내 시선을 잡아당겨 다시 자신을 보게 만들었다. 그 눈빛은 내가 쓰레기들과 함께 트럭에 실려 나가길 기다리고 있는 비닐봉지에 담긴 존재라고 말하고 있었다.

그게 사실이다.

"알렉산드라, 지금 당장 대답하길 바란다."

"네!"

말이 순식간에 총알처럼 튀어나가 판사의 미간 사이를 맞혔다. 아빠의 얼굴에 창피함이 떠올랐다. 아빠는 내가 사람들에게 무례하게 행동하는 걸 싫어한다. 아빠는 그런 게 평판에 흠을 내고 불행으로 되돌아온다고 믿으신다.

아빠는 늘 내게 남들에게 좋은 아빠로 보이는 게 자신에게 얼마나 중요한 일인지를 말하곤 하셨다. 엄마가 돌아가셨을 때 주위 모두가 남자 혼자서 아이를 키우는 게 힘들다고 말했고, 아빠는 그들이 틀렸다는 걸 증명해 보이고 싶어 하셨다. 그 유일한 방법은 아빠가 자신을 거울에 비춰 보았을 때 '세계 최고의 아빠'라고 스스로 인정할 수 있도록 나를 좋은 딸로 키우는 거였다.

하지만 나는 아빠를 비추던 거울을 산산조각 냈다.

2

거기 누구 있나요? 누가 내 방 안을 걸어 다니는 것 같아요. 그런데 찾을 수가 없네요.

당신을 살짝 본 것 같아요. 하얀 셔츠에 바지를 입고 내 옆을 스쳐 지나갔죠. 신발에서 아무 소리가 나지 않으니 아무것도 모르겠어요.

내게 말을 해 주세요! 목소리를 내지 않으면 나는 당신을 찾을 수가 없어요. 지금 뭘 보고 있나요? 기계를 보고 있나요? 그건 내 폐가 제 할 일을 못 할 때 삐삐, 쉭쉭 소리를 내면서 대신 숨을 쉬어 주는 기계예요. 그 기계들이 나보다 더 흥미로운 건가요? 내 소리보다 기계 소음이 듣기 더 편한가요? 내 생각들은 삐 소리도, 쉭쉭 소리도 못 내죠.

나는 기계가 아니에요. 나는 이렇게 살아 있고 저기 내 폐인 척하는 기계보다 훨씬 흥미진진하다고요.

이제 내 옆으로 와서 내 눈을 들여다봐요. 당신 머리가 내 머리랑 같이 살짝살짝 움직이죠. 마치 춤을 추는 것처럼.

뭐가 보여요? 내가 보이나요?

내가 누군지 알고 있나요?

"조니! 음식 넣을 시간이야."

간호사 캐슬린은 저만치 서서 나를 향해 미소 지으며 손에 유동식 캔을 들고 있다. 난 최대한 행복해 보이려고 노력한다.

캐슬린은 조심스럽게 내 몸을 세운다. 나를 조금 일으켜 세워 베개 위에 눕히면 내 위(胃)에 낸 구멍에 음식물 공급관을 연결할 수 있다. 캐슬린이 이런 일을 처리하는 동안 내 팔과 다리는 제멋대로 날뛴다. 나는 나의 뇌에게 말한다. 몸의 기관들은 내 통제를 따르도록 하라고. 그래야 이 일을 얼른 처리할 수 있으니까. 하지만 언제나 그렇듯 내 지시를 듣는 기관은 하나도 없다.

나는 계속 지시를 내리고, 캐슬린도 역시 애를 쓰고 있다. 마침내 모든 장치를 다 부착하자 펌프가 돌기 시작하고 물처럼 된 음식이 관을 통해 내 위로 들어가면서 쿵쿵 소리가 나기 시작한다.

"잘하네, 조니. 알아. 피곤할 거야. 그렇지? 곧 끝나."

캐슬린은 친절하지만 내 겉모습을 볼 뿐, 그보다 깊은 곳을 볼 수 있는 사람은 아니다.

그녀는 내 눈에 들어간 머리칼을 부드럽게 빼 준다. 나를 이해해 보려 노력하지만 그건 어려운 일이다. 그녀가 먹는 음식은 색이 있고 가지각색의 냄새가 난다. 그녀는 자기만의 음식을 씹고 삼킨다.

그건 어떤 느낌일까? 나는 때때로 상상해 본다. 책에서 음식을 먹는 걸 묘사해 놓은 걸 누가 읽어 준 적이 있다. 주인공들은 갓 구운 쿠키나 아주 부드러워서 입에 넣자마자 녹아 버리는 초콜릿 이야기를 한다.

입안에서 초콜릿이 녹는 느낌은 너무 좋을 것 같다!

캐슬린은 내가 피곤할 거라고 생각하지만 나는 그렇지 않다. 배가 고프지도 않다. 나는 배가 고픈 게 어떤 느낌인지 정확히 모른다. 내 생각엔 캐슬린도 잘 모르는 것 같다. 나는 그저 내 몸이 뇌의 지시를 제대로 따르길 바랄 뿐이다. 그러면 내 목소리를 찾아 위에 연결하는 공급관 따위보다 훨씬 재미있는 것들을 캐슬린과 이야기할 수 있을 텐데.

머리를 캐슬린 쪽으로 돌리려고 했지만 머리와 목이 함께 움직여 주질 않는다. 결국 왼쪽 위 천장을 바라보고 있게 되었다. 뭐, 이것도 나쁘지 않다. 저 위에는 내 작은 돌멩이 목걸이가 걸려 있으니까. 목걸이를 걸어 놓기에는 조금 이상한 장소지만. 나는 목걸이를 거는 게 금지되어 있다. 목걸이가 나를 질식시킬까 봐 염려하기 때문이다.

위험하지만 아름다운 것.

그래서 목걸이는 저 위에 걸어 두게 되었다. 나는 돌멩이를 관통해 나온 빛이 부드럽게 반짝이는 걸 볼 수 있다.

캐슬린은 내 몸이 따뜻한지 확인하기 위해 이마에 잠깐 손을 갖다 댔다. 그녀는 우리가 대화를 나누고 내가 뭔가 대단한 말을 하기라도 한 듯 고개를 끄덕였다. 그러곤 즉시 내 시야에서 사라졌다. 나는 그녀가 아직 여기에 있는지 알 수 없다. 문이 닫히는 소리가 들린 것 같은데 확신할 수 없다. 병원의 문은 여기 사람들이 신는 신발처럼 아무 소리도 내지 않는다. 쾅! 소리를 내며 닫히면 좋겠는데.

나는 목걸이를 다시 바라보았다. 눈은 내 몸에서 내가 유일하게 제어할 수 있는 곳이다. 최근에는 목걸이를 집중해서 몇 초씩 바라보면 때때로 몸의 긴장이 풀리기도 하고, 그러면 아주 짧은 시간이나마 머리가 베개 위에서 춤추지 않고 가만히 있을 수도 있다는 걸 알았다.

나는 그 순간이 조금씩 더 길어지도록 온 힘을 다해 집중한다. 그럴 때면 시간도 내 편인 양 천천히 흘러간다. 여기에 폐도 합류해 숨이 천천히 쉬어져 내가 있고 싶은 만큼 편하게 누워 있을 수 있다는 느낌이 든다. 머리는 거의 움직이지 않아서 돌멩이들을 선명하게 바라볼 수 있다. 나는 각각의 돌멩이의 색깔에 집중한다.

돌멩이들이 나에게 인사하는 그림을 상상으로 그려 본다. 내가 그 그림 안에 그려지고 그 색깔들이 나를 향해 내려오는 것처럼 느껴질 때까지. 그러다 눈꺼풀이 무거워지면 마치 블라인드가 빛을 막아 버리듯 순식간에 색깔들이 사라질 것 같은 두려움에 맞서 싸운다.

"조니, 그대로 눈 뜨고 있어. 일어나서 갈 데가 있거든."

캐슬린이 다시 방에 돌아와 속삭였을 때 나는 거의 잠들어 있었다. 힘이 들어간 두 팔이 나를 침대에서 들어 올려 화장대 의자에 앉혔을 때, 번쩍 눈이 떠졌다. 그러자 줄곧 지내왔던 그룹홈*이 생각났다. 거기에서

---

*지역 사회에 적응하기 위해 장애인들이 공동으로 생활하는 가정. 일반인들이 사는 보통 주택에서 함께 생활하며 치료도 받는다.

일하던 사람들도 나를 단장시킬 때 이런 의자를 사용했다.

나는 지금 내 옆에 있는 모든 물건을 잘 파악해 뒀다고 생각했다. 누군가 나를 옮길 때면 주변을 최대한 잘 봐 두려고 한다. 그렇게 볼 게 많은 건 아니지만 말이다. 하얀 벽, 하얀 침대 두 개(이곳엔 나 혼자뿐인데도), 침대 옆 은색 책상, 내 몸의 일부인 척하는 기계들, 누가 오면 앉을 수 있는 침대 밑의 은회색 의자 하나, 그리고 창가에서 나를 기다리고 있는 내 전용 의자.

하지만 이런 화장대 의자는 없었는데.

내가 놓친 게 또 있나?

나는 시선과 마음을 동시에 집중하면서 온 힘을 다해 정면을 똑바로 바라보았다.

아주 밝은 분홍색 벽이 있었고, 그 한가운데에는 커다랗고 눈부신 해바라기가 걸려 있었다. 생각이 풍경에 압도되어 방 안으로 샅샅이 흩어졌다.

그리고 오로지 한 가지 생각만이 떠올랐다.

나는 병원에 있는 게 아니다!

나는 다시 눈을 감고 정신을 집중해 보려 했다.

"어서 가자, 아가씨. 그렇게 피곤해하면 안 돼. 우린 할 일이 있거든. 오늘 박람회장에 갈 거야!"

건장한 팔이 나는 부드럽게 흔들었다. 나는 다시 눈을 뜨는 모험을 감행했다. 캐슬린이 아니다. 브렌다! 브렌다는 병원에서 일하지 않는데. 내가 그룹홈에서 최고로 좋아하는 직원인 바로 그 브렌다였다.

한참 동안 보지 못했는데.

왜 지금 그녀가 여기에 있지?

내가 지금 꿈을 꾸고 있나?

아니면 깨어 있으면서 동시에 꿈을 꾸는 건가?

아무렴 어때!

나는 그룹홈에 와 있고 브렌다가 옆에 있다. 그리고 우리는 박람회장에 가는 거다!

나는 브렌다가 정말 좋다. 그녀는 손이 빠르기도 하지만 일하는 내내 말을 한다. 그래서 이야기에 정신이 팔려 그녀가 나를 씻기고 그 물건을 갈아 주는 데도 알아채지 못할 때가 있을 정도다. 나는 그 물건을 원래 이름인 기저귀로 부르는 게 진짜 싫다. 그건 아기들에게나 채우는 거니까. 하지만 다른 말로 뭐라고 부르는지 모른다. 그래서 대체로 그걸 부르지 않는다.

"자, 이제 네가 옷을 입고 아침 식사를 끝내는 대로 우린 출발할 거야. 진짜 신나겠지! 동물 모양 텐트도 있나 가 보자. 우리가 볼 수 있는 마술 쇼도 있을 거야. 말을 타는 체험도 있을 텐데…. 글쎄, 그건 네가 해 볼 수 있을지 잘 모르겠다. 아무튼 그것 말고도 할 게 정말 많아. 맞다, 거기 호수도 하나 있어. 날씨가 적당히 따뜻하면 가 볼 수 있을 거야. 아, 난 박람회가 정말 좋더라!"

나는 내가 박람회를 사랑하게 될 거라고 확신했다. 한 번도 가 본 적은 없지만 말만 들어도 진짜 신날 것 같았다. 심지어 '박람회(Fair)'라는 말조차 재미있다. 나는 여러 가지 뜻을 가진 단어들이 좋다. 박람회(Fair)라는 단어는 때때로 날씨가 화창한 걸 말하기도 하고 또 다른 때에는 모든 사람이 똑같은 대접을 받는 걸 의미한다. 그리고 어떤 때에는 말타기와 마술쇼를 뜻하기도 한다. 그리고 오늘은 이 세 가지 모두를 의미한다!

또 거기에는 호수가 있을 거라고 했다. 한 번도 호수에 가 보지 못했지만 나는 물에 들어가는 걸 정말로 좋아한다. 여전히 팔다리는 많이 움직이지만 물이 부드럽게 팔다리를 감싸 천천히 내려앉게 해서 몸의 긴장이 풀린다.

브렌다는 노련하게 나를 보살펴서 나는 그녀가 바지를 입혀 줄 때 혹시 내 다리가 제멋대로 날뛰더라도 걱정하지 않는다. 오늘은 내가 제일 좋아하는 분홍색 바지다. 그야 오늘은 외출하는 날이니까! 나는 대개 트레이닝 바지를 입는다. 그게 부드럽고 잘 늘어나 입고 벗기 쉬우니까. 물론 비교적 쉽다는 말이다.

"분홍색 바지 입으니까 예쁘네, 우리 조니. 팸이 곧 네 아침 식사를 올려 줄 거야. 네가 식사를 마치면 준비 완료야. 밖이 너무 예뻐. 비가 막 그치고 햇볕이 쏟아지고 있어. 박람회장 가기에 완벽한 날씨야!"

"저기, 나는 어쩌고요? 나도 일어났어요! 나도 거기 가고 싶은데요!"

룸메이트 데비의 목소리가 들려왔다. 나는 그녀를 보려고 눈을 움직였지만 나비가 그려진 보라색 침대보 맨 윗부분에 삐져나온 그녀의 머리만 간신히 보였다.

"데비도 잘 잤니? 당연히 너도 가야지. 너도 금방 준비해 줄게. 먼저 조니 준비를 끝내고."

"어째서 늘 조니가 1등이죠?"

"첫째, 3초 전까지 너는 자고 있었어. 그리고 둘째, 조니의 아침 식사가 너보다 조금 더 오래 걸린다는 건 너도 알잖아. 그러니 진정하고 조금만 기다려요, 꼬마 아가씨. 우린 다 같이 박람회에 갈 겁니다."

"진정하라고요? 박람회에 간다는데 내가 어떻게 진정할 수가 있어요? 난 박람회 진짜 좋아해요! 조니, 너도 간 적 있어? 난 있는데. 우리 부모님께서 데려가 주셨거든. 진짜 완전 끝내주게 환상적이야. 아빠랑 말도 타 봤는데, 천천히 걸어서 짜증났지만…. 뭐 그래도 짱이었어. 너도 좋아하게 될걸!"

데비는 말하는 걸 좋아한다. 내가 대답할 수 없다는 건 그 애한테는 별 문제가 아닌 것 같다. 데비는 몸은 마비되어 전혀 움직일 수 없다. 심지어 나처럼 제멋대로 움직이는 것조차 하지 못한다. 하지만 브렌다가 늘 말하듯 그 애의 입 근육은 활동하는 데 아무 지장도 없는 것 같다.

"안녕, 애들아, 듣자 하니 오늘 일정이 아주 많다던데. 그래서 최대한 빨리 준비를 할 거야. 데비, 잘 잤니?"

팸은 방 안으로 들어오면서 우리 두 사람을 향해 미소 지었다. 팸은 매일 우리 그룹홈을 찾는 간호사인데 주로 나를 맡고 있다. 내게 음식을 먹이고 내가 호흡할 수 있도록 여러 가지 일을 돌봐준다.

그녀는 내게 연결된 모든 장비를 채우고 펌프를 가동시켰다.

"다 됐다. 이제 1초 안에 밖으로 나가게 해 줄게."

1초 안에? 참 웃긴 표현이다. 모든 일은 최소한 몇 초라도 필요한데.

특히 이 아침 식사가 그렇다. 아무리 팸이 서둘러도 늘 그렇듯 영원히 끝나지 않는 느낌이다. 음식이 내 몸으로 다 이동하기도 전에 브렌다는 데비를 일으켜서 옷을 갈아입히고 아래층에 데려다 놓았다.

마침내 우리는 밖으로 나와 버스로 갔다. 이미 다른 사람들은 모두 버스에 탑승해 있었다.

"조니, 저기 봐!"

브렌다가 내 의자를 갑자기 너무 뒤로 젖히는 바람에 나는 거의 바닥에 누울 뻔했다. 전에 없던 일이라 당황해 그녀가 뭘 보라는지 몰랐다.

"바로 위에. 봐, 무지개야!"

깜짝 놀라 눈의 초점이 잘 맞춰지지 않았다. 눈으로 직접 보는 진짜 생생한 내 인생 첫 무지개였다. 무지개가 너무 아름다워서 나는 그만 울고 싶어졌다. 어쩜 저렇게 완벽한 게 존재할 수 있을까? 너무나 밝고 생생하다. 마치 누군가 거대한 붓을 들고 색깔을 바꿔 가며 하늘을 이리저리 날아다닌 것 같다.

나는 무지개를 내 안에 영원히 간직하기 위해 눈을 감고 최대한 빨리 마음속에 그려 넣었다.

"조니, 자는 거니?"

캐슬린의 목소리가 내 생각을 깨뜨렸다. 나는 그럴 리 없다는 걸 알면서도 눈부시게 새파란 하늘에 무지개가 여전히 걸려 있기를 바라며 눈을 떴다. 그러나 내 눈에 들어온 건 하얀 천장과 그 위에 매달린 내 목걸이뿐이었다.

브렌다, 데비, 무지개, 박람회. 이 모두가 사라졌다.

다시 되돌리고 싶어…. 그날은 정말 최고로 멋진 날이었는데! 그날 일은 이제 거의 다 잊어버렸다. 이 병원에 있게 된 후부터 지난날이 더 빠르게 멀어지는 느낌이다. 나는 재빨리 눈을 감고 꿈으로 되돌아가려 했지만 그렇게 되진 않았다.

"하긴, 자고 있겠지. 내가 왜 그런 걸 물었지? 아님 뭘 하겠어."

캐슬린은 나의 대답을 기다리지 않았다. 물론 대답을 들을 일은 없겠지만 어쨌든 그녀는 정말 귀 기울일 줄 모른다.

나는 많은 걸 할 수 있다. 나는 생각한다. 꿈을 꾼다. 그리고 희망한다.

캐슬린이 방에서 나갔다는 확신이 들 때까지 기다렸다가 눈을 떴다.

빛이 목걸이를 비추고 있었는데 밝게 빛나서 돌처럼 보이지 않았다. 빛줄기가 돌멩이 하나하나를 통과해 색색의 빛을 쏘아 대고 있었다.

나는 무지개를 봤다.

3

Alexandra

"그게 무슨 소리야? 주말에 파티 못 갈지도 모른다고? 당연히 가야지!"

칼리는 정말로 충격 받은 얼굴이었다.

"못 가. 나 발표회 준비해야 하잖아. 목소리가 아직도 약간 이상해. 다시 원래대로 만들어 놔야 한다고."

"진짜 웃긴다. 발표회는 파티 이틀 뒤야. 게다가 목소리도 이제 완전히 정상이라고. 하루 정도는 쉴 수 있잖아."

그녀는 눈을 찡긋거리며 애교 넘치는 미소를 지어 보였다.

"아무리 꼬셔도 안 돼. 너야 연습 안 해도 무슨 노래든 다 부를 수 있겠지. 하지만 나 같은 애들은 연습만이 살 길이라는 거 너도 알잖아."

칼리는 나를 보고 고개를 저었다.

"맞아. 내 목소리가 완벽하긴 하지. 그리고 네가 나만큼 하려면 죽어라 노력해야 한다는 것도 알고. 그래도 하루 정도는 빠져도 되잖아. 응?"

칼리가 머리를 쓰다듬으려 해서 나는 벌레 쫓듯 손을 찰싹 쳐 냈다.

"너야 진짜 잘하니까 그래도 되겠지. 너도 그건 알지?"

"물론 내가 완벽하게 잘하지. 그러지 말고 좀 즐기면 어때?"

"모르겠어. 생각해 볼게. 아빠가 못 가게 하시겠지만."

"그날 밤에 나랑 발표회 연습한다고 말하자!"

"나더러 아빠한테 거짓말을 하라는 거야?"

"진짜 거짓말은 아니지. 차에서 노래 연습할 수 있잖아. 뭐랄까, 하얀 거짓말?"

칼리는 웃음을 띤 채 합창실로 가는 복도를 걸어가며 내 어깨에 팔을 둘렀다. 수학 교실에서 나오던 두세 명의 남자애들이 우릴 보더니 옆을 지나가며 킬킬거렸다. 칼리는 남자애들을 향해 혀를 쭉 빼 내밀었다.

"사진 찍어 두는 게 좋을걸. 이런 명장면은 어디서도 못 볼 테니까!"

칼리는 그 애들의 뒤통수에 대고 소리쳤다. 나는 어깨에 올라간 칼리의 팔을 밀어 내고 합창실로 달려갔다.

"기다려, 예쁜아!"

칼리는 나를 금세 따라잡고는 교실에 들어가는 내 뺨에 진하게 뽀뽀를 퍼부었다. 안에 있던 어떤 누구도 눈썹 하나 깜짝하지 않았다. 같이 수업을 듣는 아이들은 모두 그런 칼리에게 익숙하다. 칼리는 엉뚱하면서도 멋진 모습이 공존하는 우리 반의 광대이자 여왕 같은 존재다.

내가 어떻게 칼리와 절친이 됐는지 모르겠다.

칼리는 알토 파트에 서서 내게 윙크를 보냈다. 전혀 숨차 보이지 않았다. 나는 가까스로 숨을 고르고서야 노래를 부를 수 있었다.

나는 합창이 정말 좋다. 합창을 할 땐 내 목소리보다 더 큰 존재의 일부가 된 느낌이 든다. 마치 아름다운 음악의 퍼즐 한 조각이 된 것처럼.

칼리는 합창을 정말 싫어한다. 마치 초등학생이 된 기분이 들어서 차라리 혼자 부르는 게 더 좋단다. 그래서인지 대부분 노래 가사도 제대로 외우지 못한다. 그럴 땐 '수—박—'이라고 벙긋거릴 뿐이다. 노래를 하다 가사를 모르면 그냥 계속 '수—박—' 하고 부르는 것이다. 보아하니 선생님도 그 차이를 모르시는 것 같다. 우리 모두가 다 그렇게 한다면 알아차리겠지만 그런 짓을 할 만큼 강심장을 가진 애는 칼리밖에 없으니까.

〈레미제라블〉에서 가장 좋아하는 노래가 나를 둘러싸자 가슴이 벅차올랐다. 노래는 꿈을 이루지 못해 상처받은 마음으로 가득했다.

나는 알토 파트를 보았다. 칼리는 노래를 부르고 있었는데, 자세히 살펴보니 꿈을 노래하지 않았다.

칼리는 그냥 '수—박—'을 노래하고 있었다.

"알렉스? 내 말 들었니?"

음악이 멈추고 칼리의 얼굴은 사라졌다. 나는 수학 문제를 풀고 있었다. 지금쯤이면 몇 문제는 풀려 있어야 하지만 문제지는 깨끗했다.

마치 나처럼.

스미슨 선생님이 다가와 내 뒤에 섰다.

"거의 한 게 없네. 오늘 집중이 잘 안 되는 것 같은데. 괜찮니?"

나는 뒤를 돌아보지 않은 채 고개를 끄덕였다.

"과제에 모르는 거라도 있어?"

나는 고개를 저었다.

"알았다, 그럼⋯ 보자, 오늘 수업은 끝난 것 같은데. 그 문제집은 푸는데 그렇게 오래 걸리지 않을 거야. 내일 왔을 때는 끝까지 다 풀어져 있어야 돼. 그리고 과학 숙제는 이메일로 보내 줄게. 혹시 수학 문제를 다 풀고 나면 다른 게 더 하고 싶어질지도 모르니까."

선생님이 살짝 웃는 모습을 보고서야 나는 그 말이 농담인 걸 알았다. 나는 따라 웃지 않았고, 그녀의 웃음은 한숨으로 끝이 났다.

"알렉스, 집중하려고 노력해 봐. 수업을 따라가려면 그게 가장 중요해. 그럼 내일 보자."

나는 문제지에 시선을 고정한 채 선생님이 자기 물건을 챙겨 가방을 싸서 문으로 나가는 걸 듣고 있었다.

선생님은 '내 방' 문으로 나갔다.

나는 학교에 있는 게 아니다.

나는 이제 더 이상 학교에 가지 않는다. 학교가 나에게 온다.

아빠는 내가 언젠가는 학교에 돌아가야 한다고 하신다. 하지만 내가 학교로 돌아가 그곳을 거니는 일은 다시는 없을 것이다. 칼리가 죽은 후 아이들이 칼리의 사물함에 추모 공간을 꾸며 놓았다고 들었다. 거기엔 온통 사진과 꽃 천지겠지. 나는 그런 짓은 하지 말아야 한다고 비보 같은 생각을 했다. 이미 엉망이 된 일을 더 엉망으로 만드니까. 그게 무슨 큰 문제나 되는 것처럼, 모든 게 문제인 것처럼 말이다.

심지어 어떤 아이들은 칼리를 기억할 수 있도록 그 애가 쓰던 사물함을 영원히 잠가 놓자고 했다. 물론 교장 선생님이 찬성할 리 없겠지.

칼리는 모든 사람이 좋아하는 아이였다. 나는 사람들이 딱히 관심 갖지 않는 유형의 아이다. 내가 칼리와 함께 있을 때를 제외하면.

하지만 사람들은 이제 나에게 관심을 갖고 있다.

내가 칼리를 앗아갔기 때문이고 그래서 그들은 나를 싫어한다.

나는 아빠에게 아는 사람이 없는 곳으로 가서 다시 시작해 볼 수 없냐고 물어보았다. 아빠가 내게 한 말은 "여기가 우리 집이다"와 "네가 부끄러울 일은 없다" 그리고 "너는 바로 이곳에서 다시 시작할 수 있다"였다. 그런 식의 말들.

거짓말 같은 이런 말들.

하얀 거짓말도 아닌,

그저 평범하기 짝이 없는 추하게 빛바랜 거짓말.

4

Joanie

오늘은 거의 아무 소리도 들리지 않는다. 밤 근무를 끝내기 전 나를 확인하러 온 야간 근무 간호사를 제외하고는 아무도 들어오지 않았다. 새로 온 간호사는 여기 들어와도 나에게 인사조차 건네지 않는다. 내가 잔다고 생각하는 것 같다. 내가 깨어 있는 걸 알고 있는 사람은 이곳에는 없는 것 같다. 패트릭 빼고.

패트릭은 내가 제일 좋아하는 간호사다. 나를 향해 웃어 보일 때면 눈이 반짝인다. 언제나 그렇기는 하지만. 그는 나에게 농담을 하고, 말도 안 되는 황당한 이야기들로 나를 웃게 한다. 그는 내 방을 온갖 색으로 물들인다. 며칠 동안 그가 보이질 않았다. 내일은 패트릭이 근무하는 날이면 좋으련만.

나는 잠들어 있지 않다. 나만의 무지개를 보기 위해 빛이 들어오기를 기다리며 한참을 깨어 있었다. 마침내 창을 통해 햇빛이 살짝 비추어 들었고, 목걸이의 돌멩이들이 반짝였다.

어제 일이 머릿속에서 떠나질 않는다. 기억보다 더 강하고 선명해서 오히려 더 진짜 같은 꿈이었다.

원하면 언제든 다시 그렇게 돌아갈 수 있을까? 내가 원하는 곳에 가고, 보고 싶은 사람을 볼 수 있을까?

내 눈동자는 계속 돌멩이들을 쫓고 있다. 저 아름다운 파란 돌은 전에 알던 누군가의 눈동자를 떠올리게 한다. 나는 파란색이 내 안에 들어오도록 집중했다. 그리고 너무나 가고 싶었던 '그곳'으로 다시 돌아가기 위해 머릿속에 그때의 장면을 그려 보려고 애썼다. 몸에 긴장이 풀어지고 빛이 느껴졌다. 누군가 내 폐만이 아닌 온몸에 공기를 집어넣은 것 같았다. 내가 있는 이 방은 옅어지고 기쁨만이 보글보글 끓어올라 내 가슴을 가득 채우는 게 느껴졌다.

"자자, 여러분. 집중! 오늘 우릴 찾아오신 손님들이 계세요."

우리는 '학급 방문'이 시작되기를 목이 빠지게 기다리고 있었고 블레인 선생님은 그런 우릴 보며 미소 지었다. 손님들이 온다는 건 통합수업을 한다는 것이고 그 말은 '마이크'를 볼 수 있다는 뜻이다! 격주로 수요일, 금요일은 일반 학급 아이들이 찾아와 우리와 일대일로 함께 시간을 보낸다. 우리는 함께 책을 읽거나 컴퓨터로 뭔가를 보기도 하고 만들기 같은 걸 함께 하기도 한다. 진짜 최고로 재미있는 시간이다!

나는 특히 마이크가 내 짝이 될 때가 가장 좋다. 마이크는 나를 자기 또래 아이들처럼 대한다. 물론 난 그 또래가 맞지만 어떤 아이들은 너무 낮거나 높은 목소리로 천천히 말을 걸며 나를 아기 다루듯 한다. 그럴 땐 난 화내지 않으려고 노력한다. 그 애들도 자신들이 뭘 하는지 모르는 것 같으니까. 사실 잘하려고 그런 행동을 하는 것 같다. 하지만 평소에 늘 하던 말투로 평범하게 말을 걸어 주는 게 가장 좋은 방법이다.

"전 조니랑 할게요."

내가 고개를 획 돌릴 수 있었다면 목소리의 주인공이 누군지 보기 위해 그렇게 했을 것이다. 하지만 그럴 필요도 없었다. 그건 바로 마이크였으니까.

"조니, 잘 지냈어? 쌤이 오늘 뭐 하라고 하셨어?"

그는 허리를 굽혔고 우리는 서로의 눈을 마주 보았다. 그 애 눈을 볼 때면 늘 하늘이 생각난다. 선명한 파란색이 끝없이 펼쳐진 하늘. 나는 미소 지었고 그도 미소로 답해 주었다. 블레인 선생님은 일부러 근엄한 표정을 짓고는 말했다.

"쌤이 아니라 선생님이야, 마이크. 그리고 네 질문에 답하자면, 조니는 이미 정규 수업을 다 끝냈으니까 다른 활동 중에서 하고 싶은 걸 골라도 좋아."

"짱이네요. 자 그럼 질문, 넌 뭘 하고 싶어? 책 읽기? 컴퓨터? 얼렁뚱땅 뭔가 만들기?"

마이크는 각각의 선택지 뒤에는 말을 쉬고 나를 가만히 보았다. 진심으로 나를 바라보는 거였다. 어떻게 하면 내가 세상을 향해 명확히 대답할 수 있는지 그 방법을 알아낸 이는 지금까지 단 한 사람도 없었다. 하지만 마이크는 어디서 내 대답을 찾아야 하는지 알고 있다.

"책 읽기. 너 방금 그거 골랐지. 그럼 책 읽기를 할게."

나는 웃었고 내 양팔은 제멋대로 마구 움직이기 시작해서 그만 마이크의 얼굴을 치고 말았다. 나는 너무 창피해서 쥐구멍에라도 숨고 싶었다. 하지만 의자에 몸과 머리가 단단히 고정되어 있어서 다른 곳이 아닌 그 애 얼굴을 정면으로 바라볼 수밖에 없었다.

"아야! 알았어, 알았어. 지금 읽으려고 하잖아. 그렇다고 그렇게 사람을 치면 되나!"

그 애는 웃으면서 내 턱에 주먹을 뻗어 때리는 시늉을 했다. 그 애의 손이 피부에 스치지도 않았지만 그 근처가 타는 듯이 느껴졌다. 얼굴이 뜨거워 진짜 몸에 열이 나면 어쩌나 걱정이 됐다. 열이 난다는 건 아프다는 거고, 아프다는 건 학교를 빠져야 한다는 거다. 학교를 빠지는 건 모든 것을 잃는 것이다.

그때의 아픔을 떠올리자 갑자기 몸이 움찔하며 기억에서 튕겨졌다. 스펜서빌고등학교와 한때 그곳에서 내가 알던 모든 이들이 사라져 버렸다.

나는 그곳으로 돌아갈 수 있기를 바라며 다시 눈을 감았다. 너무 늦었다. 다시 눈을 떴을 때 눈에 들어온 건 새하얀 병실이었다. 가슴속에 몽글몽글 피어오르던 거품은 차갑고 단단하게 바뀌었고 뭔가가 가슴을 짓누르는 것 같은 느낌에 숨을 쉴 수가 없었다. 이 압박에서 벗어나기 위해 기침을 하고 싶었다. 나는 기침을 많이 한다. 지나칠 정도로 많이 하는 편이다. 그런데 정작 기침이 필요한 지금은 조금도 나오지 않는다. 숨이 가슴속에 갇혀 있고, 가슴은 침대에 짓눌려 있다. 공황상태에 빠지지 않도록 침착해야 한다.

자, 할 수 있어, 조니! 진정하자.

안 되잖아! 몸이 말을 듣지 않고 오히려 더 긴장했다. 목이 뻣뻣하게 서고 심지어 머리는 내가 그만두라고 하는데도 계속 움직였다. 나는 내 성대에 사람들이 들을 수 있게 무슨 소리든 내 보라고 명령했다.

'거기 누구 없나요? 숨을 쉴 수가 없어요.'

몸을 일으켜서 무슨 소리라도 내야 할 것 같은데… 아, 몸이 터져 버릴 것만 같다. 몸이 터지는 건 싫은데. 내가 아무 소리도 못 내니 내가 안 보이는 건가?

그러다 갑자기 가슴에 공기가 들어오고 침대 위에서 몸이 들어 올려진 것처럼 머리가 가벼워졌다. 운이 좋게도 내가 파란 돌멩이 속으로 되돌아갔고, 그래서 다시 마이크가 책을 읽는 소리를 들을 수 있어서 이 끔찍한 기분이 사라졌을지도 모른다.

"괜찮아, 내가 왔어!"

한 쌍의 팔이 내 등을 감싸 안았다. 캐슬린이 나를 부드럽게 안아 올리는 게 느껴졌다. 그녀는 산소마스크로 손을 뻗었지만 자세가 바뀐 것만으로도 나는 호흡이 풀렸고 입에서는 기침이 터져 나오기 시작했다.

"그래, 그렇지. 이제 됐다. 괜찮을 거야. 할 수 있으면 좀 진정해 보자. 잘 하지, 천천히 숨 쉬고, 그래. 할 수 있어."

나는 기침을 하고 몇 번이나 컥컥거리며 숨을 들이켜긴 했지만 가까스로 내 호흡을 찾았다.

"괜찮은 거예요? 제가 뭐 도와드릴까요?"

패트릭이 병실로 들어왔다. 패트릭 목소리를 들으니 기분이 좀 나아졌다. 오늘 근무였다니 정말 기쁘다!

"괜찮아. 어딘가에 기침이 걸려 있었던 것 같아. 그렇지, 조니? 큰일 날 뻔했지만 이젠 괜찮아"

다행이다. 산소마스크라면 질색이다. 그게 나에게 산소를 주고 내가 계속 살아 있게 하고 뭔가 이것저것 해 주는 건 알지만 그걸 쓰면 갇힌 느낌이 든다. 패트릭은 애써 그게 스쿠버다이빙 같은 거라고 설명한다. 그럼 나는 물속으로 내려가 고래라도 보는 척해야 하나.

"알겠어요. 혹시 필요하면 호출하세요. 또 그런 짓 하면 안 된다, 꼬맹아. 알았지?"

패트릭은 허리를 굽혀 내 눈을 들여다보았다. 캐슬린이 자기 가슴에 내 머리를 단단히 지탱하고 있어서 평소보다 그러기 쉬웠다. 그는 손을 뻗어 잠시 내 머리칼을 매만졌다. 정말 좋은 느낌이다. 몸의 긴장이 풀어진다.

내가 정말로 괜찮아질 때까지 캐슬린은 한동안 내 곁에 머물렀다. 내 폐가 나를 포기한 게 아니라는 걸 확신할 수 있을 때까지 기다리는 것 같았다. 내 폐는 가끔씩 그러기도 하니까. 그럴 때면 또 다른 인공적인 장치가 필요하다. 여기 사람들은 언젠가 내 폐가 완전히 항복하고, 어떤 걸로도 다시 내 숨을 되돌릴 수 없는 날이 오리라는 사실을 걱정한다.

물론 내게 그런 말을 한 사람은 없다. 사람들은 늘 내게 좋아질 거라고, 건강해질 거라고, 회복할 수 있다고 말한다. 모두 같은 뜻인 여러 말들을 하지만 사실 그 말들엔 아무 의미도 없다. 여기 있는 어느 누구도 내가 정말 그 말처럼 좋아질 거라고 생각하지 않는다. 내가 자신들의 진짜 생각과 걱정을 모를 거라고 생각하니까 이런 말들을 하는 것이다. 내가 그렇게 믿길 바라면서.

들켜선 안 될 비밀을 이야기하는 것처럼 모두가 쉬쉬하며 귓속말을 한다. 난 그냥 사람들이 내 상태를 나에게 솔직하게 말하면 좋겠다. 사람들은 내가 자신들과 대화할 수 없다는 이유로 내게 생각이 없다고 믿는 것 같다. 그리고 내가 말을 할 수 없기 때문에 자신들의 말을 못 알아듣는다고 생각한다.

하지만 나는 단어를 아주 잘 알고 있다. 나는 17년 동안 이야기를 듣고, 영화나 연극도 봤다. 사람들이 나에게 직접 하거나 내 주위에서 하는 말을 모두 유심히 들었다. 내 안은 수많은 단어와 생각, 그림으로 가득 차 있다. 그걸 표현할 방법만 있다면 단어들이 홍수처럼 입에서 쏟아져 길 가던 사람들을 휩쓸어 버릴지도 모른다. 나는 내 말들이 세상을 무지갯빛으로 물들일 때까지 모든 방을 알록달록한 꿈으로 채우겠다.

그 방법을 알아낼 수만 있다면.

학교에 다닐 때만 해도 내가 말을 할 수 있는 방법을 찾기 위해 애써 주었다. 하지만 그곳에 가지 못한 지도 벌써 1년이 넘었다. 심지어 그룹홈에 살고 있을 때는 내 폐가 협조하지 않는 바람에 학교를 여러 날 빠져야 했다. 그러다 학교에 다니지 못할 정도로 몸이 아파졌고, 결국엔 그룹홈에서도 지낼 수 없을 정도로 나빠졌다. 그리고 나는 지금 이 병원에 있다. 무지개를 타고 과거로 돌아갈 때를 빼면 언제나.

5

Alexandra

"어디 가는 거야?"

칼리가 머리를 빗으며 사물함 거울로 나를 보았다.

"숙제하러."

"벌써? 이제 겨우 수업 끝났는데 바로 공부하러 가시겠다고? 넌 좀 쉬어야 돼. 쇼핑이나 하러 가자. 나 발표회 의상 보러 가야 되는데."

그녀는 방금까지 차분하게 매만진 머리칼 사이로 손가락을 넣어 이리저리 헝클었다. 이제 머리는 전혀 정성껏 빗은 머리처럼 보이지 않았다.

"나 아직 과제 못 끝냈단 말이야. 넌?"

"과제? 과제가 있었어? 어떤 거?"

칼리는 놀란 눈치다. 정말 이해할 수 없는 애다. 어떻게 자기 과제를 잊어버릴 수 있지.

"음악사. 기억나?"

"당연히 안 나지. 기억나면 내가 물어봤겠어? 음악사라고? 진짜? 젠장! 쌤이 언제 과제를 내줬지?"

"학기 첫 시간에. 학사 일정표에 제출 날짜도 적혀 있어. 기한에 맞춰 내야 낙제 안 할 거라고. 그게 내일까지야. 난 아직 교정도 봐야 하고 참고문헌 목록도 달아야 해."

나는 이걸 얼른 끝내고 발표회 곡을 연습하고 싶었다.

"이런, 난 아직 시작도 못 했는데. 그러니까 옷 사러 가는 대신 지금 당장 과제를 시작해야 한다는 거네. 그런 거야?"

칼리는 눈에 '희망'이라는 글자를 번쩍이며 나를 보았다. 숙제하는 걸 내가 도와주길 기대하는 듯한 눈빛이었다.

기대는 무슨! 기대가 아니라 확신이겠지. 칼리는 나를 너무나 잘 알고 있다.

"알았어. 원하면 숙제하는 거 도와줄게."

"너 할 게 무진장 많은 줄 알았는데. 쇼핑할 시간도 없다면서 어떻게 숙제를 도와주니?"

"우선순위라는 게 있지, 아마."

"예, 예, 알겠습니다. 공부벌레 아가씨. 재미있는 숙제나 하자."

"좋아. 그럼 우리 집이 더 조용하니까 그리로 가자. 난 조용한 데서 공부하는 게 좋아."

"그렇담 날 안 데려가는 게 좋을 텐데. 난 시끄러운 데가 좋으니까!"

마지막 말은 내 귀에 대고 크게 소리쳤다.

"제발 내 고막만은 찢지 말아 줘. 없으면 안 되거든. 나 헤드폰 있으니까 넌 떠들고 싶은 만큼 떠들어. 됐지?"

"아니, 별로. 그렇지만 뭐 선택의 여지가 없어 보이네. 아, 맞다, 렉시?"

"응?"

나는 혹시라도 그녀가 마음을 바꿀까 봐 집을 향해 앞만 보고 걸었다.

"그러니까, 결정한 거야? 아님 물어볼 필요도 없는 거야?"

그녀는 기도라도 하는 양 손을 앞으로 얌전히 모으고 내 뒤를 따라 걸어오고 있었다. 그녀의 천사 같은 눈망울이 나를 보고 있었다. 나는 무슨 소리를 하는지 못 알아듣는 척할까도 생각했지만, 그 천사 같은 눈이 내 거짓말을 알아차릴 것 같았다.

"난 아직도 목소리 때문에 걱정 돼."

"하루 저녁 연습 쉬면서 긴장을 푸는 게 목소리에는 더 좋을걸. 특히 그게 발표회 바로 직전이라면. 완벽을 위해 내린 처방이라고 할 수 있지."

"고마워. 주치의 선생님께 괜찮은지 여쭤 볼게."

"렉시, 제발 인정할 건 인정해. 진짜 문제는 네 목소리가 아니잖아. 실은 남자애들하고 파티를 하니까 그렇지? 남자애들하고 일대일로 말을 해야 한다든지 그런 끔찍한 뭔가를 해야 할 것 같으니까. 안 그래?"

내가 머리를 가로저으며 눈을 굴리자 그녀는 피식하고 웃었다.

"그럴 줄 알았어."

"그렇다고 말 안 했거든!"

"아니라고도 안 했어."

"그건 이중부정이잖아!"

"너야말로 이중부정이야."

"그건 또 무슨 말도 안 되는 소리야?"

"말 돼. 너는 네 목소리에도 부정적이고 파티에도 부정적이야. 이중부정이네."

그녀는 스스로가 자랑스러운 듯 미소를 지었다.

"난 그냥 잘 모르겠어…. 그냥 무서워. 남자애하고 얘기하다가는 그 애 얼굴에 토해 버릴 것 같아."

칼리는 큰 소리로 웃음을 터뜨리고는 횡격막이 찌부러질 정도로 나를 세게 끌어안았다.

"아, 난 네가 정말 좋아, 렉시. 너도 알지? 해 보자. 재미있을 거야. 너를 방에서 끌어내는 유일한 사람이 바로 나라는 거, 너도 알잖아."

내가 언제 방에만 있냐고 따질까 했지만 어차피 칼리는 나를 너무 잘 알고 있다.

"알았어. 간다, 가! 그러니 그 얘긴 이제 그만!"

나는 웃으면서 칼리를 밀어냈다.

"네가 간다고 할 줄 알았어. 완벽해! 그나저나 이제 겨우 수업 끝났는데, 바로 숙제하러 가면 난 진짜 심각하게 카페인이 필요해. 커피 한 잔 사 가지고 너희 집으로 갈게. 그리고 공부벌레 코스프레 끝나면 우리 집에 가서 네가 입을 만한 옷이 있는지 찾아보자. 이따 봐!"

칼리는 나를 향해 손을 흔들면서 휙 돌아 길을 따라 내려갔다. 나는 그 자리에 홀로 서서 잠시 그 모습을 바라보았다. 그리고 갸웃거리며 잠시 눈을 감았다. 파티라니. 그것도 발표회 이틀 전에. 나는 대체 왜 칼리가 그런 말을 하도록 내버려 둔 걸까.

"알렉스?"

나는 그 목소리에 깜짝 놀랐다. 칼리가 돌아왔나? 아마 파티 전에 내 머리를 염색하자거나 얼굴 마사지 하자는 말을 하러 왔겠지. 어쩌면 하는 김에 가슴 성형 수술을 하라거나.

"알렉스, 뭐 하는 거니? 십 분 동안 계속 불렀다."

불쑥 들려오는 이 목소리를 듣고서야 나는 주위를 둘러보고 내가 어디에 있는지 기억났다.

나는 밖에 서 있는 게 아니다.

나는 지난날의 흔적이 사라져 버린 벽지를 멍하니 바라보고 있었다.

"네?"

아빠가 방 밖에 있는 게 다행일 정도로 큰 목소리가 튀어나왔다. 나는 꼬고 있던 다리를 풀고 침대에서 일어나려고 다리에 힘을 주었다. 복도로 나가 아빠를 보기 위해서였다. 나는 어느 누구라도 내 방에 들어오는 게 싫다. 아빠 생각은 나와 다르다. 집세를 아빠가 내니 이 집은 아빠의 것이라고 생각한다. 그렇지만 아빠는 방에 들어오실 때 대체로 노크를 한다. 바로 이런 점 때문에 내가 아빠를 존경하는 것이다. 그날 이후 아빠가 내 주위에 억지로 가까이 오지 않는 점도 그렇다.

"넬한테서 전화왔다."

넬? 나는 잠시 생각해야 했다. 아, 넬 파킨스 씨. 보호관찰관. 우리는 어제 그녀의 사무실에서 만났다.

"전화 안 받을래요."

아빠도 예상한 반응일 것이다. 나는 거의 1년 가까이 누구와도 전화로

이야기하지 않았다. 내가 비틀거리며 복도로 나오자 아빠는 고개를 저으며 내게 전화기를 건넸다.

"이번엔 선택의 여지가 없어. 알렉스, 제발 좀."

지칠 대로 지쳐 무덤덤해진 아빠의 목소리가 내 안을 파고들어 심장을 죄책감으로 움켜쥐었다. 아빠가 이런 걸 겪을 이유는 없다. 아빠는 잘못한 게 아무것도 없으니까. 나는 내 안의 예의를 최대한 그러모으면서 깊이 숨을 들이마셨다. 그리고 전화를 받으며 고개를 끄덕였다.

"안녕하세요."

성대에서 거칠거칠한 목소리가 새어나왔다.

"안녕, 알렉스. 나 넬이야."

내가 마치 그 사실을 모르는 것처럼 말했다. 나는 대답하지 않았다. 나는 몇 초 간 그녀가 숨 쉬는 소리를 들을 수 있었다. 그것은 한숨으로 바뀌었다. 아마도 불만의 표현이겠지.

나는 사람들을 그렇게 만든다.

"네가 사회봉사 할 곳을 찾았어. 알려 주려고 전화했단다."

넬이 내 대답을 기다리는 동안 잠시 침묵이 이어졌다. 그녀는 목소리를 가다듬고 말을 이었다.

"네가 봉사할 곳은 병원인데, 네 집에서 걸어갈 수 있는 거리야. 거기에 어떤 여자아이가 있어. 나도 그 애가 몇 살인지는 잘 모르겠네. 아무튼 그 앤 심각한 신체장애가 있는데, 지금까지 병원에서 그 애를 살려 두려고 오랫동안 노력했지. 넌 병원에 가서 그 애와 친구처럼 지내는 거야. 병원에서도 허락했단다."

"친구요?"

나는 '친구'라는 단어에 깜짝 놀라 나도 모르게 말이 튀어나왔다.

"그러니까 그 애와 함께 시간을 보내는 거지. 책도 읽어 주고 말도 걸고. 아니면 간호사들이 괜찮다고 생각하는 거라면 뭐든지 할 수 있어. 짐작건대 병원 생활이 꽤나 힘들고 지루할 거야. 아마 네가 그 애의 병원 생활에 숨통을 트여 줄 수 있을 것 같은데."

책을 읽어 준다고?

말을 걸어 준다고?

지금 농담하는 건가? 아니 진짜로, 이건 농담임에 틀림없다.

그녀가 '농담'이라고 말하길 기다리는 동안 또다시 긴 침묵이 이어졌다. 내가 말을 하지 않고 있다는 걸 그녀가 깨닫는 데에는 시간이 좀 더 걸렸다.

"그럼 그 애를 담당하는 병동의 간호사실 전화번호를 알려 줄게. 네가 직접 전화해서 그 애가 어떤 사람인지 물어보고 약속은 언제로 잡을지 직접 정하면 돼. 주말까지는 다 정할 수 있겠지?"

그녀는 내게 전화번호를 알려 주었고 나는 그제서야 이게 농담이 아니라는 걸 깨달았다. 번호는 내가 원하지 않는데도 스물스물 내 마음속으로 파고들었고, 넬은 내 대답을 기다리지도 않은 채 혼자 작별인사를 했다. 나는 전화를 끊었다. 아빠는 나를 지켜보며 복도를 서성이고 있었다. 아빠의 눈빛을 보자 영화에서 본 적 있는 구조견의 풀 죽고, 빨갛게 충혈된 눈이 생각났다. 내가 그렇게 만든 것이다. 이런 아빠를 보고 있자니 속이 쓰리다. 나는 이 일을 해야 한다. 나는 이런 고통을 받아야 하는 사람이니까.

"저더러 아픈 애를 돌보래요."

아빠는 고개를 끄덕이고는 전화기를 받으려고 손을 내밀었다. 나는 전화기를 건네려고 아빠에게 몇 걸음 다가가야 했다. 아빠는 나를 안아 주려는 것 같았지만 거기에 응할 수가 없었다. 팔을 들 힘도 없었다.

"책을 읽어 줘야 한대요. 말을 걸고요!"

나는 양 손바닥을 쫙 펼쳤다. 비라도 내려 나를 씻어 갔으면. 아빠는 평소보다 작게 어깨를 으쓱했다.

"그럼 그걸 하면 되겠구나."

아빠는 뒤돌아서며 한숨을 지었고, 더 기운 없어 보였다.

눈물이 나올 것처럼 잠깐 눈이 따끔거렸지만 그러진 않았다. 나는 꽤 오랫동안 울지 않았다.

그 사건 이후 한동안 내가 한 거라곤 우는 것뿐이었다. 그럼에도 고통은 사라지지 않았다. 그저 눈이 축축해질 뿐이었다.

그리고 어느 순간, 눈물이 말라 버렸다. 난 이제 바짝 말라 속이 텅 빈 한 그루의 나무다. 누군가 찾아와 나를 베어 쓰러뜨리기만을 기다리는.

6

Joanie

처음 학교에 가지 못 하게 됐을 때, 나는 대부분의 시간을 그룹홈에서 보냈다. 데비는 내가 학교에 가지 않아도 되니 운이 좋다고 했지만 정말 그런 건지 나는 알 수 없었다. 다른 아이들이 모두 학교에 가면 낮 시간은 따분했다. 직원들이 내게 말을 걸거나 책을 읽어 주고, 학교 수업을 따라잡을 수 있도록 도와주려고 하긴 했지만.

아이들이 학교에서 돌아오면 다시 모든 일에 활기가 돌았다. 데비는 내가 원하든 말든 낮에 있었던 아주 사소한 일 하나까지도 이야기해 주곤 했다. 다 같이 영화를 보기도 하고 음악도 들었다. 날씨가 좋으면 함께 산책을 나가기도 했다.

나는 학교가 그립긴 했지만 여전히 내 삶은 재밌고, 사람들로 가득했다. 하지만 그러다 그룹홈 직원들이 감당하지 못할 정도로 내 폐에 문제가 생겼고, 결국 나는 이 병원에 왔다.

이곳에서의 생활은 그리 재미있지 않다. 가끔 누군가 내가 아직 숨을 쉬는지 확인하러 올 때를 제외하면 늘 정적이 흐른다.

아주 오랫동안 브렌다도 마이크도 데비도 보지 못했다.

지금 나는 여기에 있고, 내가 매일 해 오던 그 어떤 것도 할 수 없다.

그래도 적어도 내가 할 수 있는 한 가지가 있다. 나만의 방법으로 내 무지개를 타고 과거의 기억 속으로 들어가는 것.

이곳저곳으로 옮길 때마다 내가 항상 같은 사람들과 함께 다니는 것은 아니다. 하지만 내 목걸이만은 늘 나와 함께였다. 사실 나는 누가 이 목걸이를 내게 주었으며 왜 항상 나를 따라다니는지 모르고 있었다. 내게 이 목걸이 이야기를 들려준 건 브렌다였다.

오래전 나는 엄마와 함께 아동병원에 있었다. 나는 갓난아기라서 그 병원에서도 가까스로 받아 주었다고 한다. 엄마가 나와 헤어지기로 한 그날, 엄마는 반짝이는 돌로 엮은 예쁜 목걸이를 하고 있었다. 엄마는 그걸 벗어 간호사에게 주며 엄마가 언제나 내 일부가 될 수 있도록 내 곁에 항상 목걸이를 보관해 달라고 말했다.

어쩌면 이 목걸이는 엄마의 작고 작은 조각들이 한데에 모인 건지도 모른다. 엄마는 목걸이가 무지개가 될 줄은 몰랐을 것이다. 그렇지만 내가 그걸 필요로 하게 될 거라는 건 알고 있던 것 같다.

목걸이보다 엄마가 있는 편이 더 좋지만.

엄마 생각은 나지 않는다. 엄마가 나를 집으로 데려가지 않고 왜 나와 헤어지기로 했는지도 모르겠다.

패트릭은 짬이 나면 한 번씩 나를 신생아 병동에 데려갔다. 그곳은 모든 병동 중, 아니 어쩌면 온 세상에서 가장 행복한 장소임에 틀림없다. 유리창 건너 아기들을 보던 게 생각난다. 우리는 마치 아기 상점에 있는 것마냥 아기들을 바라보았다. 궁금했다. 이 아기의 엄마들은 완전히 새로운 한 사람과 함께 집으로 돌아가는 것일 텐데…. 그건 어떤 느낌일까?

나도 한때는 엄마가 꼭 안아 입 맞추고 싶을 만큼 어리고 부드러웠을까? 아니면 내가 뻣뻣하고 안기 힘들어서 포기했을까?

아기를 팔에 안고 그 작은 뺨에 입 맞추는 느낌은 어떨까? 갓난아기의 새살은 어떤 느낌일까? 내가 상상할 수 있는 그 무엇보다도 더 부드러울 것 같다.

난 내가 아기를 가질 수 있을 거라고는 생각하지 않는다. 내 몸이 하나의 새로운 생명을 자라게 할 수 있을 거라고도 생각하지 않는다. 게다가 나는 아기가 어떻게 생기는지도 알고 있다. 데비가 그에 대한 모든 걸 알려줬다. 사람들은 내가 부서질까 두려워 나를 한번 껴안아 보지도 못할 것이다.

그렇지만 어쨌든 나는 아기를 생각한다. 내 안 깊숙이 어딘가에서 목소리가 들린다. 오롯이 내 것인 새로운 한 사람을 만들어 내는 일은 정말 멋진 일이라고. 나는 때때로 이런 생각들로 조금 슬퍼진다.

나는 엄마가 되고 싶은 것 같다.

책과 영화에 나오는 엄마들을 보았다. 그들은 세상 무엇보다 자기 아이들을 사랑한다. 엄마들은 아이를 돌보며 하루를 보낸다. 그리고 아이들에게 입을 맞추며 안아 주고, 밤이 되면 이불을 덮어 준다.

물론 나에게도 브렌다나 패트릭 같은 간호사들이 있다. 하지만 엄마와 같지 않다. 분명히 다르다.

우리 엄마도 나를 보내기 전에 내게 입 맞추고 안아 줬을까?

엄마는 내게 목걸이를 주었다. 이게 입맞춤이나 포옹 같은 걸까?

엄마는 지금도 내 생각을 할까? 엄마가 살아 있기는 할까? 아빠는 있을까? 언니나 오빠는?

잠들 무렵인 깊은 밤이 오면 무언가 가물거리는 느낌이 들 때가 있다. 내가 잘 지내기를 바라고, 언젠가 나를 다시 만나기를 바라는 엄마가 어딘가에 있는 것이다.

엄마가 나를 찾는 건 어려울지도 모른다. 나는 목걸이와 함께 많은 곳을 옮겨 다녔으니까. 처음에는 엄마가 나를 놓고 간 아동병원에 있었지만 그다음에는 또 다른 특수병원에 있었다. 그러고선 각기 다른 그룹홈을 두 번 갔고 그 사이사이에 병원을 자주 들락거렸다.

이리저리 옮겨 다니는 건 정말 싫다.

첫 번째 그룹홈은 꽤 괜찮았다. 다섯 명 정도의 아이들과 함께 지냈다. 처음 그곳에 갔을 때 나는 아주 작았다. 떠날 때에도 많이 자란 건 아니었지만 나이는 좀 더 먹은 후였다. 그곳을 떠나고 싶지 않았지만 나를 돌보는 데 너무 많은 비용이 들어 더 이상 데리고 있을 수 없다고 했다. 나는 지속적인 보살핌을 받아야 하는 아이들을 위한 곳으로 옮겨졌다. 우리는 까딱하면 깨져 버리는 도자기 인형이었다.

나는 인형이 되고 싶지 않다. 내 몸을 스스로 움직여 내가 원할 때 춤을 추고 싶다.

사실 난 처음엔 그룹홈에 가고 싶지 않았다. 하지만 가자마자 그곳이 정말 마음에 들었다. 모두가 친절하고 사려 깊었으며 내 삶은 사람들과 다양한 장소, 해야 할 것들로 넘쳐났다.

그룹홈은 나의 집이었다.

데비는 자신이 아주 어릴 때는 부모님과 함께 살았다고 말했다. 그러다 차 사고를 당해 몸이 마비되었다. 처음에는 자기 집에서 지냈지만 부모님은 점점 자라나는 그녀를 돌보는 게 힘들어졌다. 그리고 데비가 그룹홈에서 지내는 게 더 행복할 거라는 결론을 내렸다.

데비는 그룹홈에서 대체로 행복해 보였다. 하지만 부모님을 그리워하고 있다는 걸 느낄 수 있었다. 집에 가는 주말이 오면 데비는 늘 최고로 행복해했다. 하지만 집에서 돌아온 일요일 늦은 밤이면 가끔씩 그 애가 침대에서 훌쩍거리는 소리를 들을 수 있었다.

"안녕, 꼬마야! 한낮에 꿈이라도 꾸니?"

패트릭은 내 침대로 다가와 몸을 기울였다. 그의 갈색 눈동자는 뭔가 신나는 이야길 해 주고 싶다는듯 반짝였다. 내가 목걸이로 무지개를 발견하기 전에는 이곳에 색깔을 가져오는 건 패트릭뿐이었다. 돌멩이 중 한 가지 색을 정해서 패트릭에 대한 기억을 저장해야겠다. 그러면 이 병원을 떠나도 다시 그를 만날 수 있을 테니까. 그런 날이 언젠간 오겠지. 이번에는 이곳에 꽤 오래 머물고 있다. 내가 집으로 돌아갈 수 있기나 한 걸까.

"자, 나한테 아주 좋은 소식이 하나 있는데!"

그럴 줄 알았다! 미소를 지어 보이자 패트릭도 활짝 웃었다.

"새로운 손님이 올 거야. 듣기로는 일주일에 두세 번 온다는 것 같아. 그 애 이름은 알렉산드라야. 나이는 열일곱 살. 너랑 동갑이야."

내 눈은 더 이상 커질 수 없을 만큼 커졌다. 나랑 동갑인 여자애라고! 그 애도 데비처럼 말이 많을까? 그 반만 되어도 나에게는 충분할 텐데!

"네가 좋아할 줄 알았어. 나도 아직 못 만나 봤지만 아주 멋진 친구일 거야. 내일 오후에 온다는데, 내 근무일이니까 내가 최선을 다해서 너에게 소개해 줄게. 지금은 가야 되니까 이따가 다시 올게."

패트릭은 내 이마를 살짝 만지더니 활짝 웃었다. 그러고는 또 다른 누군가의 하루를 빛내러 떠났다.

믿어지지 않는다. 새로운 누군가가 나를 보러 온다니. 그것도 매주! 그 애가 자신에 대해 말을 많이 하는 걸 좋아하면 좋겠다. 그룹홈을 떠난 뒤로는 내 또래의 여자애들을 본 적이 없다. 나는 또래의 여자애들을 잘 모른다. 아무튼 책 속에 있는 게 아닌 진짜 여자애다!

착한 애면 좋겠는데!

그 애가 내 진짜 모습을 알아볼 수 있다면 얼마나 좋을까!

7

Alexandra

"그러고 나서 입을 벌려 노래를 시작했어. 그런데 선율이 흘러나오는 대신 엄청 크고 귀에 거슬리는 '개굴—' 소리가 나오는 거야. 사람들은 코미디 프로에 나오는 개그맨을 보는 것처럼 나를 보며 웃어 댔고."

"그게 최악의 악몽이라고? 개구리 소리가 나오는 게? 그게 현실이 될지 몰라서 걱정하는 게?"

칼리는 나를 보고 웃었다.

"넌 절대 이해 못 해. 그런 걱정은 할 필요도 없을 테니까. 네 목소리는 언제나 완벽하잖아."

나는 상처받았다. 나는 내 밑바닥까지 드러내며 가장 깊은 두려움까지 나누고 싶었는데 칼리는 웃기만 한다.

"뭐, 믿기 어렵겠지만 나도 인간이거든. 내 이름을 그리스 여신의 딸 이름에서 따오긴 했어도 말이야."

그녀는 양팔을 올려 날개처럼 펼치고는 제자리에서 작게 빙그르 돌아 침대 위에 극적으로 몸을 내던졌다. 털썩.

"난 시의 요정이야!"

"아니면 기차 경적 소리를 내는 구닥다리 악기든지. 난 그쪽에 한 표 던질게, 칼리오페*."

난 칼리에게 '칼리오페'라는 이름이 정말 잘 어울린다고 생각한다. 아주 시끄러운 악기인 칼리오페 말이다. 그 앤 누군가의 요정이 되기에는 너무 시끄럽다.

"흥, 네 표는 안 쳐 줄 거야. 그리고 제발 칼리오페라고 부르지 마. 나중에 무대용 이름으로 쓰려고 아끼는 중이란 말이야. 무대 얘기가 나왔으니 말인데, 네가 무례하게도 내 말에 끼어들기 전에 하려던 말이 있어. 가끔은 나도 무대에 오르기 전에 걱정해. 무대를 망쳐 버릴까 봐. 나야 개구리든 뭐든 그런 게 되는 꿈은 꿔 본 적 없지만. 하지만 이런 꿈은 종종 꿔. 무대에 올랐는데, 보니까 내가 속옷 차림인 거야!"

나는 웃음이 터져 나왔다.

"무대에선 다른 사람들이 모두 속옷만 입고 있다고 생각해야지. 칼리, 네가 아니라! 게다가 네가 속옷만 입은 채로 무대에 올랐다 치자. 모두 네 몸매를 보고 감탄할걸."

"진짜 어이없는 소리 한다. 어제 쇼핑몰에서 너랑 먹은 인스턴트 음식 때문에 분명 2킬로그램은 늘었을걸. 이것 봐, 치마가 허리에 꽉 껴. 지금

*그리스 신화에 나오는 예술의 여신 뮤즈의 우두머리. '아름다운 목소리를 가진 여자'라는 뜻.

네가 입고 있는 옷이 훨씬 예뻐 보이는데. 아무래도 우리 다시 쇼핑해야겠어. 파티에 입고 가려고 새로 산 청바지가 작으면 어떡해? 3일 뒤에 있는 그 파티 말이야. 혹시 네가 까먹을까 봐 얘기하는 거야."

칼리는 침대에서 굴러 내려와 거울에 자신을 비춰 보았다. 2킬로그램이 대체 어디에 붙었다는 건지.

"기억해. 달력에도 빨갛게 동그라미 쳤고. 근데 그거 누구 파티야?"

그녀는 나를 정신 나간 사람 보듯 바라보았다.

"농담해? 애들 전부가 그 얘길 하고 있는데! 코리 벨뷰네 집에서 하는 그 파티! 걔가 누군지는 알지? 저 부자 동네에 으리으리한 집에 사는 애! 집에 수영장이랑 게임방도 있고, 없는 게 없대. 완전 멋있을 거야."

코리 벨뷰? 물론 나도 그 애가 누군지 알고 있다. 고등학교 생활을 다룬 TV 쇼프로그램에 코리 벨뷰가 나왔다. 학교 모든 여자애들이 반한 최고 유명인. (여자애들이 인정할지 모르겠지만.)

"멋있다고? 지금 나 겁주는 거야? 난 분명 걔 신발에 토하고 말 거야."

"넌 누구의 신발에도 토하지 않을 거야. 내가 보장해. 넌 그냥 지금 좀 제정신이 아닌 거야. 그러지 말고 인정할 건 인정해. 너도 파티 생각에 점점 신나지?"

"신… 나나? 잘 모르겠어. 재미있을 것 같긴 해. 난 그냥 너처럼 그런 파티를 못 즐기는 것뿐이야."

"무슨 말인지 알아. 그래도 난 거기서 네가 필요해. 그니까 어떻게 파티를 즐기는지 그냥 배워."

"그게 무슨 말이야, 거기서 내가 필요하다니?"

"매트 웨이필드. 누군지 알지?"

"얼마 전에 봤어."

"걔 어때?"

"음, 괜찮은 것 같아."

나는 매트가 어떻게 생겼는지 기억하려고 했지만 여전히 코리 밸뷰가 머릿속에 맴돌고 있었다. 어쩌면 그 애랑 말을 해야 할지 모른다는 사실이 신경 쓰인다.

"괜찮다고? 장난해? 완전 잘생겼잖아. 키 크지, 몸도 좋지, 눈매 또렷하지, 똑똑해, 거기다 성격까지 좋다니! 모든 게 완벽해."

칼리는 한숨을 내쉬고는 침대 위에 털썩 앉았다. 그러더니 뒤로 벌렁 드러누워 천장을 바라보았다. 대부분 방들은 천장이 지루하지만 이 방은 아니다. 칼리가 천장에 백 개 정도의 야광 스티커를 붙여 놓았기 때문이다. 천장에는 태양계 행성들과 수많은 종류의 유니콘과 요정들, 나비와 잠자리가 서너 개, 그리고 만화 주인공 도라로 보이는 스티커도 몇 개 있었다.

"그래서, 너 매트를 좋아해? 걔도 알아?"

"아니! 걔가 나한테 먼저 다가오게 만들어야지."

"진심이야? 너희 엄마가 너 그렇게 말하는 거 들으면 뭐라 하실까?"

"이렇게 말하겠지. 모든 관계는 평등한 동반자 관계로서 첫 번째 혹은 두 번째 접근에 관해서는 양측 모두 동등한 책임을 갖는다."

칼리는 마치 법원에서 변론하는 것처럼 말했다. 칼리 엄마는 변호사니까 그렇게 말씀하실 법하다.

"그럼 왜 먼저 만나자고 안 해?"

"왜냐면 거절 당하면 내 스스로가 찌질하게 느껴질 테니까."

"좋은 지적이야."

"우리가 거절하면 남자애들도 자기가 바보 같다고 느낄까?"

"아마도."

"그러니까 내가 매트에게 사귀자고 말해야 한다는 거지?"

칼리는 뒤돌아 나를 보았다.

"그렇게 말하진 않았는데. 이런 건 나한테 조언 구하지 마. 내가 이런 연애 문제에 무슨 전문가도 아니고."

"너 작년에 사귄 적 있잖아."

"사귄 적? 있지. 딱 한 번. 그렇다고 전문가가 되는 건 아냐."

"네 말이 맞아. 이제 너한테 그런 건 안 물어봐야겠다."

"잘 생각했어. 그래서 사귀자고 할 거야, 말 거야?"

"모르겠어. 매트는 너무 귀여워. 본인도 모르게 여자애들 심장폭행 하면서 다니고 있다니까?"

"그냥 같이 파티에 가자고 물어보면 되잖아. 나는 이 일에서 빼 줘."

"어림없는 소리! 난 네가 필요해. 옆에서 내가 혹시 멍청한 말이나 행동을 못 하게 막아 줘야 해."

"그럼, 그럼. 내가 말려서 여태껏 그런 짓 한 적 한 번도 없잖아."

"그래. 마음껏 비꼬아 봐. 아무튼 지금처럼 이런 태도를 유지해 줘. 그래야 내가 멍청한 짓을 하고 있단 걸 알아챌 수 있으니까. 평소에는 네가 그러면 무시했지만 이번 일은 진짜 중요해."

"아 그래? 네가 원하면 큰 소리로 말해 줄 수도 있는데. 그런 걸 바란다면 난 좋아."

"흥, 하나도 안 웃기거든."

칼리는 베개를 집어 들어 내 머리에 내려쳤다. 아팠다.

"악! 칼리! 나 목 부러진 것 같아!"

"징징대기는. 멀쩡하거든."

"진짜 아프단 말이야."

나는 목을 문지르며 일어섰다.

목이 아픈 건 아니다.

칼리가 머리를 베개로 때린 그때도 목은 아프지 않았다.

하지만 그때 목이 부러졌다면, 제대로 된 장소에 있었을 텐데. 지금 나는 사회봉사를 해야 할 병원 앞에 있다. 과거를 걷는 동안에도 시간은 현재를 흐르는 걸까?

오늘은 병동 직원과 면담이 있다. 사회봉사로 함께 시간을 보내야 할 여자애 이야기를 나누기 위해서다. 뭘 어떻게 해야 하는지 모르겠다. 내가 면담 같은 걸 할 수 있을까?

병원은 뻣뻣하게 서서 나를 못마땅하게 내려보고 있었다. 사람들은 내가 마치 도로표지로 놓인 원뿔인 것마냥 내 곁을 비켜 지나갔다. 사실 그들은 나를 눈여겨보지도 않는 것 같았다. 어쩌면 나는 진짜 여기에 있는 게 아닐지도 모른다.

휴대전화를 보았다. 시간은 내가 이미 늦었다고 말하고 있었다. 약속을 잊어버린 척하고 병원에 가지 않을 수도 있다.

하지만 내가 가지 않으면 넬이 그 사실을 알아낼 거고, 내 인생을 손아귀에 움켜쥔 다른 사람들도 알게 되면 모든 일이 더 나빠진다.

나한테 어떤 일이 생기든 그건 상관없다. 그렇지만 아빠가 이 이상의 골치 아픈 일들을 견딜 수 있을지는 장담할 수 없다.

나는 마지못해 발에 힘을 주어 계단으로 올라 건물에 들어갔다.

병원이 싫다. 병원은 아픈 기분이 들게 한다.

안내 데스크를 찾아가니 그곳에 앉아 있던 낯선 사람들이 나를 바라보았다. 말 없이도 질문하고 답을 받을 수 있는 안내 컴퓨터 같은 게 있으면 좋겠다. 아무래도 내가 직접 병동을 알아내야 할 것 같다.

그 여자애가 있는 병동 이름은 3C라고 했으니까 논리적으로는 3층으로 가야 할 것이다. 나는 어떤 엘리베이터를 타야 3층에 갈 수 있을지 찾아보면서 복도를 잠시 서성였다. 신은 구두에서 또각거리는 소리가 온 복도에 울렸다. 내가 이상한 옷을 입어서 사람들이 모두 나를 쳐다보는 것처럼 느껴졌다.

나는 어딘가 중요한 데로 급히 가는 듯한 작은 무리의 사람들을 따라갔다. 부디 이 사람들의 목소리가 나의 이 부적절한 소음을 덮어 주길 바라며 이들과 함께 슬쩍 엘리베이터에 올라탔다. 이 중 누구라도 3층에서 내려 주면 내가 사람들 눈에 띄지 않을 텐데.

다행히 엘리베이터는 3층에서 멈췄다. 나는 간호사복을 입고 발소리를 내지 않는 몇 사람을 따라 내렸다. 나는 어디로 가야 하는지 아는 척하면서 잠깐 그곳에 서 있었다. 병동 번호와 담당 간호사 이름이 적힌 종이를 들여다보면서 제자리에 서 있으니 얼마나 한심한지. 마치 지도를 들고도 도시를 헤매고 돌아다니는 얼빠진 여행자처럼 보였을 것이다.

"캐슬린 찾니?"

뒤쪽에서 목소리가 튀어나왔다. 나는 약간 놀랐지만 종이를 다시 내려다봤다. '캐슬린 로스.' 뒤를 돌아보니 밝은 보라색 간호사복을 입은 키 큰 남자가 서 있었다. 칼리가 봤다면 완전 '훈남'이라고 말했을 그 남자는 나를 보며 미소 짓고 있었다. 이미 긴장했지만 더 긴장이 될 정도로 잘생긴 간호사였다. 나는 가까스로 고개만 끄덕였다.

"그럼 따라올래? 캐슬린이 기다리고 있어. 네가 알렉산드라 맞지?"

나는 다시 고개를 끄덕였다. 얼굴이 살짝 뜨거워지는 게 느껴졌다. 이래서 사람들이 잘생긴 사람들을 보면 훈훈하다고 하는 걸까.

"잘됐다. 난 패트릭이야. 조니는 너 만날 생각에 신나 있을 거야. 캐슬린이랑 얘기가 끝나면 내가 널 조니한테 데려다 줄게. 여기로 들어가."

그 말을 미처 다 이해하기도 전에 그는 나를 작은 방문 앞에 세워 놓고 자리를 떠났다. 물어볼 생각도 없었지만, 어쨌든 내가 오늘 당장 그 여자애를 만난다는 사실에 충격 받았다. 나는 오늘 면담은 단순히 사전 설명회 같은 거라고 생각했다. 이 사람들은 내가 지금 당장 봉사를 할 거라고 알고 있나?

"안녕, 알렉산드라. 와 줘서 기뻐. 조니에 대해 내가 먼저 간단히 알려주고 그다음 둘이 만나 볼 수 있게 할게."

내가 여기 와서 기쁘다고? 넬이 내가 어떤 앤지 말하지 않았나?

게다가 이 사람들은 나를 '알렉산드라'라고 부른다. 내 주변에서 나를 그 이름으로 부르는 사람은 아무도 없다. 아빠가 정말로 화났을 때랑 선생님들이 엄해 보이려고 할 때를 빼고는 말이다. 아, 한 사람 더 있다. 내게 사회봉사 판결을 내린 판사까지.

지금 이름을 제대로 부르는 게 무슨 소용일까. 나는 그냥 고개를 끄덕이며 사회 부적응자로 안 보이려 최대한 예의 바른 미소를 지어 보였다.

캐슬린은 남의 말을 듣기보다는 말하는 걸 좋아하는 사람이어서 면담은 예상보다 나쁘지 않았다. 캐슬린은 조니라는 여자애가 열일곱 살이며 이 병원에 온 지는 두세 달 되었다고 했다. 신경근육장애라는 병이 있는데 기본적으로 자기 몸을 전혀 통제할 수 없다고 한다. 말만 들어도 끔찍하다. 그리고 전용 휠체어를 탄다. 사람들이 하는 말을 알아듣는 것 같긴 한데 정확히 얼마나 알고 있는지는 누구도 모른다. 그냥 다른 사람에게 말하듯 그 애에게도 그렇게 말하면 된다고 했다.

여기까지는 알아들었다.

그리고 가장 흥미로운 사실.

그 애는 말을 못 한다.

전. 혀.

면담은 지나치게 짧았고, 갑자기 훈남 간호사 패트릭이 돌아와 나를 복도 끝으로 데리고 갔다. 손은 땀에 젖어 축축해졌고 한 무더기의 나비들이 뱃속에서 파닥거리는 것만 같았다.

내가 이걸 할 수 있을지 모르겠다.

하지만 선택의 여지가 없다.

내가 도망가면 패트릭이 나를 쫓아올 것이다.

8

나는 드럼 소리처럼 탁, 탁 소리를 크게 울리며 복도를 걸어오는 구두 소리를 듣고 있었다. 바닥 이리저리로 발을 옮길 때 생기는 그 소리가 좋다. 그건 누군가가 다가오고 있다는 뜻이니까.

나는 이 발소리가 나를 향해 오는 것이기를 진심으로 바랐다!

그 애였으면!

드럼 소리가 멈췄고, 나는 곁눈질로 문이 열리는 것을 보았다.

"조니, 손님 왔어."

언뜻 보이는, 문에 걸쳐진 두 개의 손가락에 집중하려 했지만 내 머리는 계속 베개 위로 젖혀져 천장만 보였다. 내 돌멩이들이 나를 향해 빛을 쏘았지만 지금은 바깥세상으로 나가는 길을 찾는 게 아니다. 바로 여기에서 신나는 일이 일어날 테니까!

"이쪽으로 와 볼래? 두 사람 서로 소개할게."

그 애다! 그 애의 구두는 멋졌다. 시끄러운 발소리를 낸다는 것만으로도 나는 벌써 그 애가 마음에 들었다. 다른 면도 시끄러우면 좋겠는데.

우리를 인사 시키는 사람이 패트릭이라서 기쁘다. 무슨 일이든 패트릭과 함께하면 더 근사해진다.

"조니, 여기는 알렉산드라야. 이제 매주 몇 시간씩 너와 함께 보낼 거야. 그러니까 우리 지루한 노인네들한테서 벗어나 쉴 수 있는 시간이 생기는 거지."

나는 그 애를 웃음으로 맞이했지만 그 애는 웃지 않았다.

나는 웃는 사람이 좋다. 이 아이가 유머 감각이 있다면 좋을 텐데.

내가 내 전용 의자에 앉아 있으면 좋았을 텐데. 나는 앉아서 머리를 그나마 고정할 수 있을 때 사람들을 처음 만나는 게 더 좋다. 그럼 상대방의 눈을 더 잘 들여다볼 수 있고 그들이 어떤 사람인지 더 잘 알아볼 수 있다.

그 애는 나를 훑어보고는 반쯤 미소를 지었다. 눈은 웃고 있는 것 같지 않았다. 마치 양 볼을 옆으로 살짝 잡아당긴 듯 입술만 웃었다.

"알렉산드라는 낯을 좀 가리는 편이고 말도 많지 않아. 그래서 알렉산드라가 여기 있을 때는 우리가 여기를 음소거 상태로 만들려고 해. 그래야 두 사람이 서로의 말을 알아들을 수 있을 테니까."

나는 패트릭의 농담에 빙긋 웃었지만 알렉산드라는 놀란 눈으로 그를 쳐다보았다. 패트릭의 개그를 이해하지 못했나 보다.

아니면 유머 감각이라곤 전혀 없는 사람이든지.

"그럼 나중에 보자."

패트릭이 떠나며 인사했다. 그는 방을 나설 때 늘 뭔가를 말하고, 그 말을 들으면 나는 그가 갔다는 걸 안다. 내가 패트릭을 좋아하는 또 다른 이유다. 그는 나가는 순간까지 나를 배려한다.

방에는 정적이 흘렀다. 알렉산드라는 선 채로 방 안을 둘러보고 있었다. 침대 옆에 의자가 하나 있다. 저기 앉아 쉬라고 말할 수 있으면 좋을 텐데.

그 애는 내가 볼 수 있는 위치에 서 있긴 했지만 진짜 모습을 들여다볼 수는 없었다. 나는 사람을 볼 때 그 사람의 눈을 봐야 그가 진짜 어떤 사람인지, 여기서 나와 함께 있는 걸 어떻게 느끼는지를 알 수 있다. 알렉산드라의 눈은 방 여기저기를 훑었지만 나를 한 번도 똑바로 보지는 않았다.

사람들이 처음에 나를 보러 오면 늘 이렇게 행동한다는 걸 안다. 그들은 내 방이 그동안 본 것 중 최고로 재미난 것인 양 내 방을 구석구석 살핀다. 나를 제대로 보기로 결심하려면 이 방의 모든 것을 주의 깊게 조사해야만 하는 것처럼.

하지만 이 방에는 그다지 볼 게 많지 않아서 보통 이 과정은 몇 분밖에 안 걸린다. 알렉산드라는 내 방의 세세한 부분에 관심이 많아 보이지만 말이다. 그 애는 내 방이 매우 흥미로운지 방 안을 돌아다니기 시작했다. 덕분에 내 시선에서 벗어나기에 충분했다. 내 생각엔 뭔가를 더 자세히 보려는 것 같은데…. 뭘 보고 있든 그게 무슨 상관이람.

정적이 흐른다.

새로운 방문객들이 주로 하는 또 다른 행동은 말하기다. 특히 자기 소개. 그들은 내가 대답을 못 한다는 걸 알면서도 내게 어떠냐고 물어본다. 그러고 나서 내가 대답을 못 하는 걸 알면서도 그런 질문을 한 걸 깨닫고는 스스로를 비웃는다.

나와 시간을 보내려고 오는 대부분의 방문객들은 읽어 줄 책을 가져온다. 하지만 알렉산드라는 가져오지 않았다. 심지어 숨소리마저 조용해서 나는 아직 그 애가 방에 있는지 알려고 최대한 귀를 기울였다.

이상하다. 이런 방문객은 한 번도 없었다. 다음에 무슨 일이 벌어질지 알 수 없다. 아직 아무 일도 일어나지 않았지만 말이다!

내 머리가 심하게 춤을 추기 시작했다. 무슨 일이 일어나는지 알아내려고 너무 무리를 했나 보다. 나쁜 소식은 알렉산드라가 나를 보면 겁을 먹을 거라는 거고, 좋은 소식은 머리가 흔들리면서 어쩌다 한 번씩은 그 애를 볼 수 있다는 거다.

내가 그렇게 본 알렉산드라는 아주 예뻤다. 색이 짙은 머리칼은 구불거린다. 눈은 어떤 색일까? 복도를 큰 소리로 울린 구두도 보고 싶지만 내가 구두를 볼 수 있도록 공중에 발차기를 해 줄지는 잘 모르겠다.

그럼 진짜 웃길 텐데.

이런 생각에 웃음이 나왔다. 작은 소리였지만 알렉산드라의 주의를 끌 정도는 되었다. 그 애는 내 쪽을 보았는데 그 순간이 아주 짧아서 얼굴을 읽기에는 무리였다.

얼굴은 중요하다. 그중에서 특히 눈은 더 그렇다. 눈은 사람들 안에 감춰진 것을 보여 준다. 전에 누군가 읽어 준 책에서 들은 표현인데 거기에 이런 말이 있었다. '눈은 영혼의 창이다.' 영혼이란 단어가 정확히 어떤 말인지 알 수는 없지만 내 생각에 그건 내 안에 있는 어떤 부분인 것 같다. 어떻게 들여다보는지 알기 전에는 볼 수 없는 어떤 것.

알렉산드라는 어떤 사람인지 뭐라 표현할 수가 없다. 눈을 아주 잠깐 보았을 뿐이고, 그마저도 아무도 안을 들여다볼 수 없도록 창문을 꽁꽁 닫아 놓은 것 같았다.

마침내 그 애가 침대 쪽으로 다가왔지만 아직도 눈은 나를 보지 않았다. 시선은 위를 향하고 있었다. 나는 그 시선을 따라가려고 최대한 힘을 냈다. 아마 내 무지개를 보고 있는 것 같다. 잘됐다. 나도 그걸 봐야겠다. 나는 점점 피곤해졌다. 이리저리 춤추고 있는 머리 때문에 목이 아팠다. 마음을 가라앉히고 집중할 필요가 있었다. 그럼 몸도 서서히 진정될 것이다.

알렉산드라에게도 저 목걸이가 무지개처럼 보일까? 아마 아니겠지. 그냥 누가 저렇게 천장에 목걸이를 걸어 놨는지 그게 궁금할 것이다. 알렉산드라가 저걸 이상하게 여기는 것을 상상해 보았다.

그 애가 이곳에 있는 모든 게 이상하다고 생각하는 걸 상상한다.

사실 아무것도 모르겠다. 이 애는 내게 어떤 정보도 주지 않는다.

어쨌든 우린 여기에 있고, 둘 다 내 목걸이를 가만히 바라보고 있다. 우리가 충분히 오래 목걸이를 바라보면 함께 같은 돌멩이로 들어갈 수 있을지도 모른다. 그럼 알렉산드라가 나에게 말을 걸겠지.

"잘 돼 가고 있는 거야?"

둘 다 그 목소리에 깜짝 놀랐다. 캐슬린이 방 안에 들어온 게 틀림없다. 늘 그렇듯 나는 그녀가 들어오는 소리를 못 들었다.

우리 둘 다 대답하지 않았다. 적어도 큰 소리로는. 하지만 알렉산드라는 고개를 끄덕인 것 같다.

"알았어, 조니. 좀 이따 다시 올게. 알렉산드라, 네가 여기 와서 기뻐."

그녀는 들어왔을 때처럼 아무 소리 없이 나갔다.

정적이 우리를 감싸며 쭉쭉 뻗어 나갔다. 만약 내 손이 말을 듣는다면 그 애에게 앉으라고 의자를 가리킬 텐데. 하지만 내 손은 언제나 그렇듯 제멋대로 이리저리 흔들렸고, 그 애는 계속 서 있었다. 나는 기다렸다. 우리는 몇 분간을 더 정적 속에서 쉬었다. 이윽고 정적은 마침표를 찍었다. 그 애는 처음으로 나를 똑바로 보았다.

"안녕."

그 애의 목소리는 속삭임에 가까울 정도로 아주 작고 부드러웠다. 우리가 병원에 있으니까 조용히 말해야 한다고 생각하는 걸까.

나는 물론 말로 대답하지 않았다. 하지만 눈으로 "안녕"이라고 전하려 애썼다. 사실 알렉산드라가 그렇게 가까이서 나를 보는 게 아니라서 내 인사를 놓친 게 아닌가 생각했다. 알렉산드라가 서 있는 모습은 그리 편해 보이지 않았다. 두 손을 너무 꽉 마주 잡고 있어서 손가락 관절이 새하얗게 질려 있었다. 눈은 뭔가를 찾는 것처럼 여기저기를 불안하게 훑고 있었다.

그러다 그 애는 다시 나를 똑바로 보았고, 나는 그 애가 입을 떼길 기다렸다. 그 애는 몇 초간 나를 바라보고는 머리를 좌우로 흔들며 돌아섰다. 그리고 그 애의 멋진 신발은 마치 어딘가로 서둘러 가야 할 곳이 있는 듯 또각거리며 방을 나가 버렸다.

다시 혼자가 되었다.

그 애가 여기 있었을 때에도 혼자였던 것 같은 생각이 들었다.

9

Alexandra

"그래서 나한테 도와 달라는 거야, 말라는 거야? 나 그 노래 알아."

칼리는 내 CD를 훑어보며 책장 앞에 서 있다. 그러더니 내 책상에다 CD를 꺼내 산처럼 쌓아 놓았다.

"뭐 하는 거야?"

"종류별로 분류하는 거야. 좋은 음악, 나쁜 음악, 진짜 나쁜 음악, 그리고 완전 한심한 음악."

"이 중에서 어떤 게 좋은 음악 쪽이야?"

"이거."

칼리는 겨우 세 장의 CD가 쌓인 쪽을 가리켰다.

"내 음악 취향을 존중해 줘서 대단히 고맙네요. 그러는 너야말로 뮤지컬 음악에 대한 진한 애정을 애써 감추는 거 아니야?"

나는 칼리의 등에 베개를 던졌다. 칼리는 내 행동을 무시한 채 고개를 돌려 어깨 너머로 나를 보더니 활짝 웃었다.

"응, 맞아. 아무튼 장난으로 그런 거 알지? 여기에는 단순히 멜로디가 좋은 것 이상으로 좋은 것들이 있단 말이야. 넌 제대로 된 재즈 가수들 음반도 있잖아. 네가 가진 CD를 전부 싫어하는 건 아니야. 분류한 것을 다시 말하자면, 이것들은 내가 당장 빌려 가고 싶은 것들, 또 이건 나중에 빌려 가고 싶은 것들, 그리고 이건 네가 소장하고 있어도 좋은 것들. 그런데 이렇게나 CD가 많다니 굉장하다! 난 케이스까지 있는 오래된 CD는 3장 정도밖에 없는데. 나머지 음악들은 다 컴퓨터에 있고. 보통 사람들처럼 말이야."

"대부분은 엄마 거야. 아빠 말로는 엄마가 정말 음악을 좋아하셨대. 크리스마스 때마다 아빠는 엄마 양말에 CD를 넣곤 하셨다는데, 이젠 나에게 그렇게 하시지. 아빠가 고른 건 어쩜 그렇게 매번 맘에 안 드는지…. 말씀 드릴 수도 없고."

"너희 아빠 정말 좋으시다. 구식이기도 하고."

칼리는 내 침대에 털썩 앉아 드러눕더니 몸을 돌려 엎드린 채 나를 보았다. 그녀는 편안한 자리를 찾으려고 몸을 조금씩 움직였다.

"네 침대 정말 딱딱해! 대체 여기서 어떻게 자니?"

"너야 네 옷을 침대 여기저기 늘어놓고 쿠션 대용으로 쓰니까 그렇지. 내 옷은 저기 옷장 안에 다 있거든."

나는 내 옷장을 가리켰지만 칼리는 쳐다보지도 않았다. 대신 드러누워서 나를 쳐다보았다.

"진짜 네 옷장에 금요일에 뭐 입고 갈 만한 게 있나 찾아봐야겠다."

"내가 무슨 옷 갖고 있는지 다 알잖아. 내가 같이 옷 사러 가는 사람은 너밖에 없어."

아빠는 여성복 매장에 가는 걸 좋아하지 않는다.

"하긴. 그럼 우리 끝나면 같이 우리 집에 가는 거 어때? 내 옷 빌려 입으면 되잖아."

"뭘 끝내는데?"

"네 노래 연습. 내가 도와준다고 했잖아. 진심이었어. 내가 작년에 똑같은 거 해서 심사위원들이 뭘 좋아하는지 알아. 내가 도와주면 넌 완전 최고가 될걸."

나는 고민하면서 잠깐 칼리를 보았다. 나는 노래 부를 때 콤플렉스가 있다. 바보 같다. 이젠 연기까지 그 콤플렉스가 전염되고 있으니까. 더 바보 같은 건, 이게 연기에 방해가 된다는 걸 알면서도 그냥 내버려 두는 것이다.

"어떻게 될지 알잖아. 칼리 네가 나보다 더 노래를 잘하니 나는 내가 아닌 너처럼 노래하려고 할 거야."

"말도 안 돼. 네 목소리는 나랑 완전히 달라. 특히 지금처럼 너의 허스키하고 섹시한 목소리라면 더더욱. 그 노랜 네가 부르면 다른 느낌으로 잘 어울릴 거야. 근사할걸. 어쩌면 나보다 더 잘 어울릴지도 모르지."

칼리의 좋은 점은 그저 내 말문을 막으려고 말을 하는 게 아니라는 것이다. 칼리는 진심이다. 언제나 사람들을 칭찬하고 자신감을 북돋아 준다. 손을 대는 사람은 누구든 초긍정으로 바꾸는 힘이 있다.

아니, 그런 힘이 있었다.

때때로 내가 더 이상 과거에 살지 않는다는 걸 잊어버린다. 내 기억에서 유일하게 믿을 수 있는 건 미래의 일은 예측할 수 없다고 느끼는 그 순간뿐이다. 그리고 그 찰나에만 삶이 그렇게 끔찍하지는 않다고 느낀다. 그럴 때 나는 안전함을 느낀다. 아무렇지 않게 공기를 들이마시고 물을 마시고 음식을 먹을 수 있는 평범한 안전함.

그러다 현실이 나를 깨우면 가슴이 답답해진다. 더 이상 평범한 건 없다. 어떤 것도 진짜가 아니고 아무것도 안전하지 않다.

평범해지거나 진짜가 되는 것, 혹은 안전해지는 일은 다시는 없다.

그러면 나는 눈을 꼭 감고 아무것도 없는 검은 구멍 속으로 사라지려 애쓴다. 내 기억이 나를 잡을 수 없도록 아주 멀리.

"알렉스, 안에 있니?"

"예."

아빠는 내 방에 들어오기 전에 허락을 구한다. 아빠는 방문 앞에 서서 내가 누구인지 기억해 내려는 것 같은 표정으로 잠시 나를 보았다. 그러더니 방으로 들어와 침대 옆에 서서 나를 내려다보았다. 아빠는 작업복을 입은 채였는데 옷에는 기름 얼룩이 묻어 있고 정비소에서 나는 냄새가 났다.

"어땠니?"

아빠는 걱정이 아닌 가벼운 관심처럼 보이려고 애쓰며 내게 물었다. 효과는 없었다.

"뭐가요?"

나는 되물었다.

"병원 말이다!"

아빠는 약간 짜증난 목소리로 말했다. 마치 내가 일부러 고통을 주려고 모른 척했다는 것처럼. 그런 게 아닌데. 나는 정말 아빠가 무슨 말을 하는지 몰랐다. 하지만 별로 변명할 생각은 없었다.

"아… 그냥 그랬어요."

'그냥'이라는 말은 사실을 최대한 미화시킨 것이다. 사실 나는 일을 완전히 망쳤으니까.

"왜?"

어떨 때 아빠는 나보다 더 말을 적게 한다.

"그 애가, 조니요. 전혀 말을 못 해요. 병원 사람들은 내가 말하길 기대하고요."

나는 머리를 가로저었고, 곧바로 그런 행동을 후회했다. 손을 올려 머리를 지탱했다. 나는 두통이 있다. 머릿속에 구슬이 가득 차 있는데, 누가 더 고통을 줄 수 있나 내기라도 하듯 서로 이리저리 부딪치고 박살난다. 아빠가 나를 보았다. 재빨리 손을 내렸으니 아마 눈치채지 못했을 거다. 편두통이 시작된 걸 알면 진통제를 먹으라며 귀찮게 할 것이다.

나는 이 고통을 받아 마땅하다. 하나도 남김없이 모두 다.

설령 내가 이 고통을 없애고 싶어도 세상에 그만큼 약이 충분히 많진 않을 것이다.

"그럼 네가 말을 하면 되겠구나."

아빠는 그게 아주 쉬운 일인 것처럼 말했다.

"제가 못 한다는 거 아시잖아요."

"네가 안 할 거라는 건 알지. 못 하는 것과 안 하는 것은 달라. 계속 이렇게 지낼 수는 없다, 알렉스. 이제 그만 거기서 빠져 나와서 가끔은 사람들하고 말도 해야지."

"할 말 없어요."

나는 눈을 감고 아빠에게서 등을 돌렸다. 아빠가 곁에 걸터앉자 침대가 출렁였다.

"알렉스, 거의 일 년이 다 돼 간다. 너도 네 삶을 살아야지. 널 원망하는 사람은 아무도 없어."

"그렇지 않아요."

"알렉스, 그건 그냥 사고…."

"그만! 제발 그만하세요……."

고음을 낼 때처럼 기도가 좁아지는 게 느껴졌다. 앞으로 이어질 말이 우리를 할퀴기 전에 두 손으로 입을 막았다.

긴 침묵이 이어졌다.

아빠의 손이 어깨에 닿는 것 같았지만 아주 살짝 스쳐서 확신할 수 없다. 침대가 다시 출렁거렸다. 아빠는 일어나 문으로 다가갔다.

"알렉스?"

머뭇거리는 목소리. 나는 아빠를 보았다.

"조니 말이다. 음악을 이용하는 건 어때? 그거라면 네가 잘 아니까. 음악을 들려줄 수도 있지 않을까, 일단 지금은."

나는 머리를 살짝 가로저었다. 음악을 트는 건 내가 지금 할 수 있는 일 중 최악이 될 것이다. 음악은 내게 숨쉬기나 먹는 것처럼 삶의 일부였다. 언제든 그곳으로 숨어들어 나 자신을 보호할 수 있는 은신처였다.

하지만 이젠 아니다.

아빠는 뭔가 더 말하고 싶은 눈으로 다시 나를 바라보았다. 하지만 생각을 바꾸었는지 내 어깨를 토닥이고는 말없이 방을 나갔다.

다행이다.

말이 없는 곳, 그곳이 내가 속한 곳이다.

나는 진열장 앞을 서성이며 CD를 봤다. 진짜 보지도 않으면서.

칼리는 빌려 간 CD를 다시 돌려줄 수 있을까.

상관 없다.

거의 일 년째 듣지 않고 있으니까.

음악은 과거에 그대로 남겨져 버렸다.

침묵 속에 묻혔다.

조니가 살고 있는 곳도 그렇겠지.

내가 어떻게 그 애와 함께 뭔가를 할 수 있단 말인가.

하지만 그렇다고 그냥 거기 앉아서 서로를 바라보며 200시간을 보낼 수는 없는 일이다.

무슨 일이든 해야 한다.

말을 걸 수는 없다.

책을 읽어 주는 것도 싫다.

함께 음악을 듣는 건 절대 안 된다.

그렇담 내가 뭘 할 수 있단 말인가.

10

알렉산드라가 여기에 있다. 다시 돌아와서 기쁘다. 그 애의 구두 소리가 복도에서부터 존재를 알린다. 여기 올 때마다 그 신발을 신으면 좋겠다. 나는 이 적막한 복도에서 드럼 소리를 내는 구두를 신을 만큼 용기 있는 사람이 좋다.

간호사들은 그걸 어떻게 생각할까?

알렉산드라는 처음 들어왔을 때 한마디도 하지 않았다. 인사조차도.

확실히 말을 하는 걸 좋아하지는 않는 것 같다.

아니면 혹시 내가 잠들어 있다고 생각해서 깨어날 때까지 기다리는 건지도 모른다.

그러나 나는 자는 게 아니다. 다만 햇살이 눈에 닿으면 눈을 감는다. 그러면 내가 병원 안에서 빛을 보고 있는 게 아니라 밖에서 빛을 즐기고 있다고 상상할 수 있으니까.

지금 내가 할 수 있는 일은 알렉산드라가 무슨 생각을 할까 상상해 보는 것뿐이다. 사람들 마음속에서 무슨 일이 일어나고 있는지 상상하는 거라면 꽤 자신 있다. 눈을 들여다볼 수 있다면 좀 더 쉽겠지만 꼭 그럴 필요는 없다. 가끔은 그냥 느껴지기도 하니까.

알렉산드라는 예외다. 그 애의 마음속에서 무슨 일이 일어나는지 전혀 알 수가 없다.

어쩌면 알렉산드라는 잠들어 있는 나를 보고 싶어서 자기가 온 것을 티내지 않고 있는 건지도 모른다. 그렇게 하는 게 나를 관찰하는 가장 안전한 방법이라고 생각하고 있거나.

알렉산드라가 내 무지개를 알면 어떻게 생각할까? 나를 이상하다고 여길까? 유치하다고 생각할까? 아니면 자신도 돌멩이를 통해 현재를 벗어나고 싶어 할까? 그것도 아니면 하루하루가 너무 신이 나서 과거의 기억으로는 들어가고 싶어 하지 않을 수도 있다.

전에 작은 병아리 한 마리가 자신의 알을 깨고 나오는 영상을 본 적이 있다. 병아리는 부리로 아주 작은 구멍을 만들었다. 그러자 빛이 새어 들어오기 시작했다. 병아리는 그 작은 구멍을 쪼고 또 쪼아 자유의 몸이 되었다. 병아리가 어떤 느낌이었을지 상상해 보았다. 꽉 막힌 알 속에서 갑갑하게 웅크리고 있다가 자기를 가로막고 있던 벽을 깨뜨리고 바깥세상을 스스로 찾아낸 기분! 세상을 탐험할 자유를 갖게 된 그 기분!

내 무지개는 나에게 그 병아리가 느꼈을 기분을 준다. 무지개를 볼 때마다 이 병원 침대에서 벗어나 세상으로 자유롭게 날아갈 수 있도록 조금씩 구멍이 커지는 기분이다.

만일 내가 알렉산드라가 알아들을 수 있는 말을 발견해서 그 애길 한다면 이해해 줄 수 있을까?

내가 궁금한 만큼 알렉산드라도 내가 궁금할까?

알렉산드라는 나처럼 사는 건 어떤 느낌인지 알고 싶어 할까?

만일 물어본대도 잘 말해 줄 수 있을지 모르겠다. 이건 내가 지금껏 느껴 온 모든 감정이고 그냥 나만의 삶이다. 내가 같은 질문을 한다면 알렉산드라도 나와 똑같이 말하겠지. 아마 그 애도 일어서기, 걷기, 손을 마음대로 움직이기, 학교 다니기, 친구 사귀기… 그런 게 어떤 느낌인지 제대로 말하지 못할 수도 있다. 그 모든 건 그냥 그 애 삶의 일부일 뿐일 테니.

그냥 있는 그대로의 것들을 설명하기란 어려운 법이다.

알렉산드라가 온 오늘은 내가 의자에 앉아 있어서 기분이 좋다. 의자에 앉으면 상대와 좀 더 동등해진 기분이다. 알렉산드라가 앉기로 마음만 먹는다면 눈을 마주 볼 수도 있을 것이다. 나는 이 의자가 좋다. 나를 위해 특별히 제작한 의자다. 나에게 꼭 맞추어져 아프지 않게 몸을 단단히 잡아 준다. 빽빽한 거품에 안기는 느낌이랄까. 바닥은 정말 부드러워서 엉덩이가 아프지 않게 해 준다. 나는 몸에 거의 지방이 없어서 피부가 미술 시간에 쓰는 종이처럼 얇다. 딱딱한 곳에 그대로 두면 쉽게 헐고 찢어진다.

의자는 내게 전혀 다른 관점, 수직의 세상을 가져다준다. 목은 더 이상 크고 무거운 내 머리를 지탱할 필요가 없다. 의자가 그 일을 대신한다. 내가 앞으로 튀어 나가거나 옆으로 기울어지지 않도록 붙잡아 주는 푹신한 틀 안에서 머리가 단단히 고정된다. 할 수만 있다면 종일 의자에만 앉아 있고 싶지만 그럴 수는 없다. 내 다리는 몸의 나머지 부분들이 이런 변화를 즐기는 걸 반대한다. 시간이 좀 지나면 다리가 긴장되고 서로를 공격하려고 이리저리 엇갈린다. 가림막이 다리 사이에 있어 다리가 싸우는 걸 막지만 그것만으론 충분하지 않다. 경직된 한쪽 다리가 반대편 다리와 싸우려다 가림막과 부딪치면 허벅지가 아파 온다. 많이 아플 때도 있다.

나는 온 신경을 집중해 성대에 목소리를 내 보라고 설득했다. 말을 듣지 않는다. 그러다 숨이 터져 나와 풍선에 바람이 빠질 때 나는 소리 같은 "후—" 소리가 나왔다.

그 소리가 알렉산드라의 주의를 끌었다. 그러자 그 애는 내가 바라던 대로 의자에 앉았고 나는 그 애를 바라보며 웃어 보이려고 했다. 내 미소가 다른 사람들의 미소와 같지 않다는 건 나도 알고 있다. 웃으려고 하면 얼굴이 이상한 모양으로 일그러지기 일쑤다. 나한테 익숙하지 않은 사람이 그걸 보고 오해하는 일은 다반사다. 전에 내가 웃자 발작이 온 줄 알고 바로 간호사를 호출한 방문객들도 있었다.

알렉산드라는 다른 방문객들과는 달랐다. 대부분은 적막함을 말로 채워야 한다고 느낀다. 하지만 그렇게 입에서 나와 공중에 떠다니는 말들이 오히려 누군가의 마음을 여는 걸 방해하는 건 아닐까. 침묵을 더 편안히 느낄 수 있다면 사람들은 서로의 생각과 감정을 더 잘 나눌 수 있을 텐데.

그리고 나도 사람들과 교감할 수 있겠지….

알렉산드라는 나만큼이나 말이 없지만 그 애의 침묵은 우리가 생각을 나눌 수 있는 그런 종류는 아니다. 그 애의 침묵은 자기만이 들어갈 수 있는 고독한 공간 같다.

"저기…"

알렉산드라가 드디어 입을 열었다. 손에 뭔가를 들고 있었는데 각도 때문에 무엇인지 잘 알아볼 수 없었다.

"음악이야."

알렉산드라가 어깨를 으쓱하며 그걸 든 손을 흔들었기 때문에 도무지 그게 뭔지 알 수 없었다. CD인가? 내 방에는 아무도 사용하지 않지만 CD 플레이어가 하나 있다.

"브로드웨이."

그 말은 입 밖으로 나오기를 머뭇거리다 마지못해 끌려 나온 것처럼 들렸다. 그 애는 대답을 기다리는 눈빛으로 나를 보았다. 나는 눈빛으로 대답하기 위해 최선을 다했고, 내가 '좋다'고 말한 걸 그 애도 알아들은 것 같았다. 어쩌면 내 대답을 알아듣지 못했지만 이미 음악을 틀기로 결정하고 예의상 물어본 걸지도 모른다. 어쨌든 나는 음악이 정말 좋다. 그러니 내게는 잘된 일이다.

알렉산드라는 방 한쪽에 있는 플레이어에 CD를 넣으려고 뒤돌았다. 그 애의 눈은 슬퍼 보였다. 나는 많은 장르의 음악을 알지만 브로드웨이는 잘 모르겠다. 전에 들어 본 적이 있는 것 같지만 확실하지 않다. 알렉산드라가 조금 더 설명해 주면 좋을 텐데. 내가 틀렸을 수도 있지만 눈을 보니 아마도 그 애가 좋아하는 음악은 아닌 것 같았다.

언제나 말은 충분하지 않다.

음악이 방 안을 가득 채웠다. 누군가 들어와 음악을 끄라고 하기까지 얼마나 걸릴지 궁금했다. 나는 이렇게 소리를 크게 틀어 놓는 게 좋다. 천장부터 바닥까지 가득 찬 소리가 내 발끝부터 머리까지 차오르며 온몸에 스며들도록 말이다. CD에서 흘러나오는 노랫소리는 예전에 학교에서 본 뮤지컬처럼 어떤 이야기를 담고 있었다. 그럼 그것들도 브로드웨이 뮤지컬이었나? 내가 마지막으로 본 건 〈오즈의 마법사〉였다. 정말 근사했는데. 알렉산드라가 가고 나면 무지개를 타고 그때로 돌아가서 다시 브로드웨이를 볼 수 있을지도 모르겠다.

"이야, 잘 돼 가니?"

음악 소리가 너무 커서 심지어 패트릭이 들어온 것조차 몰랐다. 아, 제발 음악 소리를 낮추라고 말하러 온 게 아니면 좋겠는데! 나는 음악 듣는 게 좋다는 걸 보여 주기 위해 패트릭에게 웃어 보였다. 알렉산드라는 웃지 않았다. 그저 걱정스런 표정을 지었다. 우리가 문제를 일으켰다고 생각하는 것 같았다.

오히려 그런 거라면 참 재미있겠다. 난 한 번도 문제를 일으켜 본 적이 없으니까!

"음악 좋은데. 재미있어 보이네, 조니. 그럼 좋은 시간 보내렴."

그는 손가락으로 내 코를 가볍게 톡 치고서 시야에서 벗어났다. 패트릭이 나가자 알렉산드라는 안심한 것 같았다. 알렉산드라는 사람들을 별로 좋아하는 것 같지 않다. 말로 그걸 표현하는 타입은 아니지만.

알렉산드라는 오로지 음악만 들었다. 가끔씩 눈이 감겼고 머리는 완벽한 타이밍에 까딱였다. 그렇게 할 수 있다는 건 얼마나 멋진 일인가! 리듬이 몸을 감싸고 그에 맞춰 몸을 움직이는 것 말이다. 내 몸은 나와는 박자를 못 맞추니 음악에라도 박자를 맞추어 주면 좋을 텐데.

알렉산드라는 음악을 듣고도 전혀 행복한 것 같지 않았다. 얼굴은 슬퍼 보였고 손은 계속 이마를 문지르고 있었다. 마치 지워 버리고 싶은 고통이 있는 듯.

음악이 끝나고 소리가 그대로 방을 빠져나가자 침묵이 다시 그 자리를 차지했다. 알렉산드라가 눈을 감고 있다. 자는 것 같지는 않았다. 몇 분의 시간이 조용히 지나갔고 이윽고 그 애가 천천히 눈을 떴다.

그 애는 나를 보았고 마침내 그 애의 눈을 들여다볼 수 있는 기회가 생겼다. 봄날의 풀처럼 아름다운 초록색 눈이었다. 하지만 눈빛에 드리운 그림자가 있었다. 그 눈이 너무 슬퍼 보여 우는 건 아닐까 걱정스러웠다. 그 애가 고개를 저으며 내가 더 이상 눈을 볼 수 없게 되자 우리의 눈 맞춤은 깨졌다.

"미안해."

그 애가 나를 보고 미소 지었다. 하지만 그 미소는 눈이나 얼굴까지 번지지 못했다. 나는 미소로 답했다. 그런데 왜 미안하다고 하는 거지? 브로드웨이는 정말 좋았는데.

알렉산드라가 오는 게 좋다. 무의미한 말을 흩뿌리는 것보다는 차라리 침묵을 이해할 수 있는 사람과 함께 하는 편이 더 낫다.

침묵은 내가 그 애와 연결되어 있음을 느끼게 한다.

알렉산드라는 자리에서 일어나 가져온 물건들을 챙겼다. 그 애가 가는 게 싫었지만 다리가 아프기 시작했다. 침대로 돌아가야 한다. 알렉산드라가 가고 나서 옮겨지고 싶은데.

알렉산드라는 할 말이 있는 듯 입을 열었지만 아무 말도 하지 않았다.

그 애는 나를 향해 아주 작게 손을 흔들고는 방을 나갔다. 또각거리는 발걸음 소리는 그 애의 슬픔에 점점 지워져 갔다.

11

Alexandra

나는 조니의 병실을 뛰쳐나와 아무도 나를 알아보지 못하게 고개를 숙이고 엘리베이터로 향했다.

〈웨스트사이드 스토리〉를 고를 만큼 그렇게 멍청하다니! 그건 1학년 첫 학기에 칼리와 내가 같이 출연한 뮤지컬이다.

칼리를 위해서가 아니었다면 그런 일은 절대 못 했을 것이다. 칼리는 나를 강당으로 가게 만들었고, 당황해서 달려 나가고 싶어도 무대에서 버티게 했다.

이 뮤지컬에서 칼리는 주인공인 마리아를 연기했다. 나는 이탈리아계 미국인들이 모인 제트파의 여자 일원 3번 역할을 맡았다. 방에서만 부르던 노래를 진짜 무대 위에서 한 건 그때가 처음이었다. 내가 살면서 한 것 중에 가장 멋진 일이었다.

지금 음악을 듣는 게 좋은 생각이 아니라는 건 알고 있다.

아마 조니는 내가 세상에서 최고로 지루한 애라고 생각하고 있겠지.

내가 상황을 더 나쁘게 만들었다. 내가 모든 걸 망치고 있다.

전에도 그랬던 것처럼.

그 일은 생각하고 싶지 않다.

나는 마음의 평정을 유지하려고 애쓰면서 집으로 서둘러 걸어갔다. 그래야 그날을 떠올리지 않을 수 있을 테니까. 하지만 기억은 내가 밀어낼 틈도 없이 빠른 속도로 미끄러져 들어왔다.

"벌써 세 시 다 됐어!"

"그래, 알아. 보통 두 시 반 다음에 세 시가 오잖아."

나는 내 놀라운 유머 감각에 웃었지만 칼리는 웃지 않았다.

"앞으론 웃긴 얘기 할 거면 미리 알려 줘. 그래야 웃을 수 있지."

"칼리, 알렉스. 너희들 친구들한테 하고 싶은 얘기라도 있니?"

셰이커 선생님이다. 칼리는 나를 보더니 눈을 굴렸다.

선생님들은 왜 항상 저런 식으로 말씀하실까? 꼭 초등학생 다루듯 하는 게 정말 싫다. 심지어 초등학생 때도 싫어했다. 하고 싶은 얘기가 없다면 말을 꺼내지도 않았을 테지. 더군다나 우린 그 얘길 선생님한테 할 생각은 없다. 아니면 왜 귓속말을 했겠는가.

"아니에요, 선생님. 칠판에 있는 문제 때문에 얘기하고 있었어요."

칼리는 내가 아는 그 누구보다 거짓말을 잘한다. 칼리는 상대방 눈을 똑바로 보고 머릿속에서 나오는 대로 그냥 말한다. 반면 나로 말하자면 세계에서 가장 거짓말을 못 하는 사람이다. 나는 거짓말을 할 때마다 아빠 구두를 쳐다보고, 아빠는 그때마다 알아챈다.

셰이커 선생님은 광이 나는 검은색 구두를 신었다. 얼굴도 비춰 볼 수 있을 것 같다.

칼리는 내 옆구리를 찌르더니 두 번째 손가락을 자기 입에 갖다 댔다. 나더러 조용히 있으라는 말이다. 나는 칼리를 보고 고개를 젓고는 종이 칠 때까지 애써 공부하는 척했다.

"휴, 해냈다! 성공이야. 이제부터 서둘러야 돼. 넌 집에 가서 네 물건 챙겨서 우리 집으로 와. 거기서 준비하면 돼. 그리고 우리 엄마가 너 우리 집에서 저녁 먹으래. 엄마가 파티에 우릴 데려다준대. 파티가 끝나면 너희 아빠가 우리 데리러 오실 거라고 얘기했거든. 좀 늦게 오실 수 있는지 물어봤어?"

"응, 그렇긴 한데 허락 안 하실 거야. 귀가 시간에 엄청 예민하시거든. 아빤 우리 나이대 애들한테 나쁜 일은 모두 늦은 밤에 일어나는 거라고 생각하셔. 미안, 나도 노력은 했어."

"괜찮아. 그 문제라면 우리 엄마도 그렇게 생각하시거든. 그럼 우리가 할 수 있는 건 별로 없네. 아무튼 너무 일찍 가면 안 돼. 왕따처럼 보일 테니까. 그렇다고 너무 늦게 가도 안 돼. 빨리 나와야 하는데 그럼 파티를 즐길 시간이 없잖아. 그럼, 몇 시에 갈까?"

나한테 진짜 조언을 얻자고 물어보는 건 아닐 거다. 노는 문제는 언제나 칼리가 알아서 하니까. 나는 대답하지 않았지만 칼리는 그것조차 알아채지 못했다. 그리고 직접 답을 내놓았다.

"제대로 시작하는 게 7시 같으니까 절대 7시쯤에는 가면 안 돼. 7시 15

분이나 30분도 별로야. 한 8시 정도가 좋을 것 같아. 정확히 8시는 말고. 그럼 너무 찌질해 보이잖아. 8시 10분이나 11분은 괜찮을 것 같아. 그래, 그게 좋겠다. 여기서 10분쯤 전에 출발하자, 코리네 집은 이 동네에서 좀 떨어져 있으니까."

칼리는 우리 집으로 가는 내내 재잘거렸다. 그러다 갑자기 말을 멈추고 나를 보았다.

"렉시, 같이 가 줘서 고마워. 이런 거 진짜 안 좋아하는 거 알아. 그래도 재미있을 거야. 정말이야. 30분 후에 보자, 알았지?"

"그래."

칼리는 길을 달려 내려갔고, 어쩌면 나보다는 파티에 관심 있을지도 모르는 새나 벌레들에게 큰 소리로 계획을 이야기하고 있을 것이다.

나는 집으로 들어가 필요한 물건을 챙기고 —별거 없지만— 칼리네 집으로 출발했다. 이미 칼리가 자기 옷 중에서 나에게 맞는 스웨터를 골라 두었는데 내 바지 중에 그나마 제일 나은 청바지하고 제법 어울릴 것 같았다. 게다가 평소보다 '세련돼' 보이도록 자기 화장품을 쓰라고 협박했다. '세련되다'는 물론 나 말고 칼리의 표현이다. 덕분에 챙길 거라고는 내 머리빗과 휴대전화뿐이라 30분이 지나기도 전에 칼리네 집에 도착했다.

"진짜 빠르다! 가져온 게 그게 전부야? 내 가방에도 다 들어가겠다."

칼리는 어린애 한 명이 들어갈 정도로 큰 가방을 들어 올렸다.

"내가 피곤해하면 나도 그 가방에 담아서 들고 와."

"하. 하. 하. 이상한 농담 그만하고 옷 갈아입어. 화장은 저녁 먹고 나서 할 거야. 그래야 산뜻하지."

"그러니까, 네가 우리 화장을 한다는 거야?"

"당연하지. 세상에 매일같이 화장을 안 하는 열여섯 살짜리 고등학생이 있다는 게 믿어지질 않는다."

"아빠가 안 좋아하서."

"그럼 너희 아빠가 우리 데리러 오시기 전에 화장은 지우자."

아빠는 항상 내 얼굴은 있는 그대로 완벽하다고, 엄마는 자신의 아름다움 외에는 어떤 것도 덧칠한 적이 없다고 말한다. 엄마가 어떻게 생겼는지는 기억이 안 난다. 엄마에 대한 내 기억은 사진이나 아빠의 설명으로 만들어졌다. 그러니 이 기억은 온전히 나만의 것은 아니다.

사진 속의 엄마는 아빠의 말처럼 아름답다. 그 위에 뭘 해도 이보다 더 예쁠 수는 없을 것 같다. 나는 엄마를 전혀 닮지 않았다. 그래도 아직은 화장 문제로 아빠와 싸울 생각은 없다. 아빠가 내가 엄마를 닮았다고 생각하는 편이 기분 좋다. 그게 사실이 아닐지라도.

이런 내 생각을 칼리에게 말해 볼까 생각했지만, 그런다고 내 얼굴에 색을 입히려는 칼리의 계획을 바꿀 수는 없을 것 같다. 그래서 그냥 입을 다물고 칼리의 부모님이 함께 저녁을 먹으려고 기다리는 주방으로 내려갔다. 칼리네 집 식사 시간은 시끌벅적하다. 모두가 한꺼번에 말하고 다른 사람 말은 잘 듣지 않는 것 같다. 그런데 아무도 그런 걸 신경 쓰지 않는다.

반면 아빠와 나는 아주 조용히 먹는다. 버터를 건네달라는 말 정도만 할 뿐이다.

"설거지는 걱정 말아요, 아가씨들. 할 일이 아주 많은 거 알아요."

칼리의 아빠는 마지막 디저트 조각을 씹으며 우리에게 미소를 지어 보였다. 칼리는 아빠의 뺨에 쪽 소리가 나도록 뽀뽀를 했다.

"고마워, 아빠! 나 지금부터 예술 작품을 만들어야 하거든!"

"어련하시려고. 행운을 빈다, 알렉스!"

칼리의 아빠는 나에게 활짝 웃어 보였고 나도 가까스로 웃음으로 답했다. 칼리의 예술 작품이 되는 게 과연 잘하는 일인지 모르겠다.

3분 후, 나는 칼리 방의 욕실 거울 앞에 앉아 있었다. 다시는 못 볼지도 모르는 내 얼굴을 기억하려고 애쓰면서.

"긴장 풀어! 안 잡아먹어. 이런 게 화장이라는 거야. 우리 같은 성숙한 여자애들 모두가 하는 거란다."

그녀는 새하얀 피부색 크림을 집어 들었다.

"나도 그게 뭔지는 알아. 전에 써 봤어. 너도 알잖아."

"무대 화장은 안 쳐 줘. 이번 게 진짜야."

"꼭 진흙 같아."

"이건 파운데이션이야. 네 얼굴에 바를 거야. 이게 점이나 잡티를 전부 다 가려 주거든."

"무슨 점?"

나는 칼리의 손을 치우고 그녀가 말하는 게 있는지 찾아보려고 했다. 칼리는 다시 몸을 움직여 나와 거울 사이에 섰다.

"좀 진정하고 날 믿어. 이런 일은 내가 전문이거든. 우리 엄마는 내가 열두 살 때 화장하는 법을 알려 줬어. 게다가 화장한 내 얼굴은 언제나 완벽하잖아, 안 그래?"

나는 완벽한 그녀의 얼굴을 올려다보고는 체념한 채 고개를 절레절레 흔들었다.

"그래, 맞아."

"그럼 됐지. 일단 눈 감고, 입도 좀 닫아. 내가 네 얼굴에 마법을 좀 부릴 수 있게 말이야."

"알았어. 대신 무대 화장처럼 하지는 말아 줘. 제발."

칼리가 웃었다.

"그래. 절대로 뮤지컬 배우처럼 보이게 안 할게. 무대 화장 할 때는 삽으로 퍼서 화장하잖아. 난 오늘 널 공주로 만들 거야. 아님 공주 비서라도 될 수 있게."

"비서라면 시녀 말하는 거지?"

"뭘 시중들건데?"

"몰라. 옆에서 공주 말을 막고 자학하지 않게 시중드는 건가?"

나는 마지막으로 파운데이션이 흡수된 내 얼굴을 보았다. 아마 내 얼굴을 처음부터 다시 만들 생각인가 보다.

나는 눈을 감고 새롭게 태어날 준비를 했다.

칼리가 내 얼굴에 붓질을 하느라 탁자 주위를 부산히 움직이는 동안 선반 위에 놓인 스피커에서는 음악이 흘러나오고 있었다. 욕실에서 말이다! 난 우리 집 욕실에서 음악을 틀지 않는다. 하지만 칼리는 집에 있는 모든 방에 음악을 튼다. 이 집에는 늘 음악이 흐른다. 칼리와 칼리 엄마는 늘 노래하고 춤추며 온 집 안을 돌아다닌다.

나는 이 집에 오는 게 정말 좋다.

"너 말이야, 꼭 할리우드 영화 흉내 내는 것 같아. 인기 있는 여자애가 좀 뒤처지는 친구를 바꿔 주는 거 있잖아. 그래서 그 애도 인기녀가 되고."

"난 그런 영화 정~말 좋더라."

"당연히 그렇겠지. 왜냐하면 네가 바로 그 인기녀니까."

"난 절대 인기녀가 아니야. 네가 뒤처지는 친구도 아니고. 물론 네가 특이할 때가 가끔 있지. 하지만 그래서 꾸며 주는 거 아니야."

칼리의 말이 약간 기분 나쁘게 들렸다.

"아니라고?"

"당연하지! 난 너의 있는 그대로의 모습이 예쁘기 때문에 이걸 하는 거니까. 이미 있는 아름다움을 이끌어 내주는 것뿐이지."

"꼭 화장품 광고 같다."

"아니, 꼭 우리 엄마 같지. 우리 엄마가 화장을 그렇게 설명하셨거든. 다른 사람으로 바꿔 버리면 안 돼. 단지 네가 이미 가진 것을 좀 더 부각하는 거지."

"단, 뮤지컬 배우처럼만 아니라면."

"뮤지컬 배우처럼만 아니라면!"

우리는 함께 웃었다.

"아무튼 화장을 해도 넌 여전히 너처럼 보일 거야. 근데 약간 성숙해 보일 수도 있어. 파티에 선배들도 많이 올 텐데."

"내가 선배들 관심을 끌려면 파운데이션 말고도 화장품이 잔뜩 필요하겠는데!"

"첫째. 그래, 파운데이션 말고도 많은 걸 쓸 거야. 둘째. 스스로 깎아내리지 좀 마. 바보 같아."

눈을 뜨자 칼리는 나를 보며 활짝 웃고 있었다. 나는 고개를 설레설레 저으며 웃었고, 칼리는 내 뺨을 분홍색으로 물들이기 시작했다. 부드러운 솜털 같은 느낌이 기분 좋게 다가왔다. 얼굴을 걱정하는 대신 나는 눈을 감고 음악에 귀 기울였다. 이 집에서는 듣기 힘든 부드러운 음악이었는데 아마도 칼리 엄마의 CD일 거다. 칼리는 화장을 하면서 노래를 불렀고, 일을 마쳤을 때 나는 거의 잠들어 있었다.

"짜잔~!"

칼리가 내 귀에 소리쳤다. 나는 깜짝 놀라 움찔했다.

"눈을 떠고 너를 맞나게 즐겨 봐!"

"뭐?"

"말이 잘못 나왔어. 일단 거울을 보고 나서 네가 지금 얼마나 예쁜지, 그리고 내가 얼마나 대단한지 말이나 해 줘."

나는 자리에 앉은 채로 한 번에 한쪽씩 눈을 떠서 성숙해진 얼굴의 나를 바라보았다. 피부는 평소와 다른 색을 띠고 있었는데, 부드럽고 매끈해 보였다. 아빠가 말해 주기로는 내가 엄마한테서 물려받았다는 주근깨가 여러 개 있는데 색칠한 새 피부에서는 보이지 않았다. 피부는 탱탱해져서 혹시 내가 너무 많이 움직이면 깨지지 않을까 걱정됐다.

뺨은 살짝 분홍색이었는데, 한참을 햇볕에 나가 있었던 것처럼 발그레했다. 입술은 반짝였고 부드러워 보였는데, 어릴 때 아빠가 억지로 삼키게 했던 딸기맛 물약 맛이 났다. 눈꺼풀에 옅게 바른 파란 반짝이들이 불빛에 은은히 빛나고 있었다. 눈썹은 길고 새카맣게 보였다.

모든 게 달라졌다.

하지만 그래도 여전히 나였다.

정말 맘에 든다.

칼리에게 내 감상을 말해 주려고 입을 열었는데 칼리는 이미 자기 화장을 하느라, 또 내가 얼마나 예뻐 보이며 오늘 파티가 얼마나 재미있을지 떠드느라 정신없다. 나는 그냥 입을 다물고 얼굴에 손을 대지 않으려고 노력했다.

"자, 난 준비됐어. 가자."

칼리는 거대한 가방을 들었고, 우리는 칼리 엄마 차로 갔다. 내 눈에 칼리는 화장하기 전과 완전히 똑같아 보였다.

"너무 예쁘다, 알렉스."

차에 오르자 칼리 엄마가 말했다. 나는 웃으려고 했지만, 뺨이 떨어져 나가면 어쩌나 염려됐다.

"고마워, 엄마! 내가 신경 좀 썼어, 잘했지?"

칼리는 나를 보며 활짝 웃었다. 아직 웃기가 겁났지만 그래도 일단 미소로 답했다.

여기까지가 내가 스스로에게 기억을 허용한 부분이다. 그날의 뒷부분으로는 가고 싶지 않다. 차 뒷좌석에 앉아 우리 둘이 마주 보며 서로에게 활짝 웃던 바로 그때에서 멈추고 싶다. 바로 그 순간에서 시간을 멈추어서 그 이후의 몇 시간을 없애고 싶다.

아니면 그날이 그냥 평범한 금요일이었다면… 따분한 주중의 학교 생활과 평범한 주말이 이어지는 그런 평범한 금요일 밤 말이다. 그리고 칼리와 내가 함께해 온 지루한 학교 생활이 여전히 이어지면 좋겠다.

병원 직원들은 조니가 더 이상 학교에 다니지 않는다고 말해 주었다. 조니가 그걸 좋게 여길지, 나쁘게 여길지 모르겠다. 그 애의 학교 생활은 어땠을까? 말을 전혀 할 수 없으면 학교에서 뭘 할 수 있을까?

초등학교 때 조니 같은 아이들을 위한 반이 있었다. 하지만 한 번도 그런 애들에 대해 특별히 생각해 본 적이 없다. 수업에서 무엇을 배우는지 혹은 어떻게 배우는지 궁금하지 않았다. 그때 내가 조금만 더 관심이 있었더라면 지금 조니를 위해 뭘 해야 할지 알 수 있을 텐데. 그러나 그때 나는 온통 내 생각뿐이었고, 노래를 계속하려면 성적을 유지해야 한다는 걱정을 하느라 다른 아이들에게 신경 쓸 겨를이 없었다.

나는 내가 계속 노래를 부르면서 살 거라고 확신했지만 그 노래가 칼리만을 위한 노래가 될 줄은 몰랐다.

12

"모두 잘 들어요."

블레인 선생님은 주의를 집중시키기 위해 손뼉을 쳤다.

"오늘 오전 10시에 조회가 있을 거예요. 연극반이 〈오즈의 마법사〉 리
허설을 보여 줄 겁니다."

그 말에 모두가 갑자기 흥분으로 들썩이기 시작했다. 말을 할 수 있는
아이들은 전에 영화로 본 적이 있다면서 누가 도로시 역을 맡게 될지, 우
리가 아는 애일지 궁금하다며 떠들어 댔다. 말을 할 수 없는 우리 같은
아이들은 말 그대로 파닥거렸는데, 어떨 때는 손과 발이 공중에서 파도
를 타는 걸로 대화에 참여했다.

리허설 시작 30분 전, 흥분은 우리를 완전히 압도했다. 다른 건 교실
안으로 한 발자국도 들어올 수 없을 정도였다. 우리는 9시 40분에 강당
으로 출발했다.

우리는 언제나 가장 먼저 들어가고 가장 나중에 나온다. 내가 속한 이 독특한 작은 그룹은 통제하는 데 약간 시간이 걸린다. 휠체어가 정확한 자리에 놓여져야만 누구의 시야도 막지 않고 모두가 공연을 볼 수 있다. 우리 반에서 두세 명의 아이들은 연극 내내 앉아 있진 못한다. 그 애들은 몸에 연결한 선이 너무 많아서 이동을 위해 한 번에 몇 분 이상 스위치를 꺼서는 안 된다. 그래서 그 애들은 때때로 쉴 수 있게 직원들이 데리고 나가도록 비상구 근처에 앉는다. 우리 반의 한 여자애는 전혀 앉지 못한다. 그 애의 뼈는 너무 약하고 부러지기 쉬워서 힘이 가해지면 산산조각이 난다. 그래서 종일 바퀴 달린 들것에 누워 있다. 사람들이 그 애를 '들것녀'라고 부르는 걸 들은 적이 있는데 정말 거슬렸다. 그 애는 들것녀가 아니라 수전이다. 수전은 내가 만나 본 사람들 가운데 가장 친절한 사람 중 하나다.

"조니! 이거 진짜 짱이다. 그치?"

데비의 목소리가 왼쪽에서 들렸다. 데비는 우리 반이 아니라서 학교에서는 보통 볼 일이 없지만 조회 시간에는 그 애도 나처럼 앞쪽에 앉아야 한다.

"우리 〈오즈의 마법사〉 본 거 기억나? 연극이 영화랑 똑같을지 궁금해. 도로시는 누가 하게 될까? 난 도로시가 좋다. 내가 도로시를 하면 좋을 텐데. 나도 오디션 볼 걸 그랬어. 노래할 때 돼지 멱따는 소리만 안 나면 말이야."

"데비, 쉿ㅡ."

데비의 보조 선생님이었다. 그녀는 데비가 말이 너무 많아 수업을 들을 때 문제가 생기면 돕는 일을 한다고 했다. 데비 말로는 그렇다.

댈기티 교장 선생님이 강당 앞으로 나와 마치 여왕처럼 손을 들어 올렸다. 모든 신하가 즉시 조용해졌다. 데비까지도. 몇 번이나 보아도 이 장면은 늘 놀랍다. 우리 학교에는 수백 명의 학생들이 있는데 대부분 강당에 있을 때는 선생님들이 '쉿' 하고 계속 조용히 시켜도 끊임없이 큰 소리로 떠든다. 나는 이 '쉿'이 그다지 효과 없는 말이라는 걸 알게 됐다. 그냥 선생님들 몸 어딘가에서 바람이 새는 소리 같다.

반면 댈기티 교장 선생님은 조용히 하라고 한마디도 하지 않는다. 나는 교장 선생님이 왕관을 쓰고 있다고 상상하는데, 그에 걸맞은 모습으로 손을 우아하게 들어 올릴 뿐이다. 그러면 마법같이 모든 잡담이 멈춘다. 그런 특별한 힘이 어디서 나오는 건지 모르겠다.

"안녕하세요, 여러분. 오늘은 아주 특별한 행사가 있습니다. 3학년 연극부가 오늘 이 자리에서 〈오즈의 마법사〉 마지막 리허설 공연을 할 겁니다. 여러분들은 분명 이 공연을 아주 좋아하게 될 겁니다."

교장 선생님이 그걸 어떻게 알지?

연극이 시작되자 나는 곧바로 그 이야기에 사로잡혔다. 도로시의 목소리는 관객들 위로 뻗어 나갔고 맹세컨대 나는 그녀의 머리 위로 무지개가 뜨는 걸 보았다. 배우들도 자기 역할을 훌륭히 해냈다. 영화에서 인물들이 튀어나온 것 같았다. 적어도 내게는 그런 느낌이었다.

그중 최고는 뇌 없이 털썩털썩 쓰러지는 허수아비였다. 지금껏 내가 본 허수아비 중 최고였다. 처음에는 잘 몰랐지만, 몇 분을 뚫어져라 보고 나서야 나는 허수아비 분장과 의상 뒤에 가려진 그 사람이 마이크라는 걸 깨달았다. 나의 마이크 말이다!

　아 물론, '나의' 마이크는 아니다.

　그는 절대로 내 소유가 될 수 없을 테니까.

　그 생각에 눈이 떠졌다. 나는 도로시가 노래한 무지개가 아닌 다른 무지개를 보고 있었다. 아니, 어쩌면 이 둘은 같은 무지개이려나. 어쩌면 무지개는 하나뿐일지도 모르겠다. 태양과 달이 하나인 것처럼. 그저 다른 방식으로 우리에게 다가오는 거다.

　앞으로 무지개 속에 있을 때는 생각을 밝은 쪽으로 유지해야겠다. 그래야 그 기억에 더 오래 머물 수 있으니까. 내가 마이크를 가질 수 없다고 생각하니 바로 이 방으로 쫓겨났다.

　하지만 음악은 아직 내 곁에 남았다. 이 노래를 처음 들었던 그때 기분을 느꼈다.

　그룹홈에서 영화 〈오즈의 마법사〉를 본 게 기억난다. 데비는 도로시를 가장 좋아했지만 나는 허수아비가 제일 마음에 들었다. 헐렁한 그의 팔과 다리는 마치 내 모습 같았다. 만약 내가 의자에서 일어날 수 있다면 도로시보다는 허수아비처럼 걷지 않을까 상상한다. 한쪽 팔은 이쪽으로 움직이고 다른 쪽 팔은 반대편으로 엇갈린다. 그냥 쭉 앞으로 나아가고 싶어도 다리는 이리저리 껑충거리며 뛰어다니겠지. 허수아비는 자기가 다른 사람들과 같지 않다는 이유만으로 자신은 뇌가 없을 거라고 생각한다. 하지만 끝에 가서는 자기도 줄곧 뇌를 가지고 있었다는 걸 알게 된다. 다만 문제는 사람들이 그걸 알아채지 못했다는 것이다. 그의 너덜

너덜한 겉모습에 가려져 뇌를 보지 못한 것이다.

내 너덜너덜한 몸도 뇌를 가리고 있다. 내가 생각하고 느낄 수 있다고 대하는 사람들도 있기는 하지만 내가 얼마나 많은 걸 생각하고 느끼는지 온전히 이해하는 사람은 아무도 없다. 나도 언젠가 나만의 마법사를 찾을 것이다. 그럼 마법사가 지금껏 내 안에도 아주 잘 작동하는 뇌가 있었다는 걸 온 세상에 보여 줄 것이다. 그리고 모든 사람들이 볼 수 있게 뇌가 있다는 인증서를 천장에 걸어 줄지도. 사람들이 나를 읽지는 못해도 인증서는 읽을 수 있겠지.

"안녕."

부드럽지만 또렷한 목소리가 들렸다. 오늘이 알렉산드라가 오는 날이라는 걸 또 잊어버렸다. 요즘은 시간이 더 빨리 간다. 내가 목걸이로 과거에서 시간을 많이 보낼 때는 하루가 더 빨리 가는 것 같다.

알렉산드라는 오늘은 곧바로 다가와 내가 볼 수 있는 곳에 섰다. 그 애가 벌써 사람들이 내 시야 안에 있어 주길 바라는 것을 알아채서 기분이 좋다. 어떤 사람들은 끝까지 알아채지 못해서 나는 그들을 보려고 방 구석구석을 보느라 눈이 아파지곤 한다.

알렉산드라는 희미하게 웃으며 내 얼굴 앞에 뭔가를 들어 올렸다. 시선을 얼굴에서 물건으로 옮겨 집중하는 데 몇 초가 걸렸지만 곧 그게 CD라는 걸 알았다.

"오늘은 재즈야."

알렉산드라가 말했다. 나는 뭔가 다른 말이 더 이어지길 바랐지만 그 애는 더 이상 말하지 않았다.

나는 표지에 한 남자가 트럼펫을 들고 있는 걸 볼 수 있었다. 누구의 연주인지 보려고 표지를 읽으려는데 그럴 틈도 없이 알렉산드라는 CD를 치웠다. 내가 글을 읽을 수 있다는 걸 모르는 것 같다. 알 리가 없지.

그러고는 내 시야에서 사라졌는데 아마 CD 플레이어 쪽으로 간 것 같다. 알렉산드라가 다시 CD를 가져와서 사실 좀 놀랐다. 지난번에는 음악을 별로 좋아하는 것 같지 않았는데. 어쩌면 브로드웨이 음악만 안 좋아하는 걸지도 모르겠다.

이런 생각을 하는 사이 음악이 허공을 채워 나갔다. 에너지와 생명이 가득 찬 소리였다. 듣고 있으니 학교 밴드가 우리를 위해 찾아와 연주하던 게 떠올랐다. 나는 그들이 연주하는 걸 보는 게 좋았다. 그리고 내가 그 일원이 돼서 멋진 음악을 연주하는 꿈을 꾸곤 했다.

만약 악기를 다룰 수 있다면 나는 트럼펫을 연주할 것 같다. 멜로디에서 모든 악기를 이끄는 용감함과 대담함! 모든 음이 하나의 약속처럼 들린다. 트럼펫이 아니면 알렉산드라의 구두 소리처럼 박자를 맞추는 드럼을 치고 싶다. 다른 이들에게 언제 빠르게 혹은 언제 천천히 나아갈지 말해 주는 든든한 길잡이가 되고 싶다.

때때로 음악을 들을 때면 내 무지개가 뜬다. 그 선율이 아주 강해서 나를 끌어당겨 날아오르게 힌다.

만약 내가 악기를 다룰 수 있다면 그 음악의 힘으로 가고 싶었던 모든 곳에 날아갈 수 있을 텐데. 눈이 너무 피곤해서 내 돌멩이의 색깔들을 알아보기 힘들 때라도 말이다.

학교 밴드에서 연주하던 그 아이들도 이런 느낌이었을까?

알렉산드라도 이렇게 느낄까? 지금은 그 애가 어떻게 느끼는지 뭐라 말하기 힘들다. 알렉산드라는 눈을 꼭 감고 있다. 마치 온 세상을 막아버리려는 것처럼.

그렇지만 음악을 가져다줬다. 내가 얼마나 음악을 좋아하는지 아는 것 같다. 어쩌면… 알렉산드라는 벌써 내가 '진짜 뇌'가 있다는 걸 알아챘을지도 모른다.

13

Alexandra

브로드웨이 뮤지컬. 재즈. 종류가 문제가 아닌 것 같다. 모두 똑같다.

음악이 내 마음속으로 서서히 들어온다. 내가 숨기려고 그토록 애써 온 것들을 밖으로 모두 꺼내 버린다.

음악이.

음악을 꺼 버릴 수도 있었다. 우릴 다시 안전한 침묵 속으로 밀어 넣을 수도 있었다. 하지만 너무 늦은 것 같다.

이미 기억은 내가 통제할 수 없게 뒤죽박죽으로 마구 쏟아졌다. 내가 할 수 있는 거라곤 여기에 서서 기억들이 나를 휩쓸어 원치 않는 곳으로 데려다 놓는 걸 내버려 두는 것뿐이다.

우리는 칼리가 계획했던 대로 8시 10분쯤 파티에 도착했다. 칼리의 엄마는 동네를 보고 놀라신 것 같았다. 동네의 모든 집에는 작은 골프장 같은 잔디밭과 잡지 표지에나 나올 법한 정원이 있었다. 심지어 차고 앞은 우리 집 주방 바닥보다도 깨끗했다. 파티가 열리는 코리네 집은 그 동네에서 가장 큰 집 중 하나였고 그 자체만으로도 위풍당당했다.

"아주 멋진 집이네."

"멋있지. 태워다 줘서 고마워, 엄마."

칼리는 차에서 뛰어내리다시피 했다.

"딸, 이 집에 어른들 있는 거 맞지?"

칼리의 엄마는 차창을 통해 소리쳤다. 칼리는 몸을 움찔했다.

"으응~ 그렇다니까, 엄마. 이따 봐."

칼리는 내 팔을 잡고 광이 나는 하얀 돌이 깔린 아름다운 현관으로 서둘러 갔다. 나는 잠시 멈춰 서서 이 저택을 감상하고 싶었지만 칼리는 속도를 줄이지 않았다. 집 안에서는 음악과 시끄러운 말소리가 새어 나오고 있었다. 칼리는 안심하는 표정이었다. 칼리는 우리가 파티에 몇 번째로 도착하느냐의 문제에 무척 집착했다. 만약 첫 번째로 도착하면 우리 사회생활은 끝장난다고 했고. 그렇지만 누구든 첫 번째로 와야 다른 사람들도 오는 거 아닐까? 그 문제를 물어보려고 하는데 칼리가 현관이 열리니까 조용히 하라고 했다.

"이야, 어서들 와! 이제 막 시작했어."

코리는 현관문을 열고 선 채로 우리에게 들어오라는 몸짓을 했다. 그 애가 너무 멋있어서 나는 마치 아이돌 콘서트에 온 사생팬이 된 것처럼 몸이 얼어붙었다. 혀가 입 안에서 꼬였지만 어차피 어떻게 말하는지 까먹었기 때문에 별로 상관은 없었다.

"고마워, 코리. 근사한 파티네!"

칼리는 코리를 향해 활짝 웃어 보이고는 안쪽으로 향했다. 나는 여전히 꼬인 혀를 풀어 보려고 애쓰면서 뒤를 따랐다.

집 내부는 바깥보다 훨씬 굉장했다. 현관 바닥은 대리석이고 천장은 성당처럼 매우 높고 아름다웠다. 2층으로 올라가는 나선 계단이 있었는데 거길 지나가면 파티룸이 나왔다. 하지만 이 집에서는 이 방을 '파티룸'이라고 부르지 않는다고 한다. 사실상 집 전체가 파티를 위해 지어졌으니까.

방은 몹시 시끄러웠다. 음악 소리, 떠드는 소리, 웃음소리까지. 나는 우리 반 애들 몇 명을 알아보았지만 대부분은 낯선 애들이었다. 칼리가 나를 안으로 끌어당겼고 나는 안전하게 칼리의 그림자 뒤로 숨었다.

"저기 매트 있다. 내가 뭘 어떻게 해야 하지?"

칼리는 내 귀에 대고 소리쳤지만 나는 거의 알아들을 수 없었다. 나는 왜 이렇게 파티 같은 일에 엉망인지 모르겠다. 이 시끄러운 와중에도 사람들은 서로를 잘 알아보고 어떻게 해야 하는지 알고 있는데 나만 잘못 와 있는 것 같았다. 몇 안 되는 아는 얼굴들마저도 이제는 흐릿한 하나의 형체로 뭉쳐져 모두 사람들 속으로 빨려 들어가는 것처럼 보였다.

"렉시! 대답 좀 해!"

칼리가 나를 흔들었다. 이러면 쿨하게 보이지 않을 텐데.

"모르겠어. 나 이런 거 잘 못 한다고 얘기했잖아."

나는 목청이 터지도록 크게 소리쳤다. 수화를 배워 둘걸.

"암튼, 난 할 거야. 같이 갈 거지?"

"그렇긴 한데, 먼저 용변 보러 가야 할 것 같아."

"알았어. 근데 제발 다른 애들한테 용변 보러 간다는 말은 쓰지 마. 꼭 너희 아빠 같단 말이야! 끝나면 바로 나 찾아오고."

칼리는 그렇게 가 버렸다. 화장실을 찾으라며 나 혼자 남겨 두고. 그냥 참아야 했나. 칼리 옆에 딱 붙어 있으면 제멋대로 구는 것을 막을 수 있다. 그리고 칼리는 다른 애들한테서 나를 보호해 줄 수 있다.

나는 칼리가 사라진 쪽을 서둘러 보았다. 칼리도 매트도 보이지 않는다. 칼리가 갔을 것 같은 방향으로 가려고 했지만 사람들로 북적여서 뚫고 지나갈 수 없을 것 같다.

진짜 짜증난다. 칼리랑 같이 있어야 했는데.

"야, 알렉스! 네가 여기 올 줄은 몰랐네. 우리 밖에 나가서 수영장 구경하자. 거기가 좀 더 조용해. 우리 반 애들도 엄청 많고. 가자!"

발성 수업을 같이 듣는 맨디였다. 솔직히 말하면 내 인생에 누굴 마주친 게 그렇게 반가웠던 적이 없다. 내가 아는 애였고, 심지어 그 애도 나를 만나 반가운 것 같았다.

맨디가 나를 얼빠진 애라고 생각하지 않도록 일단 웃으며 어떻게 해야 할지 잠깐 생각했다. 나는 가서 칼리를 찾아야 한다. 내가 배신한 걸 알면 엄청 화를 낼 거다.

하지만 뭐랄까···. 칼리가 먼저 나를 배신한 거 아닌가. 내가 화장실 찾는 걸 도와주고 기다려 줬어야 맞는 거다. 그런데 매트랑 시시덕거리려고 그렇게 서둘러 가다니.

"좋아. 음, 그런데 나 용변 좀 먼저 봐야 할 것 같은데."

나는 맨디 귀에 대고 소리쳤다. 맨디는 내가 이런 말을 쓴다고 나를 놀리지 않았다. 그냥 웃더니 내 팔을 이끌었다.

"이쪽이야. 네가 길 잃어버리지 않게 기다리고 있을게."

나는 고개를 끄덕이고 화장실 안으로 들어갔다. 조용해서 너무 좋다. 한참 동안 여기에 숨어 있을 수도 있겠다. 맨디가 기다리고 있지만 않으면 말이다. 이렇게 누구랑 다르게 친구를 기다려 줄 만큼 사려 깊은 애도 있는데! 나는 다시 밖의 소음으로 돌아와 뒤뜰로 맨디를 따라갔다.

칼리는 괜찮을 거다. 칼리는 파티에서 어떻게 하는지 알고 있으니까.

맨디 말이 맞았다. 바깥이 조금 더 조용했고 아는 애들도 몇몇 보였다. 밖이 그렇게 따뜻하지 않았는데도 어떤 남자애들은 수영장 안에 들어가 있었다.

"마실래?"

맨디는 내 대답을 기다리지도 않고 컵을 내밀었다.

"이게 뭐야?"

"별거 아냐. 나만의 특별 칵테일. 콜라랑 과일 주스 섞은 거에 맛 좀 나라고 보드카 몇 방울 넣었어."

"난 보드카는 아무 맛이 안 나는 줄 알았는데?"

"으이구, 그럼 보드카는 재미를 위해 넣었나고 해 두자. 야, 근데 저기 조시 좀 봐봐. 진짜 웃겨. 이제 아예 옷을 벗어 버린 것 같은데!"

그녀는 웃으며 나를 수영장 쪽으로 끌고 갔다. 그걸 보자마자 나도 웃음이 터져 나왔다. 나는 칵테일을 한 모금 홀짝였다. 그러고는 바로 잔디에 뱉어 버렸다. 부디 아무도 못 봤길! 콜라랑 오렌지 주스를 섞은 건 확실하다. 그런데 보드카가 이 칵테일에 무슨 짓을 한 건지 도무지 모르겠다. 확실히 맛에는 아무 도움이 안 되었다. 역겨워. 진짜 역겹다.

맨디를 쳐다봤는데, 완전히 남자애들한테 빠져 있었다. 나는 컵을 기울여서 얼마쯤 잔디에 쏟아 버렸다. 우리는 수영장 주위에서 남자애들을 보면서 웃고, 음악을 따라 부르며 시간을 보냈다. 시간이 얼마나 지났는지 모르겠지만 상관없다. 왜냐하면 지금 이 순간만큼은 내가 찌질이처럼 느껴지지 않으니까.

나도 할 수 있다. 나도 웃을 수 있다. 나도 노래 부를 수 있다. 심지어 범생이는 못 하는 술도 마시는 척할 수 있다. 누구도 내가 걱정했던 것만큼 나에게 큰 관심을 보이지 않는다. 사실 아무도 내가 뭘 하는지 신경쓰지 않았다. 그래서 나도 파티를 즐기는 기분으로 맨디가 주는 칵테일을 마시는 척하며 같이 어울렸다.

칼리 말대로 파티는 재밌다. 칼리를 보면 네 말이 맞다고 말해 줘야지.

"어, 알렉산드라! 아직도 여기 있는 줄 몰랐네. 아까 음악이 끝나서 벌써 간 줄 알았는데."

기억의 홍수 저편에서 패트릭의 목소리가 끼어들어 퍼뜩 눈이 떠졌다. 창피했지만 한편으로는 안도했다.

"조니는 잠든 것 같은데. 이따 다시 와야겠다. 넌 갈 거지?"

패트릭이 나를 봤다. 우리는 둘 다 조니의 침대 옆에 서 있었다. 차이가 있다면 그는 조니가 잠들었다는 걸 알았지만 나는 몰랐다는 점이다. 나는 그냥 바보같이 여기 가만히 서서 일 년 전에 일어난 일들에 완전히 정신이 나가 있었다. 조니가 지루한 나머지 잠에 드는 것도 모른 채.

창피했다.

패트릭의 물음에 간신히 고개를 끄덕이고는 방에서 뛰쳐나왔다. 또 이런다. 이제 패트릭과 조니 둘 다 나를 얼간이라고 생각할 거다. 맞는 말이다. 나도 내가 얼간이라고 생각하니까.

나는 정신을 잃었다. 완전히. 이제 내 생각을 전혀 통제할 수 없다. 모든 게 그냥 내 마음으로 밀고 들어와 그날 밤의 잔상을 가득 채운다. 또다시 홍수가 덮치기 전에 집으로 가야겠다. 여기 있는 그 누구도 나를 다시 보고 싶지 않겠지. 이곳에 올 날도 얼마 남지 않음을 느낀다. 곧 끝나 버리고 말 거다.

14

"좋아요. 모두 짝이 있죠? 밖으로 나갈까요?"

블레인 선생님은 특유의 밝은 목소리를 냈다. 오늘 있을 현장학습을 신나게 설명해 주시는데 꼭 아나운서 같았다. 정말로 재미있을 것 같다. 오늘 우리는 통합반 아이들과 함께 박물관에 간다.

무엇보다 좋은 건 내 짝이 마이크라는 거다. 마이크가 나와 짝을 하겠다고 자원한 것 같은데 확실하진 않다. 그냥 그러길 바랄 뿐이다. 마이크가 올 때면 늘 뱃속이 파닥거리고 초조해지는 이상한 느낌이 든다.

오늘은 평소보다 주체하기가 더 힘들다. 그런데 팔까지 같이 파닥거리는 바람에 나는 너무 창피해졌고 마이크가 이런 내 모습을 보지 않으면 하는 마음뿐이었다. 이런 마음이 든다는 게 사실 좀 이상하다.

난 어지간해서는 창피하지 않다. 내 몸은 하지 말았으면 싶은 행동을 너무 많이 해서 그런 걸 일일이 다 창피해했다가는 다른 건 생각할 시간도 없이 창피해하는 데 하루를 모두 써 버릴 것이다. 그런데 마이크가 곁에 오면 마이크와 친한 다른 평범한 여자애들처럼 보이고 싶은 기분이다. 내 손이 가만히 있으면 좋겠고, 그와 도란도란 이야기를 나누며 나란히 복도를 걷고 싶다.

나는 이런 생각이 자주 들지 않게 노력한다. 이루어질 수 없는 일을 원하는 것만으로도 슬프고 화가 나니까. 이런 감정을 느끼느라 시간을 낭비하고 싶지는 않다.

휠체어 때문에 통합반 아이들과 다른 버스를 탔지만, 박물관 로비에서 모두 모였다. 흥분됐지만 내 팔이 너무 날뛰지 않게 침착함을 유지하려고 애썼다. 마이크도 나와 함께 즐거운 시간을 보냈으면 좋겠다. 우리가 재미난 걸 볼 때마다 내 팔이 자신의 얼굴을 때릴까 봐 걱정하지 않고 말이다.

모든 게 신기하다. 우리가 다 둘러볼 엄두도 못 낼 만큼 많은 것들이 있었다. 나는 동물관이 정말 마음에 든다. 그곳은 진짜 동물들이 사는 공간처럼 꾸며져 있는데, 진짜 동물을 박제해서 진열해 놓았다. 처음에는 동물들이 이 전시를 위해 죽여진 걸까 걱정했다. 하지만 마이크가 전시된 동물들은 이미 죽은 채로 발견된 것들이라는 설명을 읽어 주었다. 약간 안도했지만 모두 한때는 살아 있던 동물이라는 생각을 하니 여전히 좀 슬펐다.

모든 전시물에는 각 동물의 삶을 적은 요약 안내문이 있었는데 마이크가 몇 개 읽어 주었다. 전부 듣고 싶었지만 그러지 못해서 너무 안타까웠다. 내가 직접 읽어 볼까도 했지만 안내문은 너무 작았다. 게다가 마이크가 내 휠체어를 전시물에 가까이 밀어 준다거나 글씨에 눈을 집중할 만한 충분한 시간을 줘야 한다는 걸 잊고 있었다. 하지만 괜찮았다. 나는 마이크가 읽어 주는 편이 더 좋으니까. 마이크는 목소리도 좋다.

"조니, 우리 여기 가 보자!"

마이크는 '어린이 박물관'이라고 적힌 방을 가리켰다.

"거기 가기에는 너 좀 늙은 거 아니니?"

블레인 선생님 목소리에는 웃음이 묻어났다.

"아이~ 선생님, 잠깐 몇 분만요. 네? 조니가 가 보고 싶어 한다고요!"

이렇게 말하며 그가 내 휠체어를 앞뒤로 움찔거려서 웃음이 났다. 나는 조용히 웃으려 노력해야 했다.

"알았어. 그러면 아무래도 우리 전부 그쪽으로 가야겠다. 대신 몇 분만 있다 나올 거야!"

블레인 선생님은 엄한 목소리를 내려 했지만 전혀 그렇게 들리지 않았다. 마이크한테는 사람을 무장 해제시키는 힘이 있다.

"쌤 최고! 조니, 우리 얼른 들어가자!"

그는 나를 안쪽으로 밀면서 말했다.

어린이 박물관은 정말 말 그대로 어린아이들을 위한 곳이었다. 그곳은 게임기, 특이한 의상들, 만들기 재료들로 가득 차 있었다. 마이크는 선장 옷을 걸치고 모두에게 경례를 했다. 그러고는 내 머리에도 선장 모자를 씌우더니 내가 볼 수 있게 휠체어를 거울 앞으로 밀었다. 처음 몇 초는 나도 내 모습을 보고 웃었다. 그러다 웃음이 멈췄다.

손가락 하나 마음대로 움직일 수 없는 내 겉모습을 그대로 비추는 이

거울 앞에서 나를 치워 주기를 바랐다.

내가 진짜 어떤 사람인지 보여 줄 수 있는 마법 거울이 있다면 얼마나 좋을까? 내 겉모습을 보는 게 싫다.

기억이 불쑥 끊어졌다. 목걸이를 통해 무지개에 매달려 있다가 침대 위로 떨어진 것 같은 느낌이다.

나를 무겁게 누르는 다른 생각에 빠지고 말았다. 정말 바보 같다. 거울에 비친 겉모습 따위에 휘둘리지 말았어야 했다. 그게 진짜도 아닌데.

나는 거울을 잘 안 본다. 그룹홈에 있을 때, 브렌다는 내 앞에 작은 손거울을 들어 주곤 했는데, 여기서는 아무도 그럴 생각조차 하지 않는다. 뭐, 상관없다. 어차피 나의 겉모습은 내면의 진짜 내 모습과 전혀 다르니까. 거울에 비친 내 모습은 낯선 사람 같고 오직 눈만이 내 것 같다. 이상한 생각일지 모르지만, 내 눈 속에서는 진짜 나를 볼 수 있다.

허세가 아니다. 나는 종종 사람들이 내 겉모습만을 본다는 사실을 잊곤 한다. 이건 좋은 망각이다. 거울에 비친 껍데기에 불과한 내 모습을 되새기는 것보다는 잊는 편이 낫다.

거울을 봤던 그 기억만큼은 돌멩이로 저장되지 않았으면 좋겠다. 현장학습의 나머지 기억을 되살려 볼 수는 있지만 똑같지는 않을 것이다. 다시 기억을 되살리더라도 그건 감정이나 경험이 아니라 그냥 내 생각일 것이다. 아니, 집중하고 긴장을 풀면 다시 돌아갈 수 있을지도 몰라.

잘 안 된다. 나는 너무 많이 생각하고 있다. 도저히 생각을 멈출 수가 없다. 지금은 여기에 있어야 한다.

눈이 아프다. 눈을 감고 알렉산드라 생각을 하자.

내가 눈을 감고 기억 속으로 돌아간 것을 그 애가 기분 나빠하지 않았으면 좋겠다. 알렉산드라도 음악이 끝나면서 정지해 버렸다.

그 애가 어느 학교에 다니는지, 누구와 어울리는지 같은 걸 생각하다 보니 자연스럽게 내가 다니던 학교 생각이 떠올랐다. 그러다 보니 목걸이를 통해 내 무지개를 보게 된 것이다.

그렇게 나는 눈을 감고 기억 속으로 가 버렸다.

그리고 이제 그 애도 가 버렸다.

음악이 나오고 있을 때 알렉산드라는 무슨 생각을 하고 있었을까? 알렉산드라가 CD를 가져온 건 이번이 두 번째인데, 이번 음악에도 행복해하지 않는 것 같았다. 음악을 좋아하긴 하는 걸까? 아니면 그냥 나를 기쁘게 해 주려 CD를 가져오는 것뿐일까?

알렉산드라는 이곳에서 나랑 있을 때조차도 외로워 보인다. 마치 내면에 스스로를 일부러 꼭 묶어 둔 것처럼. 그 애에게도 함께 어울리며 같이 시간을 보내고 재밌는 일을 함께하는 친구들이 있을까?

알렉산드라가 뭔가를 즐겁게 하는 모습은 상상이 잘 안 된다.

알렉산드라는 어떤 학교를 다닐까? 그 애는 이곳에 꽤 이른 시간에 온다. 마이크가 그걸 뭐라 부르더라? 아, 맞다! 대체수업. 수업을 듣는 대신에 자기가 하고 싶은 걸 할 수 있는 대체수업을 듣는 걸까?

만약 그렇다면 그 애는 왜 이런 곳에서 나 같은 애랑 시간을 보내기로 결심했을까?

15

Alexandra

"확실해. 난 사랑에 빠졌어."

칼리의 목소리가 머리를 울렸다. 칼리는 내가 자기 생각을 하고 있을 때 이렇게 불쑥 나타나는 괴상한 특기가 있다. 어떻게 그럴 수 있지? 칼리는 분명 마녀가 틀림없다. 나는 빗자루를 탄 칼리를 상상하고는 피식 웃었다. 내가 뭣 때문에 웃는지도 모르면서 칼리는 따라 웃었다.

"거 봐, 내가 재미있을 거랬지? 내가 뭐랬어. 맞지?"

칼리는 나를 꽉 껴안았다. 나도 칼리를 안아 주었다.

"칼리, 설마 나랑 사랑에 빠진 거야?"

나는 팔을 풀고 칼리를 보며 활짝 웃었다. 칼리는 내 뺨을 찰싹 쳤다. 제법 세게.

"아니, 이 바보야! 매트랑이지! 완전 멋있어. 내 이상형이라고."

칼리는 내 팔을 잡더니 나를 빙그르 돌렸다.

"너 설마 '난 너무 예뻐' 같은 노래 부를 거 아니지?"

"그럴지도. 그렇지만 지금 말고. 가서 할 일이 좀 있거든."

그녀는 내 팔을 잡아당겼다. 처음에는 저항했다. 이제야 겨우 파티를 즐길 수 있게 되었는데 그걸 멈추고 싶지 않았다. 나는 제이든이나 다른 남자애들과도 꽤 괜찮게 어울리고 있었다. 실은 조금씩 파티 분위기에 적응한 기분이 들기 시작했다.

"가자, 렉시. 네가 필요해. 얼른!"

칼리가 내 팔을 더 세게 당겨서 나는 발을 헛디뎠다. 차라리 같이 가 주는 게 낫겠다. 안 그러면 나를 수영장에 빠뜨릴 기세였다.

"어디 가는데? 지금 몇 시야?"

나는 시간을 확인하려고 내 휴대전화가 든 칼리의 가방을 잡았다. 그러자 칼리는 내게서 가방을 낚아챘다.

"안 돼, 아직 괜찮아. 많이 안 늦었다고. 그냥 커피 마시고 싶어서 그래. 그런데 여긴 커피가 없어. 큰길 따라서 조금만 내려가면 카페가 있대. 네가 나랑 같이 갈 거고."

그녀는 자동차 열쇠를 들어 올렸다.

"무슨 소리 하는 거야? 누가 우릴 태워다 주는데?"

"내가. 가자!"

칼리는 열쇠를 머리 위로 흔들어 보이면서 달려 나갔다. 나는 서둘러 그 뒤를 쫓아갔다.

"네가? 그게 대체 무슨 소리야?"

"다 들었잖아! 여기 있는 이 차를 운전해서 커피 사러 갈 거라고. 차로

30초만 가면 돼. 집에 가기 전에 한잔 마시고 싶어."

칼리는 저만치 나를 앞서가며 말했다. 우리는 속도가 정말 빨라 보이는 빨간 스포츠카 옆에 멈춰 섰다.

"말도 안 돼. 이거 누구 자동차야?"

"매트 거. 걔도 커피 마시고 싶어 죽겠대. 근데 지금 한창 게임 하는 중이라 나가기 싫은가 봐. 나한테 열쇠 주더니 카푸치노 한 잔 사다 달랬어. 이게 매트와 나의 첫 데이트가 될 거야!"

"칼리, 이 집 정말 크잖아. 어딘가에 커피도 있을 거야."

"장난해? 나가서 살 수 있는데 나더러 커피를 만들라고? 너 나 몰라?"

"너 운전면허증 없는 거, 걔도 알아?"

"어, 그럼! 그러니 내가 더 쿨하고 세련돼 보이겠지."

칼리는 운전석에 올라탔다. 나는 그녀를 막으려고 팔을 잡았다.

"칼리, 너 운전하면 안 돼!"

"아니, 그냥 하면 돼. 넌 보기나 하서."

"칼리. 이건 진짜 아니야."

"그렇게 뻣뻣하게 굴지 마. 나 운전 잘해. 운전 연습할 때 엄마아빠가 옆에서 브레이크 밟아 주는 거 말고 진짜 운전이 얼마나 해 보고 싶었는데! 그리고 너 면허증 있잖아! 그럼 네가 내 보호자나 뭐 그런 거 하면 되겠네."

"난 네 보호자가 아니야. 오랫동안 운전 안 했단 말이야. 이거 불법이야. 그러다 걸리면 우리 진짜 큰일 난다고!"

"알았어. 그렇게 깐깐하게 굴 거면 네가 운전하세요, 고지식 아가씨. 정

의가 승리했도다! 좋아, 한번 즐겨 봐. 열쇠 넘겨줄게. 대신 매트한테는
네가 운전했다는 거 비밀이다."

그녀는 열쇠 꾸러미를 나에게 던지고는 보조석 쪽으로 걸어갔다.

나는 잠깐 열쇠를 내려다보았다.

지금 이걸 가지고 달려갈 수 있다. 가서 매트한테 열쇠를 되돌려 주는
거다. 그럼 칼리가 나를 따라잡을 거고, 돌려줬다면서 나를 때리겠지.

"난 모르는 사람 차 운전 못 해. 우리 아빠 차도 제대로 못 다루는데.
게다가…."

"하! 그럴 줄 알았어! 너도 역시 운전 못 하는 거였어. 그러면 내가 한
다. 겨우 30초야. 우릴 세워서 면허증 보여 달라는 사람 없을 거야."

그녀는 내가 입을 다물기도 전에 열쇠를 다시 가져갔다.

"마지막 기회야."

칼리는 최면을 걸듯 열쇠를 좌우로 흔들면서 나를 보았다.

마지막 기회.

"가자, 렉시. 재미있을 거야."

칼리는 이미 차에 올라타 어떻게 시동을 거는지 살피고 있었다. 주먹
다짐을 하지 않고서는 열쇠를 뺏기는커녕 만져 보지도 못할 것이다. 내
가 만약 집으로 뛰어 들어가 도움을 청한다면 그냥 혼자 출발해 버리겠
지. 칼리가 혼자 가게 둘 수는 없다.

카페는 큰길에서 30초만 내려가면 있다.

아마 칼리가 나보다 운전을 더 잘할 것이다.

그리고 아빠 없이 차를 타는 건 좀 재미있을 것 같기도 하다. 아빠도

내가 운전 연습을 할 때면 계속 옆에서 브레이크를 밟아 대니까. 모든 부모들이 다 그러는 건가.

칼리는 계기판에 달라 붙어서 뭐가 어디 있는지 보고 있었다. 매트는 무슨 생각으로 운전도 못 하는 사람에게 자동차 열쇠를 넘겨준 거지? 아마도 칼리가 면허증이 있을 거라고 생각했을 것이다. 칼리는 실제보다 더 성숙해 보이니까.

"우리 엄마 차랑 완전 다르다. 어떻게 하는 건지 빨리 알아내야지 안 그랬다간 비싼 가죽 시트에 오줌 싸겠어."

"집에 들어가서 얼른 싸고 와."

안 그러면 칼리는 집중력이 흐려져서 뭘 하는지도 까먹을 거다.

"절대 안 돼. 카페 가서 쌀 거야. 찾았다. 간다!"

그녀는 요란스럽게 경적을 한 번 울리고 시동을 걸었다.

"알았어, 알았어! 같이 갈게. 나 두고 가지 마!"

나는 보조석 문을 열고 차에 재빨리 올라탔다.

칼리는 자동차 엔진에 생명을 불어넣더니 나를 보고 웃었다. 차에서는 무시무시하게 큰 소리가 났다. 정신 나간 사자 울음소리 같았다.

다행히 발은 느린 사자였다. 우리 아빠라도 이 정도 속도라면 괜찮다고 할 것이다. 더 안심이 되었던 이유는 우리가 있는 이 도로가 너무 어두웠기 때문이다. 카페가 있는 옆 동네는 고속도로 바로 근처에 있다. 우리는 아마도 인적도 없는 이 어두컴컴한 도로를 따라 1.5킬로미터 정도 가야 할 것이다.

"너 진짜 운전 잘한다."

"고마워요, 엄마."

칼리는 그렇게 말하고는 차의 속도를 올리며 라디오를 켰다. 나는 라디오 볼륨을 줄이려고 손을 뻗었고 칼리는 내 손을 탁 쳤다. 그러자 차가 휘청하더니 옆 차선으로 방향을 틀었다.

"뭐하는 거야? 핸들에서 손을 떼면 어떡해!"

"그러니까 라디오에 손대지 마. 좀 들어 봐. 이거 좋은 노래야. 진정하고 따라 불러 봐. 목소리 훈련에 아주 좋을걸."

칼리는 목소리를 최대로 높여서 노래를 불렀다. 제정신은 아닌 것 같았지만 행복해 보였다. 그걸 보고 있자니 나도 웃음이 났다.

"야, 이 스피커 음질 좀 봐. 우리 얼마나 크게 나오는지 들어 보자!"

칼리는 우리 아빠라면 내 귀에서 피가 나지 않을까 살필 정도로 볼륨을 최대로 올렸다. 멈추라는 말을 하려다가 내가 꼭 아빠같이 군다는 걸 깨달았다.

나는 잠깐 눈을 감고 숨을 깊이 들이마셨다. 그리고 그냥 흘러가는 대로 이 차에서 일어나는 일을 즐기기로 했다.

다음 곡은 우리 둘 다 아는 노래였다. 칼리는 따라 부르기 시작했다. 나는 눈을 떠 그녀를 보았다. 칼리는 음악 소리에 맞춰 머리를 까딱이는 인형처럼 온몸을 들썩이며 활짝 웃고 있었다. 아주 행복해 보였다.

"뭐 해, 렉시! 같이 부르자!"

칼리는 노래 부르다 말고 소리쳤다. 칼리가 창문을 열자 바깥 공기가 차 안으로 밀려 들어왔다. 칼리는 다시 노래 부르기 시작했다. 가사 대신 '수―박―'이라고 엉터리로 부르고 있었다. 나는 다시 웃음이 터졌다.

"알았어! 그래도 나는 최소한 가사는 알거든!"

우리는 고속도로를 타고 내려가면서 목청껏 노래를 불렀다. 바람이 불어 노래하려고 입을 열면 계속 머리카락이 입으로 들어왔다. 칼리는 웃으면서 동시에 '수―박―수―박―' 하고 노래했다. 우리 단 둘이 차를 탄 건 처음이었다. 우리는 어른 같았고, 자유로웠다. 어디든 갈 수 있고 무엇이든 할 수 있었다. 칼리가 옳았다. 이건 최고로 멋진 일이다.

"네 말이 맞았어. 이거 진짜 짱이다!"

나는 노래 부르다 말고 칼리에게 소리쳤다. 하지만 내 말은 열어 놓은 창밖으로 흩어져 버렸다.

"방금 뭐라고 했어?"

칼리는 얼굴에 웃음을 가득 머금은 채 고개를 돌려 나를 보았다.

그녀의 시선이 도로에서 떨어진 것은 고작 몇 초였다.

1, 2초가 될까 말까 한 정말 짧은 시간.

"칼리! 앞을 봐!!"

칼리가 다시 앞을 봤을 때, 우리가 달리는 차선 앞에 뭔가가 있었다. 그 무언가는 우리를 노란 눈으로 뚫어져라 보고 있었다.

칼리는 황급히 핸들을 꺾었고 도로를 벗어난 타이어가 자갈밭으로 미끄러져 내려가기 시작했다.

"이거 어떻게 해! 차가 말을 안 들어! 나 어떡해야 돼, 말 좀 해 봐!"

칼리가 완전히 공포에 질려 나에게 소리쳤다. 운전자 교육에서 이럴 때 어떻게 해야 한다고 가르쳐 줬지만 기억나지 않는다. 뭐든 말해 줘야 하는데 아무 말도 생각나지 않는다. 생각이 뒤섞여 칼리에게 도움이 될 만한 말이 하나도 떠오르지 않았다.

"렉시!"

뭐라고 해야 하지? 어떻게 해야 되는 거야!!

설상가상으로 차의 속도가 올라가기 시작했다. 너무 빨리 달려서 아무것도 보이지 않았다. 뭉개진 풍경과 소음이 합쳐져 형태를 알 수 없는 덩어리가 되었다.

그러다 도로가 갑자기 사라졌다. 우리는 빙글빙글 회전하며 공중에 붕 떴다. 놀이동산의 사정없이 돌아가는 다람쥐 통처럼.

내가 비명을 지른다.

칼리가 비명을 지른다.

차도 비명을 지른다.

모든 게 비명을 지른다.

소리는 점점 더 커진다. 쾅쾅거리는 소리가 우리를 관통한다.

그리고 모든 게 멈췄다.

차 소리가 들리지 않는다.

칼리 소리도 들리지 않는다.

내 목소리도 들리지 않는다.

오직 침묵뿐.

사람들은 침묵은 금이라고 말한다.

그렇다고 침묵이 금빛은 아니다.

침묵의 진짜 색은 암흑이다.

16

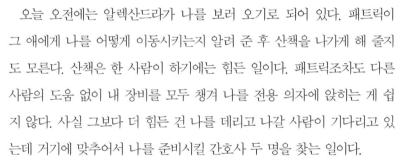

Joanie

오늘 오전에는 알렉산드라가 나를 보러 오기로 되어 있다. 패트릭이 그 애에게 나를 어떻게 이동시키는지 알려 준 후 산책을 나가게 해 줄지도 모른다. 산책은 한 사람이 하기에는 힘든 일이다. 패트릭조차도 다른 사람의 도움 없이 내 장비를 모두 챙겨 나를 전용 의자에 앉히는 게 쉽지 않다. 사실 그보다 더 힘든 건 나를 데리고 나갈 사람이 기다리고 있는데 거기에 맞추어서 나를 준비시킬 간호사 두 명을 찾는 일이다.

그런데 오늘 내 폐는 독립을 주장하며 일을 쉬기로 작정했다. 그래서 지금 나는 숨을 쉬기 위해 기계를 쓰고 있다. 그 말은 내가 바깥세상으로 나갈 수 없고 바깥세상도 나를 보러 오지 못할 거라는 뜻이다.

목걸이를 통해 밖에 나갈 수도 있지만 내 상태를 확인하고 기계를 조작하러 들락거리는 간호사들 때문에 무지개에 집중할 수가 없다. 그래서 난 아직 여기에 있다. 또다시.

나는 이 튜브가 정말 싫다. 나를 아프게 찔러 대는 이걸 뽑아 버리고 싶다. 하지만 내 손이 말을 듣는다 해도 그러지 않을 것이다. 이 기계가 나 대신 숨을 쉬어 주고 있고, 지금으로서는 이게 꼭 필요하다는 걸 아니까. 폐가 잔뜩 부은 게 느껴진다. 오늘은 나를 위해 스스로 일하지 않을 것이다.

며칠이나 새하얀 벽 말고는 아무것도 보지 못했다. 여기 누워 폐와 싸우는 거 말고 밖에 나가 뭔가 다른 일을 하고 싶다.

내겐 색깔이 필요하다.

나는 바깥의 공기가 좋다. 그건 병원 안의 공기와 다르다. 병원 안의 공기는 많은 사람들이 동시에 써 버린 것처럼 무겁고 퀴퀴하다. 사람들은 내 폐가 말을 안 들을 때는 침대에 가만히 누워 있어야 한다고 생각하지만 바깥 공기가 훨씬 가볍고 신선해서 밖에 나가면 숨을 더 잘 쉴 수 있을 것 같다.

"안녕, 꼬맹아."

다시 패트릭이다.

"그냥 확인하러 왔어. 잘하고 있네. 네가 튜브 싫어한다는 거 알아. 네 눈이 말해 주거든. 가능한 한 빨리 뗄 수 있게 할게."

내가 이 튜브를 싫어한다는 걸 패트릭이 알아주어 기쁘다.

다시 몸이 아파진 것을 너무 화내지 않으려 애쓰는 중이다. 사실 기계 때문에 아주 심하게 아픈 것도 아니고, 기계가 나 대신 숨을 쉬어 주는 일에도 익숙해지고 있다. 스스로 숨 쉴 수 있는 권리를 빼앗은 그 기계는 줄곧 나의 적이었다. 하지만 내가 이 병원에서 버티면서 우리는 마지

못해 친구가 되었다. 폐가 점점 내 몸의 다른 부분들과 함께 내게 등 돌리고 있다는 걸 안다. 내 폐는 내가 하라고 할 때가 아닌 자기가 원할 때만 숨을 쉰다.

계속 폐를 움직이게 하려면 외부의 도움이 필요하다는 걸 안다. 단지 그러지 않았으면 하고 바랄 뿐이다. 그 바람은 처음 이곳에 왔을 때보다 더 간절해졌다. 지금은 여기 이렇게 누워 폐가 제대로 움직여 주기를 기다리는 것보다 중요한 일이 많다.

사람들이 그만 드나들면 좋겠다. 그래야 무지개가 나를 학교나 그룹 홈으로 데려갈 수 있을 텐데…. 여기가 아닌 어디든 재미난 무언가를 할 수 있는 곳으로.

한 가지 더 바란다면, 알렉산드라가 와서 나를 밖으로 데리고 나갈 수 있을 만큼 당장 내 몸이 나아져 침대를 벗어나 뭔가 신나는 일을 하는 거다.

"몇 분 후에 다시 올게. 기다리고 있어. 괜찮아질 거야. 넌 내가 아는 사람 중 가장 강해, 조니. 그걸 잊지 마."

그가 아는 사람 중 가장 강한 사람. 그 말이 마음에 든다. 혹시 전에 누군가 내게 그런 말을 해 준 사람이 있는지 기억해 보려고 한다. 내게 강하다고 말해 준 사람이 없다는 건 확실하다. 확신하건대 나를 가장 강한 사람이라고 불러 준 사람은 단 한 사람도 없다. 다른 사람들이 나를 말할 때 쓰는 말은 '허약한' '힘이 없는' '부서지기 쉬운' 같은 것들이다.

그럼 나는 약한 걸까, 강한 걸까? 정확한 의미를 가지지 않은 단어들이 너무 많다. 모든 단어들은 한 가지 이상의 뜻이 있나? 그럼 대체 사람들은 어떻게 의사소통을 할까? 사람들은 말할 때 모든 말의 의미를 다 알고 있을까? 두 사람이 같은 언어로 말해도 서로를 전혀 이해하지 못해 많은 다툼이 일어나는 것이다.

난 말다툼을 해 본 적이 없다. 머릿속에서 내 몸과 싸우는 것 빼고는.

알렉산드라도 사람들과 말다툼을 할까? 그 애는 무척 조용해서 다른 사람 말에 반대하는 것이 상상이 안 된다.

그 애는 내가 강하다고 생각할까, 아니면 약하다고 생각할까? 아니, 여기 오지 않을 때 내 생각을 하기나 할까?

나를 본 많은 사람들은 '강하다'에 한 표를 주지는 않을 것이다. 나를 보는 사람들의 눈을 보면 알 수 있다. 그들은 나를 안타까워한다. 내가 다르기 때문에 내 삶이 부족할 거라고 생각한다.

더 어렸을 때, 사람들이 내게 '안쓰럽다'거나 '이렇게 상했다니 참 안됐다'고 하는 말을 종종 들었다. 상했다니! 사람에게 쓰기엔 이상한 말이다. 마치 내가 망가지기라도 한 것처럼. 듣지 않으려 애써도, 바로 내 병실 안에서 내가 자기들 말을 이해할 수 없다고 믿고 엄청 큰 목소리로 말하는 걸 듣지 않기도 쉽지 않다.

만약 손가락이 내가 원하는 대로 움직여 준다면 가끔은 귓구멍을 막아 바깥세상의 말을 듣지 않을 텐데. 어쩌다 사람들이 생각 없이 하는 말은 신경 쓰지 않으려고 하지만 마음은 눈을 감듯이 마음먹은 대로 여닫아지지 않는다.

끊임없는 말.

나는 가끔 말이 없는 세상을 상상한다.

모두가 말을 쏟아 내는 대신 침묵하는 것이다. 그러면 우리는 지금보다 더 서로를 이해할 수 있을까?

알렉산드라는 말이 별로 없다. 분명 담아 둔 말이 많은 것 같지만 그걸 함께 나누고 싶어 하지 않는 것 같다.

알렉산드라는 엄마와 어떤 관계일까? 있었던 하루 일을 엄마에게 이야기할까? 데비가 나에게 그랬듯이 엄마에게 무엇이든 다 이야기할까? 아니면 나랑 있을 때처럼 집에서도 조용할까? 누구도 찾을 수 없게 말을 꽁꽁 감춰 두고서?

이유는 정확히 모르겠지만 알렉산드라가 말을 하지 않는 건 나랑 있기 때문이 아니라 오로지 자기 자신의 문제인 것 같다.

만약 우리가 서로를 이해할 수 있는 방법을 알아내면 알렉산드라가 자신의 말을 찾는 걸 내가 도와줄 수 있을 텐데.

침묵 속에서 말을 찾기는 내가 가장 잘하는 것이니까.

17

Alexandra

누가 우리를 차에서 꺼내 줬는지 모른다. 우리가 어떻게 병원에 갔는지 기억나지 않는다. 그리고 누가 내게 칼리가 죽었다고 말했는지 기억나지 않는다.

나는 칼리의 장례식에 가지 않았다. 그 후로 칼리의 엄마나 아빠를 본 적도 없다. 칼리의 부모님이 매일 밤 왜 나 대신 칼리가 죽었는지 원망하는 모습을 상상한다. 죽은 게 나였기를 바라는 그분들을 떠올린다.

나도 그게 나였기를 바란다.

그 일 이후 나는 매일 밤 마음속에서 진실을 바꿔 보려고 그날 밤의 새로운 버전을 되풀이해 보았다. 장면을 모두 현실과는 다르게 찍은 이 영화들은 모두 아무도 죽지 않은 채 끝이 난다.

첫 번째 버전. 나는 파티에 가려던 마음을 바꾸고 발표회 연습을 하며 금요일 밤을 보낸다. 칼리의 엄마는 내가 없는 칼리 혼자 파티에 가는 걸 허락하지 않는다. 칼리는 우리 집에 와서 내가 자기 연애를 망치는 천하의 바보라고 말한다. 나는 가장 친한 친구 하나를 잃지만, 그래도 그녀는 여전히 살아 있다.

두 번째 버전. 나는 약속한 대로 칼리 옆에 찰싹 붙어 다닌다. 칼리가 매트의 차를 빌린다는 바보 같은 생각을 할 때도 함께 있다. 나는 칼리가 내게 바랐던 대로 그곳에서 빠져나오게 한다. 나는 친구로서 내 할 일을 한다. 그녀는 여전히 살아 있다.

세 번째 버전. 나는 차 열쇠를 들고 안으로 뛰어가 매트에게 그가 얼마나 멍청인지 말하면서 열쇠를 던진다. 칼리는 내게 몇 년이나 말을 걸지 않는다. 그녀의 길고 건강한 삶이 끝날 때까지.

네 번째 버전. 가장 많이 떠올린 생각이다. 칼리가 부탁했을 때 겁먹지 않고 내가 운전을 하는 것. 나는 아빠가 가르쳐 주신 대로 라디오는 끈 채 조심스럽게 운전하며 도로에서 눈을 떼지 않는다. 우리는 카페에 도착해서 카푸치노를 한 잔씩 마시고 매트에게 줄 커피를 산다. 천천히 다시 운전해 파티 장소로 돌아온다. 그리고 우리는 모두 영원히 행복하게 살아간다. 끝.

나는 이렇게 각기 다른 버전의 꿈을 꾼다. 안전함과 따뜻함에 취해 담요에 몸을 포근히 파묻은 채로. 그러다 잠에서 깨면 그 꿈이 진짜 기억이라고 생각한다. 창문으로 햇살이 쏟아지면 미소 짓는다. 그리고 칼리가 몇 시에 학교에 가자며 찾아올까 궁금해한다.

그 잠깐 동안 삶은 다시 색채를 띤다.

그러다 이 모든 것이 상상이라는 사실이 내 머릿속을 치고 지나가면 나는 다시 현실로 떠밀린다.

칼리는 학교에 같이 가자며 오지 않을 것이다.

오늘은 아니다. 내일도 아니다. 영원히 아니다. 나 때문이다.

창문으로 쏟아져 들어오는 햇살은 내게 상기시킨다. 세상은 누가 죽든 살든 상관없이 계속 돌아갈 것임을. 태양은 계속 떠오르고 별은 계속 빛난다. 사람들은 끊임없이 숨 쉬고 먹으며 잠을 자겠지. 마치 아무 일도 일어나지 않은 것처럼.

나는 아직 숨을 쉬고 먹고 자며 여기에 있다. 공간만 차지하면서.

칼리는 주위의 모든 이에게 활기를 주는 긍정적인 에너지로 자신의 공간을 가득 채웠었다. 이제 그녀는 갔고, 모든 것이 침묵하고 있다. 침묵은 어둡고 무겁다. 나는 나를 짓누르는 거대한 바위 같은 그 침묵을 가지고 다닌다. 땅에 묻혀야 하는 사람은 바로 나였다고 생각한다. 땅에 묻혀야 했던 건 나다.

적어도 나는 어딘가에 갇혀야 마땅하다.

정말로 내가 감옥에 가게 되는 건가 생각했다.

하지만 그렇지 않았다.

보호감찰, 운전 금지, 사회봉사.

누군가의 삶을 앗아간 것에 비해 과한 벌은 아니다.

누군가의 삶을 앗아간 것에 맞는 충분한 벌은 없을지도 모른다. 바뀌는 건 없다. 그녀를 되돌릴 수 있는 방법은 없다.

나는 이 침묵과 함께 살아야만 한다. 그게 무슨 의미든지.

이제는 내가 누구인지조차 모르겠다. 내 삶으로 무얼 해야 하는지도 모르겠다.

음악을 좋아하는지 싫어하는지, 무얼 하고 싶은지 말할 수조차 없는 누군가에게 음악을 들으라고 강요하면서 함께 200시간을 보내야하는 것 외에는.

조니는 죄를 저지르지도 않았는데 나 때문에 벌을 받는 것이나 마찬가지다. 그 애는 내가 오는 게 좋은지 싫은지도 말할 수 없다. 그 애처럼 사는 게 어떨지 감히 상상도 할 수 없다. 손가락 하나도 내 뜻대로 움직이지 않는 몸에 갇혀 가장 사적인 부분조차 다른 누군가의 보살핌에 의존해 사는 삶. 주위 사람들에게 휘둘리고, 자신의 몸에 갇혀서 무얼 원하는지 누구에게도 말할 수 없는 삶.

대체 어떤 망할 세상이 그 애에게 이런 삶을 살라고 결정했지? 나 같은 사람도 자유롭게 움직일 수 있는데 어째서 그 애는 갇혀야 하지?

"왜 텔레비전을 보고 있니? 오늘 병원에 가는 날인 줄 알았는데. 이렇게 약속을 어기면 안 되지, 알렉스."

나는 깜짝 놀라 아빠를 봤다. 텔레비전이 켜져 있는 줄도 몰랐다.

"병원에서 어제 전화 왔어요. 오늘은 오지 말라고. 그 애가 많이 아프대요."

그게 대체 무슨 의미일까? 그러니까 그 애는 이미 병원에 있다. 그런데도 그보다 얼마나 더 아플 수 있는 걸까?

병원에서 내게 오지 말라고 한 진짜 이유는 내가 쓸모없다는 사실을 알아냈기 때문이라고 생각한다. 패트릭이 나를 봤고, 그는 이 사실을 알고 있을 것이다. 하지만 아빠에게 그걸 말하고 싶지는 않다.

아빠는 내 말을 믿을지 말지 고민하는 것처럼 잠시 나를 바라본다. 아빠는 내 눈을 더 자세히 들여다보려고 했지만 나는 고개를 돌렸다. 아빠 눈을 자세히 보고 싶지 않다. 지칠 대로 지쳐 빨갛게 충혈된 실망한 아빠의 눈.

"그래, 알았다. 보던 거 계속 봐라."

아빠는 나보다 괜찮은 딸이 있어야 마땅하다. 늘 아빠를 슬프게 하는 나 같은 딸 말고. 그런데 나와 얽혔다. 그리고 이제는 조니도 나에게 얽혀 버렸다. 그 애는 종일 아무것도 못 하고 그곳에 누워 있고, 내가 나타나도 여전히 아무 할 일도 없다.

좀 이상한 기분이다. 병원에 가는 걸 그만두는 게 별로 달갑지 않다. 고백하건대 내가 말하길 기대하지 않는 누군가와 그냥 말없이 함께 있는 게 좋았다. 그러니까 보통은 두 사람이 아무 말없이 마주 보고 앉아 있는 건 원래 좀 웃긴 일 아닌가. 그런데 우리 둘은 그렇지 않았다.

어째서?

"알렉스?"

아빠의 목소리가 생각을 깨뜨렸다.

"병원에서 전화 왔다."

아빠가 내게 전화기를 건네는 동안 아빠를 보고 있었다. 내가 계속 쳐다보자 아빠는 눈치채고 방을 나갔다.

올 게 왔다. 그럴 줄 알았다. 병원은 내가 조니를 만나는 것을 원치 않는 거다. 내가 다 망쳐 버렸으니까.

내가 잘렸다는 말을 하려고 전화한 게 틀림없다.

이제 어떻게 되는 걸까? 내가 망친 것을 알면 아빠는 굉장히 화를 내실 거다. 내가 또 망쳤다. 보호감찰관 넬은 나를 위해 다시 다른 곳을 찾아야 하는 걸까? 내가 괜찮은 사람인 척해야 하는 곳을? 아니면 마침내 제정신이 돌아와 나를 감옥에 가둘까?

"안녕."

수화기에서 나온 말은 충분히 큰 소리였는데도 나는 너무 긴장한 나머지 못 들을 뻔했다. 어쩌면 내가 이미 전화를 끊었다고 생각할지도 모른다. 그럼 좋겠는데. 다음에 이어질 말은 듣고 싶지 않다.

"안녕, 알렉산드라. 연락이 돼서 다행이다. 오늘 병원에 오지 말라고 했지만 조니가 어젯밤에 잘 자서 오늘은 예상보다 훨씬 좋아졌거든. 그래서 조니가 너를 보면 좋아하지 않을까 싶어서. 요 며칠 꽤 지루해했거든. 혹시 오늘 와 줄 수 있니? 갑작스러운 건 알지만, 조니 이동시키는 방법도 알려 주고 싶고. 너만 좋다면 조니와 산책할 수도 있을 것 같아서. 신선한 공기를 좀 쐴 수 있게 말이야."

"예, 그럼요. 좋아요."

세 단어가 거의 동시에 튀어나왔다. 나는 갑자기 들떴다.

"잘됐다! 조금 있다가 보자. 네가 온다는 거 말해 줘야지. 조니가 기대하겠는데."

그는 전화를 끊었고 나는 그대로 앉아 전화기를 가만히 바라보았다.

"알렉스? 괜찮은 거니?"

아빠가 다시 내 방으로 들어왔다. 나는 아빠를 올려다보았는데, 나도 모르는 새 얼굴에 미소가 번졌다.

"그럼요."

내 미소를 보고 아빠 얼굴에 떠오른 놀란 표정을 무시하고 전화기를 건넸다. 나 역시 놀랐다. 내가 지금 산책을 기대하고 있는 건가? 나는 밖으로 나가는 걸 피해 왔다.

나는 고개를 살짝 흔들고는 나갈 준비를 하려고 위층으로 올라갔다. 5분 후 나는 밖으로 나왔다. 얼굴에 약간 이상한 느낌이 들었는데, 내가 아직도 미소 짓고 있다는 걸 깨달았다.

누군가 나를 보고 싶어 하는 것은 정말 오랜만이다.

18

"쉿ㅡ. 모두 조용하고 들어 봐요. 무슨 소리가 들리죠?"

나는 귀에 온 신경을 집중했다. 아주 멀찍이서 희미한 소리가 들렸다.

"새 소리인가요?"

데비가 물었다.

"강 쪽에 있는 아비새 같아요. 잘 보이진 않지만요. 어때요, 듣기 좋은 소리죠?"

"정말 좋아요! 전에 아비새 본 적 있어요. 아마도요. 진짜 본 건지 영화나 다른 데서 본 건지 잘 기억은 안 나지만. 조니는 아비새를 본 적 있는지 모르겠지만 보면 분명 좋아할 거예요."

데비는 나를 대신해 말하는 걸 좋아한다. 그 생각이 언제나 맞는 건 아니지만.

"그래, 데비. 하지만 조용히 해야 한다는 걸 명심해. 새를 쫓아 버리면 안 되니까."

브렌다는 내게 윙크했고 나도 그녀를 보고 미소 지었다.

우리는 길을 따라 내려갔다. 휠체어와 휠체어를 미는 사람들의 작은 퍼레이드였다. 우리가 산책하거나 활동할 때 도와주러 저녁 시간에 가끔 방문하는 고등학생도 두세 명 있었다. 그중 한 명이 데비를 밀어 주면서 그녀를 조용히 시키려고 애쓰고 있었다. 나는 브렌다와 함께였다. 우리는 둘 다 조용했다.

"안녕."

목소리에 깜짝 놀라 그 길에서 미처 다 내려오기 전에 기억에서 떨어져 나왔다. 하지만 상관없다. 지금 이 순간만큼은 오늘 여기에 있어서 행복하다. 내 폐가 어젯밤 삐딱하게 구는 걸 관두어서 오늘은 숨쉬기가 아주 편하다. 패트릭이 알렉산드라가 오면 어쩌면 바깥으로 나갈 수 있을지도 모른다고 말했다.

알렉산드라의 구두 소리를 기다리고 있었는데 내가 너무 바깥으로 나가고 싶어 하니 무지개가 나를 그때로 데려간 것 같다. 그래서 그 애가 오는 소리를 못 들은 거라면 좋겠다. 알렉산드라가 간호사 신발을 신은 것이라면 싫다. 나는 그녀의 구두가 정말 좋다.

알렉산드라가 내게 다가오는 그 사랑스러운 또각 소리에 마음이 놓였다. 소리가 전과는 조금 달랐는데 오늘은 다른 종류의 신발을 신은 것 같다. 발을 들어 올려 달라고 부탁할 수 있으면 좋겠다. 내가 볼 수 있게 말이다. 분명 예쁠 텐데.

나는 예쁜 신발이 좋다. 왜지? 어차피 나는 신발이 필요 없는데. 가끔 밖에 나갈 때 따뜻하라고 내 발에 신발을 신기긴 하지만 대부분은 실로 짠 슬리퍼 아니면 두꺼운 양말이다.

나한테는 신발이 정말 필요 없다. 이리저리 내빼는 비틀린 발에 억지로 신발을 신기는 것은 어려운 일이다. 그래도 난 여전히 다른 여자애들이 신을 법한 신발이 내 발치에 놓인 걸 상상하는 게 좋다.

"조니, 준비됐지? 알렉산드라, 실제로 옮기는 건 내가 할게. 너는 조니가 의자에 앉는 걸 도와줬으면 해."

이걸 가르치는 게 패트릭이라서 기쁘다. 캐슬린이나 다른 간호사도 잘하지만, 패트릭이라면 알렉산드라를 더 긴장시키지 않고도 알려 줄 수 있을 것이다.

알렉산드라는 소리를 내서 대답하지 않았다. 아마도 고개를 끄덕였으리라. 패트릭이 말을 반복하지 않았으니까.

패트릭은 알렉산드라에게 나를 옮기는 과정을 순서대로 알려 주었다. 순서가 많아서 알렉산드라가 겁먹지 않을까? 사실 많긴 많다. 나를 옮기는 사람은 내 몸의 모든 부분이 안전하게 다른 곳으로 옮겨지는지 봐야 한다. 의자가 내 머리를 단단히 고정하기 전에 머리가 앞이나 뒤로 넘어가지 않도록 확인해야 한다. 내 목이 제 할 일을 못 하니 말이다.

내 팔과 손은 사람들이 만지면 종종 딱딱하게 굳거나 불친절하게 굴기도 한다. 또 가끔은 손이 제멋대로 움직여 도와주려는 사람들 손을 피하기도 하고, 또 어떤 때는 이불이나 담요, 심지어 사람들 머리카락이나 스웨터에 엉키기도 한다. 의자에 앉으면 다리는 서로 겹쳐질 정도로 꽉 들러붙어서 떨어뜨려 놓기가 힘들다. 의자 위에서 한번 다리가 엉키기 시작하면 침대로 돌아가야 한다. 그 싸움이 시작되면 부드럽게 달래기도 하고 가끔은 서로 싸우지 못하게 다리 사이에 베개를 끼워 놓기도 한다.

"미안해."

알렉산드라가 내게 조용히 말했다. 패트릭의 지시를 잘 따라가지 못한다고 생각한 것 같았다. 너무 조용히 말해서 패트릭은 못 들은 것 같다. 알렉산드라는 물어볼 게 있는 눈으로 패트릭을 보면서도 말없이 조심스레 지시만 따랐다. 패트릭은 내 얼굴을 읽는 것처럼 그 애의 얼굴도 읽은 것 같다. 그래서 마치 대화를 하듯 계속 알렉산드라에게 말을 걸었다.

"잘하고 있어. 내가 감을 때까지 그냥 팔을 부드럽게 잡아 줘. 그렇지. 여러 번 연습하면 요령이 생길 거야. 너의 일은 그냥 돕는 거야. 대부분은 간호사들이 할 거니까. 좋아, 꼬맹이. 다 됐다."

두 사람은 의자에 앉은 나를 가운데 두고 샌드위치처럼 양 옆에 섰다.

샌드위치는 무슨 맛일까? 입을 크게 벌려 빵과 치즈를 입안에 가득 넣고 씹는 건 어떤 기분일까? 입에 든 걸 다 삼키고 또 한 입 덥석 베어 무는 기분은?

"좋아. 나갈 준비 다 됐다. 병원 마당에만 있도록 해. 그리고 돌아올 때는 간호사들한테 꼭 확인하고. 이따 보자, 꼬맹이."

그는 잠깐 부드럽게 내 머리를 어루만지고는 병실을 나갔다. 알렉산드라는 잠깐 망설였다. 휠체어를 앞으로 밀어 보려 했지만 브레이크가 걸려 있어서 우리 둘 다 제자리였다. 나는 웃겼지만 웃지 않으려고 애썼다. 그 애의 정신을 흩뜨리고 싶지 않았으니까.

몇 초 후 그 애는 브레이크 푸는 법을 알아냈고 우리는 복도로 나갔다. 모두가 우릴 보고 웃으며 잘 다녀오라고 말해 주었다. 알렉산드라는 아무 말도 하지 않았다. 그 애도 웃고 있었을까?

바깥은 아름다웠다. 겨울이 이제 막 끝나갈 무렵인데 여름이 깜짝 등장할 작정으로 봄을 등 떠미는 것 같았다. 태양이 구름을 모두 밀어내서 나는 오븐 속에서 구워지는 것처럼 얼굴이 뜨거워졌다. 쿠키가 이런 기분일까?

제일 좋은 건 지금 내가 진짜 밖에 있는 거다. 나의 안과 밖, 내 몸이 온전히 밖에 있다. 이건 과거의 기억이 아니다. 나는 주위의 모든 것을 볼 수 있다. 내가 정말로 이곳에 있는 것이다.

알렉산드라의 눈은 뭘 보고 있을까? 나만큼 신나지는 않겠지. 그 애는 오솔길을 따라서 나와 함께 천천히 앞으로 나아갔다. 내가 보기보다 그렇게 쉽게 깨지지는 않으니 그렇게 겁내지 말라고 할 수 있다면 얼마나 좋을까.

특히 이렇게 밖에 나올 수 있어서 얼마나 근사한지 말할 수 있다면 좋겠다. 네가 나를 이곳으로 데려와 주어서 내가 얼마나 기쁜지도. 갓 자른 싱그러운 풀 냄새가 났다. 내가 정말 좋아하는 냄새다.

오솔길 옆으로는 새로 핀 꽃송이가 가득한 화단이 줄지어 있었다. 전부 기억나지는 않지만 튤립과 노란 수선화를 본 것 같다. 알렉산드라도 오늘이 멋진 하루라고 느끼면 좋겠다. 알렉산드라에게는 마음에 스며들 약간의 아름다움과 어둠을 밝혀 줄 빛이 필요하다.

알렉산드라는 갑자기 걸음을 멈추더니, 나를 보려고 의자 너머로 몸을 구부렸다. 그러고는 이제 오븐 밖으로 나가도 될 만큼 완벽히 구워진 내 머리에 손을 대 보았다. 내 기분은 최고였지만 열 때문에 걱정하는 것 같았다. 얼굴에 걱정하는 빛이 역력했다. 아마도 돌아가야 한다고 생각하는 것 같았다. 그럴 수만 있다면 고개를 저었을 것이다. 나는 괜찮다는 의미로 눈을 깜빡이려 했지만 그냥 찡그려질 뿐이었다. 그 애는 해가 내리쬐는 방향을 올려다보았다. 그러더니 그늘을 만들어 주려고 내 모자 챙을 잡아 내렸다. 그리고 나를 잘 살펴보기 위해 잠깐 뒤로 물러나 훑어봤다. 그러고는 자기 자신인지 아니면 나인지를 향해 고개를 끄덕이고는 다시 걷기 시작했다.

우리 곁을 지나가는 사람들이 조금씩 보인다. 어떤 사람은 나를 똑바로 보고 다정한 눈으로 미소를 보낸다. 또 어떤 사람들은 슬쩍 나를 보고는 얼른 시선을 돌려 버린다. 나를 본 걸 서둘러 잊기 위해.

그리고 가끔은 나를 가리키며 내가 들을 수 없게 뭐라고 속삭이는 사람도 있다. 아니면 듣고 싶지 않은 말을 들리게 하는 사람도 있다. 알렉산드라는 이런 상황에 나보다 더 민감한 것 같다. 나는 그 애의 목소리에 놀랐다.

"한심한 사람들."

알렉산드라의 목소리는 화가 나 있었다. 내가 말할 수 있다면 다른 사람들의 말이나 생각을 걱정하느라 너의 그 귀중한 말을 낭비하지 말라고 할 텐데. 사실 그런 건 전혀 중요하지 않다. 대부분의 사람들은 친절하고 사려 깊지만 어떤 사람들은 그냥 그렇지 않은 것뿐. 그러니 그 사람들이 하는 말을 일일이 신경 쓸 필요 없다고 말하고 싶다. 네가 신경 쓰지 않으면 그들의 말이 결코 너를 상처 낼 수 없다고 말이다.

알렉산드라는 순간 화가 났는지 발걸음이 빨라졌다. 우리는 이제 내가 주변을 제대로 볼 수 없을 정도로 빨리 움직였다. 여전히 좋았다. 얼굴에 부딪히는 바람을 느꼈고, 길을 내달릴 때는 신나기까지 했다.

달리는 기분을 좀 더 제대로 즐기려는 찰나, 알렉산드라가 갑자기 달리던 걸 멈췄다. 그 애는 방금 달린 것 때문에 내가 아프거나 기분이 상하지는 않았을까 걱정이 됐는지 내 앞으로 와서 나를 살폈다. 나는 웃어 보였다. 그 애는 내게 미소로 답하지는 않았지만 눈에서 화는 사라져 있었다. 다행이다.

나는 화가 무엇인지 왜 사람들이 화를 내는지도 이해하지만, 그 의미를 정확히 이해하기는 힘들다. 화는 자신을 끌어내리고 모든 걸 더 나쁘게 하는 어두운 감정이다.

사람들은 삶의 어떤 부분을 통제할 수 없다고 느끼면 보통 화를 내는 것 같다. 무언가를 변화시킬 수 없다는 느낌은 사람들을 화의 폭풍 속으로 몰아넣는다.

나는 내 외부의 삶을 어느 한 부분도 통제할 수 없다. 그렇게 따지면 나는 매일 매 순간이 바람과 비, 검은 구름으로 가득 차 있어야 한다. 하지만 난 그렇지 않다. 가끔은 구름이 낄 때도 있지만 대부분은 햇빛과 무지개, 그리고 내 삶을 더 근사하게 하는 것들로 차 있다.

그건 어쩌면 애초에 통제란 걸 해 본 적이 없으니 그걸 잃는다는 게 어떤 의미인지 알지 못해서일지도 모른다.

아마 사람들은 갖고 있던 통제력을 잃어서 화가 나는 거겠지.

알렉산드라는 나를 벤치 가까이 밀어다 놓은 후 벤치에 앉았다. 우리는 잠시 침묵 속에 앉아 있었다. 사실 완전한 침묵은 아니다. 우리는 조용했지만 주변은 그렇지 않았으니까. 길 건너편 놀이터에는 아이들이 신나게 놀고 있었다. 서로에게 소리 지르는 아이들을 보니 전에 본 정글에 사는 원숭이들에 관한 다큐멘터리가 떠올랐다.

아이들이 그네를 타고 놀이 기구에 기어오르며 서로를 잡아당기는 모습은 어딘지 원숭이 같았다. 놀이터 주위에 아이들을 지켜보고 있는 어른들이 흩어져 있었다. 원숭이 중 하나가 너무 높이 올라가서 무섭다고 소리 지르면, 그 애 엄마가 바로 아래서 아이를 안전하게 내려오게 하느라 애를 쓰고 있었다. 여러 방법이 실패하자 결국 엄마는 아이를 구조하려고 서툰 동작으로 간신히 꼭대기까지 올라갔다. 그 모습을 보니 웃음이 나올 것 같았다.

우리는 그 엄마가 아이를 팔에 끌어안고 아래로 내려올 때까지 지켜보았다. 진짜 원숭이들이라면 더 쉬웠을 텐데. 그러면 엄마 원숭이가 새끼 원숭이를 업은 채로 나무를 타고 빙그르 내려왔을 것이다.

그 생각을 하자 나는 진짜로 웃음이 터졌다. 알렉산드라는 황급히 나를 보았는데, 온 얼굴이 걱정으로 찡그려져 있었다. 내가 웃는 걸 처음 들은 사람들은 보통 발작이나 질식 같은 걸로 오해한다. 내 웃음은 목구멍 안쪽 어딘가에서 끽끽거리는 소리가 끊어지고 이어지는 걸 반복하다가 갑자기 펙 하고 터져 나온다.

나는 알렉산드라가 뭔가 잘못돼서 당장 우리가 돌아가야 한다고 생각하지 않기를 바랐다. 나는 그 애와 여기에 있는 게 좋다.

알렉산드라는 나를 바라보았다. 걱정하던 그 애의 눈빛은 뭐라고 확실히 알 수 없는 아리송한 것으로 바뀌었다.

그러곤 그 애 얼굴에 미소가 떠올랐다. 미소는 눈까지 이어졌다.

"꼬맹이들!"

알렉산드라가 말했다. 할 수만 있다면 고개를 끄덕였을 것이다. 대신 나는 웃어 보려 애썼다. 이번에는 알렉산드라도 바로 알아챘다. 그 애는 온 얼굴에 미소를 띤 채 내게 웃어 주었다. 정말 좋았다!

우리는 아이들을 다시 구경했다. 그러다 그 애는 뭔가 결심한 듯 일어섰다. 이제 돌아갈 때라고 생각한 것 같았다. 나는 조금 더 머물고 싶었다. 야외에 있는 게 알렉산드라의 마음에도 도움이 되는 것 같은데. 하지만 내게는 선택권이 없다.

사실 우리가 멀리 걸어 나온 게 아니라서 되돌아가는 길은 짧았다. 너무 오래 밖에 있으면 패트릭이 찾으러 나올 것 같긴 하지만 그래도 다시 돌아가는 건 서운하다. 병실 문으로 들어갈 때는 마치 담요로 얼굴을 감싸서 빛을 막고 숨을 못 쉬게 막는 느낌까지 들었다. 알렉산드라는 나를 침대 가까이 데려다 놓고서 다음에는 뭘 해야 할지 모르겠다는 듯 그 자리에 서 있었다.

"괜찮아. 내가 옮길게. 산책은 재밌었니? 얼굴이 좀 빨갛네."

캐슬린이 기척도 없이 들어와 내 어깨에 손을 얹었다. 나는 깜짝 놀라 조금 움찔했지만 아무도 눈치채지 못했다. 알렉산드라는 걱정스러운 표정으로 나를 보았다. 걱정할 필요 없다. 나는 괜찮다. 사실, 괜찮은 거 이상으로 좋다. 따뜻하고 뭐랄까…. 그래, 발그레 물들었다는 게 좋은 표현

같다. 오늘 우리가 본 튤립은 정말 사랑스럽고 따뜻해 보였는데 왠지 그 튤립이 된 기분이다.

"어머, 너무 속상해하지 마! 뭐라고 한 게 아니야. 뺨에 붉은빛이 드니 좋아 보인다고 생각하고 있었어. 걱정할 거 없어."

캐슬린은 그렇게 말하면서 내 이마에 손을 대 보았다.

"예."

이 말이 알렉산드라의 입에서 조용히 새어 나왔다. 자기가 낸 목소리에 놀란 것 같았다. 그 애는 나를 보고 작게 손을 흔들어 주었다. 그러고는 고개를 돌리려다 다시 뒤돌아 나를 보고는 아주 잠깐 활짝 웃었다. 나도 미소로 답했다.

우리 둘 다 원숭이 생각을 하고 있는 게 틀림없다.

19

Alexandra

　나는 사람이 북적대는 곳을 걷는 걸 싫어한다. 그런 상황은 언제나 피한다. 밖으로 나갈 때마다 역겨움이 올라온다. 사방에서 그런 느낌이 나를 덮쳐 제대로 숨을 쉴 수가 없다.

　밖에는 반드시 나와야 하는데 아빠가 차로 태워다 줄 수 없을 때면, 나는 아무도 쳐다보지 않고 다른 사람도 나를 볼 수 없도록 땅에 눈을 고정시켜 최대한 빨리 걸어간다.

　하지만 병원 오솔길을 걷는 일은 생각보다 나쁘지 않았다. 병원 마당은 꼭 길로 둘러싸인 섬 같았는데, 동네에서 일상을 살아가는 평범한 사람들과는 떨어져 있다. 병원 마당을 걷는 사람들은 환자나 보호자, 의사, 간호사들로 병원 일에 모두 정신이 팔려 있었다. 아무도 내게 관심을 보이지 않았다.

　하지만 많은 사람이 조니에게 관심을 보였다. 어떤 이들은 웃음을 지었고 어떤 사람은 외면했다. 그리고 두세 명의 멍청이들은 뭐 볼 만한 게 있는 것처럼 뚫어져라 쳐다보았다.

조니는 눈치채지 못한 것 같았다. 아니 설령 눈치챘더라도 별로 신경 쓰지 않는 것 같았다.

하지만 나는 거슬렸다. 어쩌면 그렇게 무례할까?

사실 조니도 거슬렸을지 모른다. 하지만 사람들이 그런 식으로 자신을 보는 일에 너무 익숙해져서 그냥 무뎌진 것일지도 모른다.

나는 그 애가 세상을 어떻게 바라보는지 전혀 모른다.

하지만 조니에게 유머 감각이 있는 것은 확실하다. 조니는 분명 놀이 기구 위에서 엄마로부터 도망치는 그 아이를 보고 웃었다. 그들이 여기 저기 기어오르는 모습은 마치 침팬지 가족 같았다. 정말 웃겼다.

칼리도 이 광경을 보았다면 웃었을 것이다. 아이들을 사랑하니까. 칼리는 늘 아이를 여섯 명은 낳고 싶다고 말하곤 했다. 우리가 어른이 됐을 때는 그렇게 아이를 많이 낳는 게 불법이 될지도 모르지만 말이다. 나는 아이를 낳지 않을 거다. 결혼을 할 거란 생각조차 안 든다.

우리 부모님이 아이를 더 원했다면 어땠을까? 남동생이나 여동생이 있었다면? 아빠에게 보호할 아이가 더 있어도 지금처럼 날 과잉보호 할까? 내게 아빠 말고 엄마 이야기를 함께 할 사람이 더 있었다면 엄마를 더 잘 기억할 수 있을까? 아빠가 말하는 엄마는 아빠의 기억이고 사실 그건 내게는 어떤 의미도 없다. 아빠는 '나의 엄마'가 아닌 자신의 아내를 이야 기하니까.

내가 엄마에 대해 뭘 기억하고 있는지 모르겠다. 사실 내가 엄마를 그리워하는 것인지, 아니면 그냥 엄마라는 존재를 찾는 것인지조차도 잘 모르겠다.

언젠가 엄마와 연결되어 있다거나 하는 느낌을 받을 수 있을까 해서 묘지에 가 본 적이 있다. 칼리는 늘 환경생태학적 관점에서 묘지 제도에 반대했지만 그날은 함께였다.

"나는 왜 사람들이 자기 뼈를 비단 베개랑 같이 나무 상자에서 썩히는 데 이렇게 귀한 땅을 쓰는지 모르겠어. 나는 화장된 다음 바다에 뿌려지면 좋겠어."

"바다? 우리 동네엔 바다 없잖아."

"나를 사랑해 주는 사람들이라면 바다를 찾아 떠날 거야. 너는 그런 걸 해 주기엔 너무 늦었을 테니까 아마 내 아이들이 하겠지."

"묘지에 가면 죽은 사람에게 말할 수 있으니까 묘지를 쓰는 거 아냐?"

"왜 그 짓을 하려고 돌덩이를 세우는지도 이해 못 하겠어. 난 그 비석 아래 실제로 죽은 사람이 있다고 생각 안 해. 내 생각에 그건 영화에서 지어낸 거야."

"그래…?"

칼리는 나를 보더니 내 손을 꼭 잡았다.

"렉시, 내 말 듣지 마. 난 그냥 나불대는 거야. 내가 뭘 알겠니. 가자, 너희 엄마 찾아보자."

칼리는 계속 내 손을 잡고 있었고, 우리는 엄마의 비석을 찾을 때까지 함께 묘지를 이리저리 걸어 다녔다.

우리는 꽃이 조각된 커다란 비석을 찾아냈다. 거기엔 '사랑받은 아내이자 엄마'라고 새겨져 있었다.

'사랑받은.' 내가 엄마를 사랑했던 건 기억나지 않지만 그랬을 거라는 건 알고 있다. 내 엄마니까.

처음에는 내가 하려는 말이 약간 바보 같았다. 하지만 칼리는 내 손을 꽉 쥐고 나를 보며 고개를 끄덕였다. 나는 어깨를 살짝 으쓱해 보이고는 숨을 깊이 들이마셨다.

나는 엄마 비석에 사랑한다고 말했다. 엄마가 보고 싶다고 말했다. 엄마가 곁에 머물면서 내가 자라는 걸 봐 주면 좋겠다고도 말했다. 그리고 엄마에게 칼리를 소개했다. 칼리는 크게 소리 내어 웃지는 않았지만 아마 그러고 싶었을지도 모르겠다.

"안녕하세요. 만나서 반갑습니다."

엄마가 이 근처 어디에도 없다고 믿는 칼리였지만 비석에 인사했다.

나를 위해 그렇게 했다

잠시 후 나는 할 말이 바닥났지만 그 바로 직전에는 내가 정말 엄마와 말을 하고 있다는 느낌이 들었다.

그때는 생각 속의 엄마가 아닌 진짜 엄마가 그리운 느낌이었다.

칼리에게 그 말은 하지 않았다. 아마 이해하지 못할 테니까.

하지만 어쩌면 이해할지도 모르겠다, 지금은.

조니에게도 엄마가 있을지 궁금하다. 아빠는 있을까? 엄마아빠와 함께 집에서 산 적이 있을까? 조니의 방 벽지도 분홍색 꽃무늬였을까? 아빠가 여자애라면 모두 분홍색 꽃무늬 벽지를 해야 한다고 생각해서 말이다. 엄마는 밤에 이불을 덮어 주며 뺨에 입 맞추어 줬을까? 가족들의 행복한 순간을 담은 사진을 벽에 걸어 두었을까? 혹시 나처럼 외동인가?

조니의 가족은 지금 어디에 있을까?

왜 지금은 가족들과 함께 있지 않지? 모두 죽은 걸까?

조니도 엄마가 그리울까?

20

오늘 쇼나라는 이름의 언어치료사가 나를 보러 온다. 소식을 듣고 깜짝 놀랐다. 나는 병원에 언어치료사가 있는 줄도 몰랐다.

블레인 선생님 반에 있을 때 이후로 언어치료사를 본 적이 없다. 그분 이름은 근사하게도 제이드였다. 늘 초록색 펜던트를 차고 다녔는데 그 펜던트의 보석 이름도 제이드라고 말해 주셨다. 아름다운 보석에서 이름을 따오다니 얼마나 멋진가!

제이드는 머릿속에 있는 걸 몸으로 표현하는 방법을 가르쳐 주려고 했다. 내게 여러 장의 그림과 기호를 보여 주며 어떤 한 가지를 가리키라고 했다. 하지만 내 몸은 협조하지 않았다. 내가 뭔가를 가리키려 하면 손가락은 다른 그림을 스치거나 그림판을 완전히 벗어나곤 했다. 버튼을 누르는 것도 역시 효과가 없었다. 내 손과 팔은 내 명령에 따르는 걸 완강히 거부하며 꼿꼿이 굳어 있거나 아니면 내가 고른 곳을 제외한 모든 방향으로 움직이기 일쑤였다. 한동안은 내 눈꺼풀로 의사소통을 해 보려 했다. 제이드는 내게 '예'에는 한 번, '아니요'에는 두 번 눈을 깜빡이라고 말했다. 간단하게 들리겠지만, 내 눈꺼풀은 때때로 내 허락 없이도 감겨서 '아니요'가 '예'가 되고, '예'가 '아니요'가 되었다. 그러면 누구도 내 말을 이해하지 못했다.

이제 모두가 내게 의사소통 수단을 찾아주는 걸 포기한 줄 알았다.

쇼나가 오늘 와서 기쁘다. 어제는 알렉산드라와 산책을 다녀오고 녹초가 됐었다. 피곤하지 않을 때 만나 좋은 첫인상을 주고 싶다.

"안녕, 난 쇼나야. 내가 오는 건 캐슬린한테 들었지?"

기적도 없이 그녀가 갑자기 나타났다. 분명 간호사 신발을 신었겠지.

"너도 알고 있겠지만, 나는 이 병원에서 일하는 언어치료사야. 이 병동보다는 주로 외래환자를 많이 봐. 패트릭이 지난주에 나를 찾아와서 네이야기를 했어. 들어 보니 너를 만나야겠더라고."

그럴 줄 알았다! 역시 쇼나에게 내 얘기를 한 건 패트릭이다. 쇼나는 말할 때 아주 가까이에서 내 눈 깊은 곳까지 들여다보았다. 그녀는 이미 내 대답을 어디서 찾아야 하는지 알고 있다.

"새로 온 자원봉사자가 있다고 들었어. 그 친구랑 지내는 게 즐겁니?"

나는 그녀가 이해할 만한 방법 중 하나로 눈을 크게 뜨고 미소를 지어 보려고 했다. 오늘 우린 처음 만났다. 그러니 지금 내가 웃고 있다는 것을 그녀가 알아챌 수 있을지 잘 모르겠다. 나는 내가 입꼬리를 올리려고 할 때 내 얼굴이 어떤 표정을 짓고 있는지 잘 모른다. 상대에게 표정으로 확실한 답을 주기는 굉장히 힘들다. 어쨌든 나는 시도해 보았다.

"그렇다고 한 것 같은데. 그 친구 말고 요즘 같이 시간을 보내는 다른 자원봉사자도 있니?"

대답하기 더 어려운 문제다.

'아니요'는 '예'보다 힘들다. 나는 눈이 작아지게 시선을 아래로 내리깔고 입가의 웃음기를 없애 보려고 했다.

"좋아. 이건 확실히 '아니요'인지는 모르겠네. 내가 다시 확인해 볼게. 어쨌든, 이전에 네가 여러 가지 수단으로 의사소통을 시도했다는 건 알고 있어. 그런데 지속적으로 효과를 본 건 없었지. 마지막으로 언어치료사와 함께 훈련한 지는 꽤 오래된 것 같은데?"

이번에는 답을 정확히 모르겠다. '꽤 오래'라는 건 무슨 뜻일까? 시간을 표현하는 방법은 너무나 많아서 그 의미를 다 이해하기 어렵다. '금방 돌아올게'란 말은 5분이 될 수도 있고, 5일이 될 수도 있다. 어쩌면 그보다 더 오래가 될 수도 있다. '다음에 보자'도 '금방 돌아올게'랑 똑같다.

처음 내가 병원에 왔을 때, 브렌다는 '잠시'일 거라고 했다. 하지만 나는 오랫동안 여기 머물고 있다. '잠시'란 말도 여러 가지 뜻이 있는 그런 말 중 하나인 것 같다. 그리고 결국 아무 의미도 아닌 말이 되어 버렸다.

나는 내 의자에 앉아 있어서 쇼나를 제대로 볼 수 있었다. 그녀는 내가 대답이 없는 것에 별로 동요하지 않는 듯했다.

"나와 같이 의사소통 훈련을 다시 시작해 볼래? 적어도 이 병원에 있는 동안만이라도. 같이 새로운 걸 해 볼 생각이 있니?"

그녀의 눈을 보았다. 쇼나의 눈에는 내가 자신을 믿고 있다는 확신이 있었다. 나는 다시 미소 지었고, 그게 무슨 뜻인지 알아채기를 바랐다.

그녀가 내게 미소를 짓는 걸 보니 마음이 놓였다.

"그래, 좋아. 의사소통을 도와주는 새로운 기계가 있어. 너처럼 말하기에 도전하는 사람들을 도와주는 그 기계가 네 눈동자 움직임을 읽어서 네가 말할 수 있게 도와줘. 너한테 그게 효과가 있을 것 같아."

나는 쇼나를 보았다. 방금 들은 말을 믿을 수 없었다. 눈으로 말을 할수 있게 도와주는 기계가 있다고? 눈은 그나마 내가 마음대로 할 수 있는 내 몸 중 하나다. 그 하나가 거의 전부지만. 나는 머리만 제대로 고정되어 있으면 보고 싶은 것에 초점을 맞출 수 있다. 하지만 이게 내가 말하는 걸 도와줄 수 있다고는 생각도 못 했다.

"이미 앨리슨한테는 말했는데 찬성했어. 어디서 연습할지는 병동 직원들하고 얘기할게. 가능하면 네가 1층에 있는 내 사무실로 내려와 주면 정말 좋겠지만 필요하면 내가 이쪽으로 올게. 아니면… 알렉산드라에게 너를 1층으로 데려다줄 수 있는지 물어보면 어때? 그럼 되겠다! 금요일 오후에 일정 잡아 놓을게. 네 상태가 좋으면 그날 시작하자!"

그녀는 자기 계획에 신이 났는지 자리에서 일어나기까지 했다. 쇼나가 내뿜는 에너지가 주위 공기를 떨리게 했다.

앨리슨. 오랫동안 못 봤다. 앨리슨은 나를 담당하는 사회복지사다. 내 인생을 계속 관리하는 게 그녀의 일인데, 나 말고도 앨리슨이 졸졸 따라 다녀야 할 아이들이 많다. 그녀는 데비도 담당하고 있는데, 그룹홈 근처에 살고 있는지 내가 그곳에 있을 때는 자주 들르곤 했다. 이 병원은 그룹홈에서 좀 떨어져 있어서 아마 여기까지 올 시간은 없을 것이다. 아무튼 앨리슨이 쇼나의 생각에 '찬성'했다니 기쁘다. 마치 우리가 어딘가 함께 모험을 떠나는 팀이 된 기분이다.

"이제 가 봐야겠다. 금방 다시 연락할게."

쇼나는 빠르게 병실을 빠져나갔는데, 어디 급하게 가 볼 데가 있어 보였다. 그녀가 나간 후에도 방 안은 여전히 흥분으로 활기가 넘쳤다. 아니, 어쩌면 그건 방이 아니라 나일지도 모르겠다.

누군가 내가 말하는 걸 도와주려고 한다!

내 무지개를 올려다보았다. 나는 목걸이의 돌멩이 하나하나에 초점을 맞추었다. 내가 원하는 정확한 곳에 시선이 가는지 확인했다. 그 기계가 목걸이처럼 색색의 돌멩이들로 꿰어져 있지는 않겠지만, 이렇게 미리 연습해 보는 일이 해가 될 리는 없다.

그 기계가 어떻게 생겼을지, 어떻게 작동할지, 나한테 효과가 있을지는 알 수 없다.

하지만 가능할지도 모른다. 패트릭은 항상 내가 눈으로 말을 한다고 했다. 어쩌면 내게 증명할 기회가 생길지도 모른다. 그가 옳다는 것을!

21

Alexandra

전화가 울렸지만 아빠가 2층에 있었기 때문에 나는 그냥 자동 응답기로 넘어가도록 내버려 두었다.

삐—

"안녕, 알렉산드라. 캐슬린이야. 직접 통화했으면 했는데. 혹시 내일 여기 올 수 있을까 물어보려고 전화했어. 조니가 언어치료를 받아야 하는데 네가 오면 정말 도움이 될 것 같아. 치료 시간에도 옆에서 도와주면 좋을 것 같고. 시간은 2시야, 혹시 오게 되면 1시 반까지 오면 돼. 안 되면 전화 주고. 전화 없으면 오는 걸로 알게."

처음엔 조니와 산책을 가라고 하더니, 이제는 언어치료에 데려가라고 한다. 치료 시간에 옆에서 도와주면서.

병원에서는 나를 쫓아내는 대신 조금이라도 쓸모 있는 사람으로 만들기로 작정한 것 같다.

언어치료가 조니에게 어떻게 도움이 될지 궁금하다. 조니는 이미 열일곱 살인데, 지금까지 누구도 그 애의 의사소통 문제에 큰 도움을 주지는 못한 것 같다.

나는 조니가 과거에 무슨 일을 겪었는지 전혀 모른다. 전에 어디서 살았고 어디서 학교를 다녔는지도 모른다.

나는 정말로 조니에 대해 아는 게 없다.

'그 사고'가 있고 3개월쯤 지나서 아빠와 내 담당 의사는 왜 내가 말을 하지 않는지 알아내려고 나를 언어치료사에게 데려갔다. 그들은 내가 마음을 열려면 도움이 필요하다고 했다.

내가 언어치료사에게 마음을 열게 하려고 애쓰던 때는 이미 말을 하지 않기로 마음먹은 지 한 달쯤 지난 뒤였다.

언어치료사의 계획은 모두 효과가 없었다.

언어치료사는 말에 문제가 있는 사람들을 고칠 수 있도록 돕는다.

하지만 내 문제는 칼리가 죽었다는 것이다.

누구도 그걸 고칠 수는 없다.

언어치료사는 사람들이 말을 할 수 있는 방법을 찾도록 도와준다. 그 사람들은 뭔가 할 말이 있지만 못하는 것이다. 그리고 말을 하려면 도움이 필요하다.

하지만 나는 할 말이 없다.

내 말은 쓸모없다.

그래도 조니에게 치료를 도와줄 사람이 있다는 말을 들으니 기뻤다. 누군가 그 애를 도와줘야 한다. 함께 있을 때마다 조니는 상황이 어떻게 돌아가는지 정확히 알고 있고, 사람들에게 자기 생각을 말하고 싶어한다. 그 애가 나를 볼 때면 눈에서 그런 게 보인다.

물론 내가 말하고 있는 게 뭔지 나도 정확히 모른다. 조니 같은 사람을 만나 본 적이 없어 아는 게 전혀 없다. 그 애처럼 사는 일이 어떨지 상상도 못 하겠다.

나는 폐쇄된 공간이 극단적으로 두렵다. 이유는 모르지만 심지어 놀이공원에 있는 놀이기구도 못 탄다. 모르는 사람이 통제하는 놀이기구를 탄다고 생각하는 순간 공황 상태에 빠진다. 비행기? 아빠와 갔던 지난번 여행에서 비행기에서 누가 날 기절시켰다면 훨씬 더 즐거운 여행이 됐을 거라는 것만 말해 두겠다.

조니를 보면 좁은 공간에 갇힌 것 같은 느낌이 들 때가 있다. 나는 조니가 어떤 기분일지 생각하는 것만으로도 공황 상태에 빠질 것 같다.

조니는 공황 상태가 와도 아무에게도 말하지 못한다. 그 애는 자기가 원하는 것을 말하지 못한다. 자기가 느끼는 것도 말하지 못한다. 배가 고픈지, 피곤한지, 행복한지, 슬픈지, 외로운지도.

내가 옆에 있는 걸 바라지 않는다는 것도.

우리는 조니의 얼굴을 보고 그 애의 마음을 추측할 수 있지만 그게 전부다. 그냥 추측하는 것.

언어치료사가 그걸 바꿔 줄 수 있다면 굉장할 테지만 그 사람이 뭘 할 수 있을지 모르겠다. 나는 이런 것에 대해 전혀 모른다. 수화는 들어 봤지만 조니는 손을 사용할 수 없다. 뭔가를 가리키거나 고개를 끄덕이지도 못한다. 그렇다면 그 애가 할 수 있을 만한 다른 방법이 뭐가 있을까?

인터넷에서 찾아봐야겠다. 이런 정보를 찾아서 내가 미리 조니에게 닥칠 상황을 알고 있으면 조니를 이해하는 데 조금 더 도움이 될 것이다. 하지만 이제는 컴퓨터를 거의 쓰지 않는다.

나는 늘 노트북을 썼다. 칼리는 페이스북 마니아라서 덩달아 나도 항상 페이스북에 접속해 있어야 했다. 그렇지 않으면 칼리는 토라졌다. 칼리의 새 글이나 새 프로필 사진에 달린 댓글, 하루에 15통이나 보낸 메시지를 읽지 않으면 큰일이 났다.

그 파티 이후, 나는 내 노트북을 쓰지 않았다.

수업 과제로 컴퓨터를 써야 하면, 서재에 있는 아빠의 컴퓨터를 썼다. 아빠의 사업 회계 자료나 우리 집의 재정 관련 자료들 모두가 그 컴퓨터에 있다. 그래서 아빠는 내가 그 컴퓨터를 쓰는 걸 별로 좋아하진 않지만 어쨌든 사용하게 해 준다.

그러나 지금까지 한 번도 왜 내 노트북을 쓰지 않는지 묻지 않았다.

나는 위층으로 올라가 서재 방문에 노크했다.

"응?"

아빠 목소리가 문 너머로 작게 들렸다. 너무 바빠서 일어나 문을 열 시간도 없는 것이다.

"저기, 지금 컴퓨터 쓰세요?"

"응, 두세 시간 정도 더. 뭐 필요한 거 있니?"

"아뇨, 괜찮아요."

나는 복도를 터덜터덜 걸어 내 방으로 돌아왔다. 노트북은 내 책상 위에 있다. 꽃무늬가 그려진 밝은 보라색 노트북.

칼리가 이 노트북을 골랐다. 칼리는 컴퓨터 속도나 메모리, 성능 같은 건 묻지 않았다. 고려한 것은 하나다. 어떤 디자인의 노트북인가? 디자인이 가장 중요하다고 했다. 그래도 이 노트북은 성능이 꽤 좋다. 꽃무늬 때문일까?

하지만 이제는 이걸 켤 수 없다.

칼리는 노트북 바탕화면을 차지한 사진, 화면 보호기, 커서 모양까지 모두 설정했다. 사실 칼리가 정한 꽃 모양의 커서는 화살표 모양보다 노트북에 잘 어울렸다.

노트북을 켜면 칼리를 마주해야 한다.

칼리의 얼굴을 본다고 생각하자 롤러코스터를 탔을 때의 공황이 찾아왔다. 몸이 단단히 묶인 채 빠른 롤러코스터를 탄 것 같았다.

아직 볼 준비가 되지 않았나 보다.

아빠 컴퓨터가 비는 다른 날에 정보를 찾아야 할 것 같다.

그게 더 안전하다.

조니를 위해 내가 아무것도 그르치지 않기만을 바랄 뿐이다.

22

Joanie

"자, 오늘은 쇼나랑 하는 치료 첫날이네. 알렉산드라가 널 쇼나 사무실까지 데리고 갈 거야. 그리고 치료하는 동안에도 옆에 같이 있을 거고. 쇼나가 알렉산드라한테 언어치료 연습 일부를 알려 줄 거야. 네 병실에서도 할 수 있게 말이야."

패트릭은 우리 두 사람을 보고 미소 지었다. 나는 웃었지만 알렉산드라는 웃지 않았다. 그 애는 약간 불편한 눈빛으로 그를 보고 있었다. 아마도 쇼나의 사무실이 어디인지 몰라서 길을 잃을까 걱정하는 것 같았다. 하지만 위치를 묻지 않을 거라는 걸 나는 안다.

알렉산드라는 오늘 그다지 신나 보이지 않는다. 하지만 괜찮다. 오늘은 내가 두 사람 몫만큼 신나니까! 궁금한 것이 너무나 많다. 내 눈빛으로 목소리를 만들어 준다는 그 기계는 대체 어떻게 생겼을까?

패트릭은 계속 무언가를 설명 중이었는데 나는 듣다 잠깐 다른 생각을 하는 바람에 뭐라고 하는지 듣지 못했다. 알렉산드라가 고개를 끄덕이고 있는 걸로 봐서 쇼나 사무실에 어떻게 가는지를 설명하고 있는 것 같다.

"좋아요, 아가씨들. 이제 보내 드릴게요. 아, 잠깐만. 깜빡했네. 쇼나가 이걸 꼭 하고 오라고 부탁했는데."

그는 선반에 있는 플라스틱 판을 가져왔다.

"조니, 여기 네 트레이. 내가 고정시킬게."

아, 맞다. 내 트레이. 오랫동안 못 봤는데. 사실 그걸 쓸 일이 별로 많지 않다. 내 의자에 특별히 맞춰 제작한 거니 곁에 늘 있지만, 솔직히 그걸 쓸 만한 일이 있었던 게 마지막으로 언제였는지조차 기억나지 않는다. 크고 자리도 많이 차지해서 그걸 써 보려고 하는 사람이 없었다. 그런데 그 기계를 이 트레이 위에 올려놓는 건가?

패트릭은 트레이의 양 끝에 달린 두 개의 플라스틱 고리를 내 의자 팔걸이에 얹어 딸깍 소리가 나게 장착했다.

"다 됐다. 이제 가도 돼. 알렉산드라, 어떻게 가는지 알고 있지?"

알렉산드라는 내 휠체어에 걸린 잠금 장치를 풀면서 고개를 끄덕였다. 그러고는 나를 밀어 병실 밖으로 나와 엘리베이터를 향해 복도를 내려갔다. 패트릭은 엘리베이터 문 바로 맞은편의 간호사실에서 우리에게 손을 흔들어 주었다. 알렉산드라는 아래로 내려가는 버튼을 눌렀고 우리는 기다렸다. 잠시 후 문이 열리고 안으로 들어갔다.

알렉산드라는 내 휠체어 손잡이에 손을 올린 채 뒤에 서 있었다. 가만히 서 있는 그 애의 몸은 목소리만큼이나 조용했다. 엘리베이터는 부드럽게 내려갔고 '딩동' 하는 작은 소리가 우리가 1층에 도착했다는 걸 알렸다. 나는 1층이 좋다. 1층은 늘 사람들로 북적인다. 말하고 움직이며 때로는 울기도 하는 사람들.

오늘 알렉산드라는 처음 만날 때 들었던 드럼 소리가 나는 구두를 신고 왔다. 그 애의 움직임에 따라 복도가 또각거리며 울리는 이 느낌이 좋다. 이 소리 때문에 우리가 뭔가 대단한 사람처럼 느껴진다. 나는 사람들이 우리가 누군지, 어딜 가려는지 보려고 몰려드는 장면을 상상한다. 우리는 긴 복도의 맨 끝에 있는 문 앞에 멈춰 섰다. 알렉산드라는 내 앞쪽으로 와서 문을 열고 나와 함께 안으로 들어갔다.

"안녕! 둘 다 만나서 반가워. 알렉산드라, 같이 와 줘서 고마워. 이쪽으로 들어와서 시작하자. 어머, 이 트레이 가져왔구나. 잘됐다. 딱 맞는 높이의 탁자를 찾는 것보다 이게 더 쉬울 거라 생각했거든."

쇼나는 약간 부산히 움직이더니 뭔가를 집어 내 트레이 위에 놓았다. 그게 뭘까 알아보려고 했지만 뭔지 알아볼 수 없었다.

"좋아, 일단 내가 틀렸어. 트레이가 너무 낮아. 뭔가 다른 걸 찾아봐야겠다. 금방 돌아올게. 알렉산드라, 저 기계 좀 켜 줄래? 내가 오자마자 바로 시작할 수 있게."

쇼나는 방을 나갔고 알렉산드라는 트레이 위의 물건 쪽으로 몸을 숙였다. 그 애가 그걸 들어 올리자 내 시야에 들어왔다. 나는 고맙다는 의미로 미소를 지어 보였다. 그 애도 나를 향해 웃었다. 내 미소를 알아본 것 같다. 그런 거라면 좋겠다.

알렉산드라가 어정쩡하게 들고 있는 그 물건은 꽤 무거운 검은색 컴퓨터 모니터처럼 보였다. 보통 우리가 학교에서 쓰는 그런 컴퓨터와는 약간 달라 보였다. 나는 블레인 선생님이 우리랑 같이 컴퓨터로 했던 게임이나 활동은 좋았지만, 내 생각을 말하고 싶을 때 컴퓨터가 도움이 되었는지는 기억나지 않는다.

"좋아, 다시 해 보자."

쇼나가 돌아왔다. 손에는 상자를 들고 있었다.

"알렉산드라, 그 기계를 좀 들어 줄래?"

알렉산드라는 다시 그 기계를 들었고 쇼나는 상자를 그 아래로 밀어 넣었다. 그러자 화면이 내 눈높이에 맞춰졌다.

"딱 맞네! 좋아. 이제 시작하자. 알렉산드라, 너는 여기 조니 바로 옆에 앉아. 그럼 화면이랑 조니 둘 다 볼 수 있겠지. 나는 반대편에 앉을게."

알렉산드라는 쇼나의 지시대로 움직였다. 쇼나는 알렉산드라가 말을 하지 않고 있다는 걸 알아채지 못한 것 같았다.

이런 생각이 드니 조금 우스웠다.

"조니, 이게 내가 말한 새로운 의사소통 기계야. 뭐, 사실 그렇게 새로운 건 아니지만 우리한테는 새로운 거지. 이건 '아이 게이즈'라는 시선 이동 감지 기계야. 네가 그동안 해 온 것들과는 달라. 그래서 이게 너한테 효과가 있을지 알아보는 데는 시간과 인내심이 많이 필요해. 알겠지?"

상관없다. 나에게 시간과 인내심은 굉장히 많으니까.

"알렉산드라를 부른 건 병원에 올 때마다 조니의 연습을 도와줄 수 있도록 아이 게이즈 사용법을 알려 주기 위해서야."

쇼나는 알렉산드라를 보았고, 알렉산드라는 고개를 끄덕였다.

"좋아. 그럼 시작하자."

모니터가 켜지고, 여러 단어와 이미지가 화면에 떠올랐다. 한꺼번에 많은 곳을 보니 눈은 과부하가 걸릴 것 같았다. 그렇지만 아무것도 놓치고 싶지 않아서 계속 눈을 부릅떴다. 쇼나가 화면의 몇 군데를 건드리자 모든 게 사라졌다. 대신 십자 놀이판 모양의 페이지가 떠올랐다.

"이 기계에는 아주 작은 카메라가 내장돼 있어. 아주 예민하지. 네 눈이 움직이면 네 눈동자 움직임을 따라갈 거야. 네가 화면에 있는 무얼 보는지 알아내는 거지. 자, 두 개의 작은 불빛이 보이지? 그게 네 눈의 아주 작은 움직임도 기록할 거야. 그러면 기계가 단어들 중에서 네가 보고 있는 걸 말로 옮기는 거야. 네가 할 일은 화면에 뜨는 이미지에 최대한 초점을 맞추고 가능한 한 오래 그걸 바라보는 거야."

화면의 사각형들 중 하나가 노란색으로 바뀌었는데 가운데에 검은색 글자가 쓰여 있었다. 사각형은 화면 한가운데 떠 있어서 쉽게 볼 수 있었다. 나는 눈에게 움직이지 말고 그것만 보라고 명령했다. 아무리 눈이 내 명령을 잘 따른다고 해도 긴장이 됐다. 물론 의자가 머리를 고정하고 있으면 눈을 좌우, 아래위로 움직일 수 있다. 그래도 컴퓨터가 내 의도를 알아챌 정도로 눈이 정확한 방향으로 움직일지 모르겠다. 잘못해서 눈을 깜빡이면 어쩌지?

눈이 위아래로 움직이는 게 느껴진다. 노란색 사각형이 시야 밖으로 미끄러진다. 마치 내 방 창문으로 구름 뒤에 숨은 햇빛이 깜빡이는 걸 보는 것 같다. 내가 잘못하고 있다는 걸 알겠다. 알렉산드라와 쇼나 둘 다 나를 뚫어져라 보고 있다. 내가 노란색 사각형을 이렇게 봐야 하는데.

저들을 실망시키고 싶지 않다. 그리고 나에게 실망하고 싶지 않다.

나는 두 눈이 움직이지 않고 화면 중앙을 볼 수 있도록 온 힘을 다해 집중했다.

"노랑."

기계에서 낯선 목소리가 울려서 깜짝 놀랐다.

내가 그렇게 한 건가? 저게 내 목소리인 건가?

내가 마음속에 있던 말을 공중으로 내보냈다.

마법 같다.

마침내 나만의 마법사를 찾은 걸지도 모른다! 내게도 진짜 뇌가 있다는 걸 알려줄 나만의 마법사!

"완벽해! 이번엔 사각형을 약간 움직여 볼게."

쇼나는 기분이 좋아 보였다. 나도 제대로 해내서 기분이 좋았다. 알렉산드라는 아무 말도 하지 않았지만 나는 화면에 집중한 시선을 놓치기 싫어서 그 애에게로 눈길을 돌리지 않았다.

사각형은 화면 구석으로 움직였고 나는 눈으로 그걸 쫓으려 했다. 아직도 약간 긴장됐다. 잠시 아무 일도 일어나지 않다가 내가 다른 데를 보자 그걸 인식했다.

"조니, 괜찮아. 긴장 풀고 사각형에만 집중해 봐. 그렇게 오래 볼 필요는 없어. 한 1, 2초면 반응할 거야."

심호흡을 했다. 호흡 곤란이 올 수 있으니 깊게 들이마시진 않았지만 집중할 수 있을 만큼 충분히 숨을 쉬었다. 그리고 사각형으로 눈을 들어 올리고 눈에게 그대로 있으라고 말했다.

"노랑."

해냈다!

그 사각형은 다시 움직였고 내 눈은 다시 그걸 따라갔다. 가끔 놓치기도 했는데, 사각형이 갑자기 화면 맨 위에서 맨 아래로 움직여서 그랬다. 내 눈은 그렇게 빨리 움직일 수 없다. 그걸 본 쇼나가 무언가를 설정하자 사각형은 천천히 내려왔다. 속도가 느려지자 눈으로 따라가기가 훨씬 쉬워졌고 나는 거의 모든 사각형을 다 잡기 시작했다.

마법사가 우리에게 '노랑'이라고 몇 번이나 말했는지 모르겠다. 하지만 매 순간 신났다. 왜냐하면 내가 바로 그 목소리를 만들었으니까!

"굉장해. 시작이 좋은데. 조금 더 진도를 나가 보자. 이번에는 두 개의 다른 색깔을 가져올 거야. 둘 중에 어떤 걸 볼지 선택하면 돼. 네가 좋아하는 걸로 골라 봐."

이번에는 두 개의 사각형이 나타났다. 파랑과 노랑. 두 사각형은 나란히 붙어 있어서 둘 중 하나에만 초점을 맞추려면 더 집중해야 했다.

그런데 내가 둘 중 어느 색을 더 좋아하는지 모르겠다. 나는 모든 색깔이 다 좋다. 각각의 색깔은 저마다의 개성이 있다. 그들은 조용히 내게 말을 건다.

이게 중요한 문제는 아닌 것 같다. 내가 어느 한 색을 더 좋아하는 척을 해도, 나란히 앉아 있는 두 개의 사각형 중에서 내가 어느 하나를 보는지 카메라에게 말해 줄 수 있을 정도로 정확히 눈을 움직일 수 있을지 잘 모르겠다.

"노랑."

마법사는 거의 백 번째로 그 말을 했다. 하지만 이번에는 그다지 신나지 않았다. 나는 노랑을 보고 있지 않았다. 사실 아직 아무것도 보지 않았다. 난 눈을 제대로 움직이려고 집중력을 모으는 중이었다. 내 허락도 없이 눈이 노랑으로 간 걸까? 전에 했던 언어치료 훈련처럼 되면 어쩌지? 눈을 깜빡여 내가 '아니요'라고 하면 '예'라고 하고, 내가 '예' 하면 '아니요'라고 하던 그 훈련 말이다.

알렉산드라는 쇼나가 말한 대로 내 얼굴을 보고 있었다. 나는 이때다 싶어 알렉산드라의 눈을 들여다봤다. 알렉산드라도 내가 '노랑'을 선택했다고 생각할까? 그 애는 내 눈을 들여다보더니 고개를 살짝 저었다.

"노랑이 아니라고?"

쇼나가 물었다. 알렉산드라는 놀란 눈으로 쇼나를 보았다. 아마 자기를 보고 있는 줄 몰랐던 것 같다. 알렉산드라는 어깨를 살짝 으쓱하고는 다시 고개를 저었다. 그 애는 뭔가 말을 할 것처럼 깊이 숨을 들이마셨지만, 결국 아무 말도 하지 않았다.

"괜찮아. 이제 막 시작했는걸. 조니, 눈을 조종하려면 연습이 필요해. 우리 눈은 자주 제멋대로 움직여. 그런 눈을 써서 의사소통을 한다는 건 대단한 일이지. 다시 해 보자. 이번에는 새로 나온 사각형만 보자. 파란색 사각형."

쇼나는 '파란색'에 힘을 주어 말했다. 내가 색깔 이름을 모른다고 생각하나? 나는 세 살 때부터 색깔 이름을 알고 있었는데!

하지만 쇼나는 그런 사실을 모르는 것 같다. 적어도 아직까지는.

"네가 노랑이 아니라 파랑을 생각하고 있다고 알려 줘. 네가 노란색을 더 좋아해도 말이야."

쇼나는 내게 기운을 북돋아 주려는 듯 나를 향해 미소를 지었다. 기운이 났다. 눈을 감아 좀 더 차분해지고 싶었지만 눈을 감았다 떴을 때 통제력을 잃고 다시 실수할까 봐 겁이 났다.

나는 내 눈에게 아무리 내가 두 색깔을 똑같이 좋아해도 파란색 사각형에 집중하라고 했다. 나는 파란색을 생각했다. 화면에 내 눈을 쫓는 두 개의 불빛이 보였다. 눈에게 그걸 무시하고 화면을 보라고 말했다.

방에는 정적이 흘렀고, 기계가 나직이 회전하는 윙윙 소리만이 들렸다. 심지어 쇼나나 알렉산드라가 숨 쉬는 소리도 들리지 않았다. 두 사람은 이 상황을 방해하지 않으려고 숨을 참고 있을지도 모른다.

"파랑."

"파랑!"

쇼나가 따라 외쳤다. 그 단어가 지금까지 해 본 말 중 제일 신나는 말인 것처럼.

"파랑."

알렉산드라가 속삭였다. 그 단어가 공기 중에 훅, 하고 떠올랐다. 쇼나는 알아채지 못했다. 못 들은 척한 걸까.

파랑! 내 마음도 모두를 따라 소리쳤다. '파랑, 파랑, 파랑, 파랑, 파랑!' 나는 생각했다. 생각하길 원했다. 나는 노랑이 아닌 파랑을 생각했고, 마법사가 파랑이라고 말해 주었다. 그리고 내가 파랑을 생각했다는 걸 모두가 들었다! 만약 이게 정말로, 정말로 가능하다면, 내 색깔들은 더 이상 침묵하지 않아도 된다.

23

Alexandra

"파랑."

내가 미처 잡기도 전에 말이 내 입술 사이로 빠져나갔다. 쇼나가 내 말을 듣지 않아 별로 상관은 없었다. 그녀는 조니의 생각을 말로 옮겨 주는 기계에만 귀 기울이고 있었다. 쇼나와 나는 거의 동시에 그 단어를 따라 말한 것 같다.

하나의 단어가 이렇게 굉장할 줄이야. '파랑'이 이런 느낌으로 들린 건 처음이었다. '파랑'이 공중으로 나왔을 때 뱃속이 울렁거렸다. 마치 내가 큰 상을 받아 내 이름이 라디오에서 나오는 걸 들은 것처럼.

조니가 노란색 대신 파란색을 본 건 사실 큰일이 아니다. 하지만 그 선택이 말이 되어 튀어나왔을 때 조니는 너무 흥분해서 의자가 그 애를 지탱하지 못할 정도였다. 조니는 묶이지 않은 모든 부분을 움직였다. 두 팔은 퍼레이드에서 군중을 향해 손을 흔드는 풍선 인형처럼 앞뒤를 휘저었다. 얼굴은 미소라고 짐작되는 그 애만의 독특한 표정이 되었다.

"출발이 좋은데, 조니! 다시 한 번 해 볼까?"

움직임이 더 격렬해져서 나는 조니에게 발작이나 질식 같은 게 오지 않을까 걱정되었다. 쇼나는 조니를 잘 모른다. 조니의 폐가 정말 약한 걸 모르는 것 같다. 나는 조니에게 호흡 곤란이 왔을 때 간호사가 달려들어 흉한 흡입기 같은 걸 사용하는 것을 봤다. 조니는 직접 숨을 쉴 수 없을 때 대신 산소를 만들어 주는 이런 여러 기계들을 달고 있다. 너무 흥분하는 게 조니를 아프게 하는 건 아닌지 모르겠다. 그런데 쇼나는 그걸 모르는 것 같다. 뭐라 말을 하고 싶지만 내가 할 수 있을지 모르겠다.

"저기, 천천히 해."

나는 쇼나의 눈치를 보며 조니의 귀에 대고 가까스로 그 말을 했다. 조니는 내 눈을 보았고 나는 그 애가 고개를 끄덕이는 모습을 상상했다. 물론 그럴 수 없다는 건 알지만. 조니는 눈을 감았고 심호흡을 하려는 것 같았다. 보통 나는 사람들을 만지지 않지만 조니 팔이 너무 빨리 움직여서 양손을 뻗어 조니의 두 팔 위에 한 손씩 부드럽게 올려놓았다. 그렇게 하는 게 도움이 될지, 그 애를 아프게 할지 알 수는 없지만 몇 초 동안 그렇게 있었다.

조니는 눈을 뜨고 입을 열었다. 팔은 물에서 발레를 하듯 부드럽게 진정이 되고 있었다.

"알렉산드라, 고마워! 네가 여기 있어서 정말 다행이야! 내가 좀 흥분해서 조니를 살피지 못했네."

쇼나가 나를 보고 말했다. 이런 말을 들을 줄 몰랐기에 어떻게 해야 할지 알 수 없었다. 내가 곁에 있어서 누군가 기뻐한 건 정말 오랜만이다.

"하나만 더 하자, 오늘은 그거면 될 것 같아. 조니, 이번에는 초록색 사각형에 집중해 봐."

쇼나는 화면을 잠깐 설정하고 자리로 돌아와 앉았다. 이번에는 화면에 세 개의 사각형이 나타났다. 초록색 사각형과 노란색 사각형은 떨어져 있었는데, 하나는 왼쪽 위에 있었고, 다른 하나는 오른쪽 바닥에 있었다. 파란색 사각형은 화면 정중앙에 그대로 있었다.

조니는 눈도 깜빡이지 않는 기세로 집중하고 있었다. 머리가 의자에 단단히 고정되어 있어서 눈만 움직일 수 있었다. 나는 그 애의 얼굴을 보면서 꼼짝도 하지 않으려고 숨을 훅, 들이마시고 참았다. 조니의 시선이 닿은 사각형들이 잠깐씩 반짝였다. 이보다 좀 더 길게 시선이 머물지 않으면 기계는 말을 하지 않았다. 조니가 정확한 사각형을 찾으려고 하면서 사각형들이 깜빡거렸다. 나는 긴장해서 눈을 크게 뜨고 화면을 보면서도 혹시나 내가 순간적으로 몸을 움직여서 조니를 방해할까 봐 최대한 몸을 뒤로 빼고 있었다. 이게 어떻게 작동하는지 알면 조니에게 도움을 줄 수 있을 텐데. 얼마나 오래 사각형을 쳐다봐야 하는 거지? 못 하면 어떻게 되는 거지? 이걸 성공하면 다음엔 뭘 할까?

조니가 성공하길 바라는 내 마음은 너무 간절해서 피부를 뚫고 나간 정도였다. 마침내 나보다 참을성 있게 기다리던 초록색 사각형이 반짝이는 게 보였다. 그리고 기계가 인식할 만큼 충분히 오래 반짝였다.

"초록."

기계는 단박에 이해했다. 너무 골똘히 응시해서인지 눈이 따끔거렸다.

안심이 되면서 내 얼굴에 미소가 번지는 걸 느꼈다.

"초록."

쇼나도 활짝 웃었다. 이런 광경을 아마 수백 번은 보았을 텐데도 완전히 흥분해 있었다.

조니의 얼굴은 내부 어딘가에서 빛이 뿜어져 나오는 것만 같았다. 눈은 더 반짝이고 뺨도 붉어졌다. 온 얼굴에 기쁨이 넘쳤다. 양팔은 다시 빨리 움직이기 시작했지만 아까처럼 무서워할 일은 아닌 것 같았다.

"이 기계를 당분간은 조니, 네 전용으로 쓸 수 있게 빌려 놨어. 이제 여기 내려와서 계속 연습할 수 있어. 그리고 알렉산드라, 조니가 이 기계에 좀 익숙해지면 병원에 올 때 먼저 여기 들러서 이걸 조니 병동으로 가져가. 혼자 여기 올 수 있는 날이 있으면 들러 주고. 기계를 어떻게 작동하는지 알려 줄게. 조니, 오늘 첫날인데도 너무 잘했어. 이게 너한테 효과가 있으면 했거든. 앞으로 할 게 많지만 일단 시작이 굉장히 좋아."

쇼나는 거의 울 것처럼 보였고 덩달아 내 눈도 따끔거렸다. 나는 눈을 살짝 비비며 고개를 돌렸다. 설마 지금 내가 울려는 건가? 나는 몇 달 동안이나 울지 않았다. 그동안 어떻게 참아 왔는데, 이제 와서 울 수 없다.

나는 휠체어를 밀어 복도로 나왔다. 곧장 병실로 데려가야 한다는 건 알지만 쇼나의 사무실에서 너무 흥분한 뒤라 그런지 뭔가 허탈한 느낌이었다. 허락 없이 조니를 밖으로 데리고 나갈 수는 없다. 달리 뭔가 할 수 있는 게 없을까? 나는 휠체어 손잡이를 잡은 채로 주위를 지나가는 사람들을 봤다. 아무도 우릴 눈여겨보지 않았다. 어쩌다 한 번씩 우릴 보곤 웃으며 인사하는 사람도 있었지만 대부분은 가야 할 곳이 있고, 모두 바빠 보였다.

나는 뭔가 떠오르지 않을까 싶어 벽에 붙은 안내판 글자들을 훑었다. 식당? 아니야, 조니와 함께 먹을 수 없다면 그렇게 신나지 않을 거야. '산책로.' 산책로가 있었나? 전에 들어 본 적이 있는 것 같기도 하고…. 엉망이 된 내 뇌를 샅샅이 뒤져 보았다. 나는 언제나 잘 정리된 뇌가 있었다. 내가 검색해 주기만을 기다리는 정보들이 잘 정렬되어 있었다. 하지만 그 모두가 내 인생의 남은 날들과 함께 뒤죽박죽이 되었다. 아니, 튀겨지고, 끓여지고, 불태워졌다.

'산책로.' 느낌이 좋다. 그 표지가 있는 쪽으로 휠체어를 밀었다. 4분 정도 걷자 상점들이 모인 거리에 도착했다. 변경된 계획이 조니에게는 어떨지 보려고 몸을 앞으로 숙였다. 괜찮아 보여서 계속 앞으로 걸었다.

허락 없이 이렇게 행동하면 안 되겠지. 칼리라면 자랑스러워했겠지만.

별로 특별한 가게는 없었지만 평소에 조니가 보던 것들보다는 새로울 것 같았다. 커피숍에는 알록달록한 수술복을 입은 간호사들이 길게 줄을 서 있었다. 그 행렬이 마치 카페인에 굶주린 무지개처럼 보였다. 조니에게 이 말을 하고 싶었지만 우리 주위에 사람들이 너무 많아서 누군가 내 말을 들을지도 몰라 아무 말도 하지 않았다. 근처에는 잡지를 파는 가판대와 아기 옷 가게도 있었다. 나는 둘 다 관심 없었는데, 보아 하니 조니도 그런 것 같았다. 우리는 좀 더 걸었다. 꽃집이 나타났다. 온갖 종류의 특이하고 작은 소품과 꽃이 가득했다. 조니가 관심을 보여서 나는 그리로 다가갔다.

우리는 잠시 향기로운 꽃 무더기를 둘러보며 어슬렁거렸다. 처음에 조니는 꽃을 보며 멋지다고 생각하는 것 같았지만 곧 눈빛이 사그라들었다. 조니의 눈은 갑자기 불이 꺼진 것 같았다. 오늘 너무 많은 일을 해서 피곤하다는 뜻일까?

아무래도 이제 병실로 돌아가야 할 것 같다.

"드디어 왔네. 다행이다. 예상보다 조금 더 오래 걸렸네. 지금 막 수색대를 보내려던 참이었거든."

패트릭은 조니의 병실 앞에서 기다리고 있었다. 나는 뱃속이 약간 울렁거렸다. 내가 문제를 일으킨 걸까? 뭔가 사고를 친 걸까? 나는 가까스로 고개를 들어 패트릭을 쳐다봤다. 그는 조니를 보며 미소 짓고 있었다. 사고를 친 것 같지는 않았다.

"그래, 어땠어?"

패트릭이 조니를 재빠르게 침대로 옮기면서 물었다. 내가 돕겠다고 말할 새도 없이 조니는 이미 편안하게 옮겨져 있었다.

뭐, 옮겼으니 된 거지. 그런데 조니의 몸이 한 번이라도 편안했던 적이 있긴 한 걸까.

조니는 최고라는 눈빛으로 패트릭을 올려다보았다. 머리는 이제 통제에서 벗어나 베개 위에서 움직이고 있는 바람에 시선을 집중하기가 어려웠다. 그래도 여전히 패트릭 쪽을 보며 애써 미소 짓고 있었다.

"얼굴을 보니 좋은 것 같은데?"

패트릭은 조니를 보더니 눈썹을 올린 채 나에게 고개를 돌렸다. 나는 고개를 끄덕였다. 그는 좋은 사람인 것 같다. 내가 이 사람에게 말을 할 수 있다면 좋겠다고 잠깐 생각했다. 하지만 이 편이 낫다. 말을 하면 그는 내가 진짜 어떤 앤지 알 수 있을 거고, 그럼 더 이상 내게 잘해 주지 않을 테니까. 그래서 그냥 입을 다물었다.

"금방 돌아올게, 조니. 저녁 식사 시간이야. 다음에 보자, 알렉산드라."

나는 침대로 다가갔다. 조니는 아주 잠깐 나를 보았고, 입가에 살짝 미소가 떠올랐다. 어쩌면 그냥 얼굴을 찡그린 건지도 모르겠다. 조니의 눈이 너무 피곤해 보여서 정확히 알 수 없었다. 조니는 눈을 감았고, 나는 조니가 식사가 오기 전에 잠들지 않을까 걱정했다. 괜찮을까? 아니면 패트릭이 그냥 튜브를 통해 식사를 조니의 뱃속으로 보내는 걸까?

나는 그 애를 내려다보며 그 자리에 서 있었다. 내가 가는 걸 조니가 모르는 채로 떠나기 싫었다. 이게 왜 신경 쓰이는지 모르겠지만 그냥 그런 느낌이었다. 나는 조니만 알아들을 수 있게 몸을 숙여 속삭였다.

"잘 있어, 조니. 오늘 정말 잘했어."

나는 재빨리 걸어서 집으로 돌아왔다.

오늘 처음으로 칼리를 생각하지 않았다.

길을 걸으며 나를 보는 사람들이 무슨 생각을 하는지 상상하지 않았다. 내 머릿속에 있는 검은 것들을 두드려 대는 사람들의 목소리를 듣지 않았다. 내가 들은 건 오로지 조니가 만든 "파랑"이라는 목소리였다.

24

Joanie

오늘 아침 깨어나서 가장 처음 떠올린 건 내 마법사였다. 지금 당장이라도 아래층으로 내려가 마법사와 만나고 싶었다. 쇼나에게 그 작은 화면에 무지개의 모든 색을 넣으라고 하고 싶다. 그러면 나는 분홍, 보라, 주황, 빨강도 말할 수 있겠지. 색깔 말고 다른 것도 넣으라고 하고 싶다. 그럼 "예", "아니요" 같은 다른 말도 할 수 있다. 내가 "예"나 "아니요"를 말할 수 있다면 내가 감정을 사람들에게 말할 수 있을지도 모른다. 사람들이 나에게 제대로 질문하면 대화도 할 수 있을 것 같다.

패트릭이 "오늘 기분 좋니, 조니?"라고 물어보면, 나는 "예"를 뜻하는 사각형을 보면 된다. 그럼 그는 내가 기분이 좋다는 걸 알 수 있겠지.

알렉산드라가 "나 이제 갈까?"라고 물어볼 수도 있다. 물론 물어보지 않겠지만, 혹시 그런다면 나는 '아니요' 사각형을 쳐다보고, 그럼 그 애는 가지 않을 것이다. 그런데 엉뚱한 사각형을 본다면? 내가 알렉산드라가

176

여기에 있기를 원해도 그 애는 가 버릴 수 있겠지. 패트릭은 내가 기분이 좋을 때도 아프다고 생각할 거고.

어떻게 하면 항상 정확한 사각형을 쳐다볼 수 있을지 알고 싶다. 얼마나 많은 종류의 사각형이 있는지도 궁금하다.

내 안에 있는 말들을 전부 담을 만큼 사각형이 충분할까? 내가 세상을 어떻게 생각하고 느끼는지 사람들에게 말할 수 있게 될까?

사람들이 나의 내면을 알면 나를 어떤 애라고 생각할까? 자신과 똑같은 사람처럼 볼까? 아니면 다른 사람으로 여길까? 내가 원하는 걸 말로 할 수 있으면 사람들은 나를 어떻게 대할까? 나는 완전한 하나의 존재가 될까?

마법사가 내 생각들을 잘 표현할 수 있도록 도와주면 사람들은 나를 똑똑하고 재미있다고 생각할까? 내가 생각하는 나는 똑똑하고 재미있다. 다른 사람들도 그렇게 생각할지는 모르겠다. 사람들이 나를 재미있다고 생각하지 않으면 어쩌지? 그렇다면 괜찮지 않을 것 같다.

다른 사람 말에 동의할 수 없는 건 어떤 걸까 궁금하다. 나와 생각이 다른 사람과의 말다툼은 어떨까? 가끔 복도에서 말다툼이 들려올 때가 있다. 두 사람은 서로 자기만의 생각으로 싸운다. 오직 자신의 생각만이 가치가 있다는 듯이. 나도 대화를 나눌 때 내 생각을 남에게 강요하는 그런 사람일까?

내가 옳다고 생각하는 걸 누군가 틀렸다고 말하면 내 기분은 어떨까?

바깥의 말을 쓸 수 있게 돼도 나는 여전히 같은 사람일까? 내 내면이 똑같이 남을까, 아니면 덩달아 내면도 변할까?

어제 아침에 잠에서 깼을 때 나는 말이 없는 그냥 조니였다. 아무도 모르는 나만의 생각과 꿈으로 가득 찬 조니.

하지만 오늘 아침 잠에서 깼을 때, 나는 쇼나와 알렉산드라에게 사각형 이름이 '파랑'이라고 말할 수 있는 사람이 되었다. 그리고 그건 노랑과 초록과는 다르다.

처음으로 오늘은 목걸이로 무지개를 생각하지 않았다. 이곳을 벗어나고 싶어서 지난날들을 떠올리며 그중에 가고 싶은 곳을 고르는 일 따윈 하지 않았다. 대신 색색의 사각형들과 마법사의 목소리를 생각했다. 알렉산드라가 언제 다시 올지 궁금하다. 알렉산드라가 있으면 쇼나에게 가서 내가 다음에 배울 재미있는 것들이 뭔지 알아볼 수 있는데. 쇼나 생각을 하다 보니 애초에 쇼나가 왜 나랑 이 치료를 하기로 결정했는지 궁금하다.

내가 더 일찍 마법사를 만났다면 내 인생은 어땠을까를 상상한다. 지금은 대부분 내 무지개 속에 있는 그 사람들 모두와 대화를 나눌 수 있었다면 모든 일들이 많이 달라졌을까?

블레인 선생님에게 더 많이 배웠을 수도 있다. 내가 선생님께 질문을 할 수 있었을 테니까.

내가 어떤 책을 읽고 싶고 왜 그런지 말할 수 있었다면 마이크는 나를 더 흥미로운 아이라고 생각했을까?

브렌다와 무지개며 아비새, 박람회와 영화, 그리고 학교에서 있었던 일들까지 함께 이야기 나눴을까?

내가 말할 수 있었다면 데비는 좀 덜 말했을까?

적어도 내가 잠을 자고 싶을 때 데비에게 조용히 하라고 말할 수는 있었을 거다.

내 의자에 마법사를 태워서 이들과 다시 대화를 나눌 수 있다면 얼마나 신날까! 서로에게 할 말이 엄청 많을 거다.

무지개 속에서가 아닌, 여기 이 진짜 세상에서 말이다.

정말 오랜만에 여기에 있는 나와 오늘의 일만 생각했다. 바로 여기 이 병원에서 오늘 일어나는 일들. 목걸이에서 나를 멀리 데려갈 색깔을 찾고 싶지 않다. 나는 깨어 있고 싶다. 쇼나가 올라와서 나를 데리고 갈 때를 대비하고 싶다. 말들이 나를 기다리고 있는 그곳으로 가고 싶다.

내 모든 말을 다 찾으면 나는 더 이상 내 무지개로 들어가지 않을지도 모른다. 아니, 내 무지개가 내 안으로 들어올 것이다.

25

Alexandra

"지나갈게!"

두세 명의 여자애들이 지나가면서 나를 밀쳐서 사물함에 부딪혀 쓰러졌다. 나는 바닥에 주저앉아 바보가 된 기분을 느끼고 있었다. 그 애들은 깔깔거리고 빙글빙글 돌면서 복도를 따라 걸어갔다.

"쳇, 예의 없기는. 그치?"

내게 목소리와 손이 동시에 내려왔다. 나는 고개를 들어 웃음기를 머금은 갈색 눈을 보았다.

"자, 일으켜 줄게."

"고마워."

책들과 시간표가 바닥에 널브러져 있었다. 누가 그 위에서 춤이라도 추기 전에 주우려고 몸을 숙였다. 그녀는 물건을 줍는 걸 도와주었다.

"오늘 첫날이야?"

그녀는 내 시간표를 들여다보곤 나에게 건네주었다.

"응."

"나도. 여기 굉장하다. 안 그래? 입구에서는 오케스트라가 연습을 하고 있고 화장실에선 어떤 여자애들이 셰익스피어 연극을 연습하고 있어. 꼭 영화 속 학교에 온 기분이야! 그렇지 않니?"

말이 빠르고 목소리가 컸다. 나는 그런 그녀가 무섭기보다는 덩달아 신나는 기분이 들었다.

"어… 그런 것 같아."

"완전 그렇다니까!"

그녀는 갑자기 복도 한가운데에서 뮤지컬 〈페임〉 주제가를 큰 소리로 부르기 시작했다. 거침없는 목소리였다.

나는 선 채로 그 모습을 보았고, 그녀는 노래를 멈추더니 웃었다.

"그냥 적응이 될까 해서 불러 봤어. 그건 그렇고, 네 시간표 보니까 우리 같은 수업 듣던데. 나 아직 아는 사람 없으니까 우리 같이 다니자. 가자, 합창 교실은 이쪽인 것 같아. 너는 어떤 음악 좋아해? 나는 거의 다 좋아해, 브로드웨이 뮤지컬 음악은 빼고. 그건 오디션 볼 때처럼 꼭 필요할 때만 들어. 그래서 요새 듣고 있지. 오디션이 다음 주거든. 〈웨스트사이드 스토리〉를 해야 하는데, 나는 마리아 역에 지원하려고. 1학년이 주연을 맡는 일은 거의 없다고 들었지만. 내가 사람들 마음을 바꿀 거야. 아, 물론 나는 브로드웨이 뮤지컬은 싫지만. 넌?"

그녀는 빠르게 걸으면서 말을 쏟아 냈고, 나는 속도를 맞추기 위해 거의 뛰다시피 했다. 그녀는 합창 교실로 가는 길을 아는 것 같아서 놓치고 싶지 않았다.

"내가 뭐?"

나는 그녀의 말도 걸음도 따라잡기 힘들었다.

"브로드웨이 뮤지컬 음악 싫어하냐고."

"아니, 사실 좋아해. 아주 많이."

"진심이야? 그럼 너, 나랑 같이 연습하자. 네가 마리아 역만 안 하면 돼. 과한 경쟁은 싫거든."

그녀는 웃더니 다시 빠르게 걷기 시작했는데 분명히 내가 따라오길 바라는 것 같았다. 나는 그렇게 했다.

"다 왔다. 어? 아니네. 완전 잘못 왔잖아. 여기 합창 교실이 아니다. 제대로 틀렸네. 좋아, 그럼 이번엔 이쪽으로 가 보자."

오디션이라고? 아직 나는 내가 수업 들을 교실이 어디인지도 모른다. 그런데 이 아이는 이미 뮤지컬 오디션 볼 생각을 하고 있다. 게다가 나까지 엮어서.

"참, 그건 그렇고 난 칼리야."

그녀는 잠시 멈춰 서서 나를 보았다.

"알렉스야. 알렉스 테일러."

"좋아, 알렉스 테일러. 가자. 여기에서 굉장한 모험을 하게 될 것 같은 느낌이 와."

"알렉스? 우리 10분 안에는 나가야 된다. 준비 다 했니?"

아빠의 목소리가 생각을 비집고 들어왔다. 아빠가 내 공간에 들어오려는 걸 막고 싶었다. 언제나 아빠가 이렇게 나를 방해해서 나는 애써 붙잡은 칼리를 놓쳐 버린다. 나는 아빠를 무시하고 계속 정면을 뚫어져라 쳐다봤다.

"알렉스? 얼른. 너 계속 이러면 안 돼. 기운 차려야지."

아빠는 마치 마법으로 나를 움직일 수 있다는 듯이 손가락을 튕겨 딱딱 소리를 냈다. 아빠는 나를 이해하지 못한다.

"오늘 오전에 보호관찰 문제를 얘기하러 가야 해. 늦으면 안 된다니까. 알렉스!"

아빠는 다가와 나를 흔들었다. 나는 움직이지 않았다. 아빠의 신경을 거스르면 안 된다. 이번에도 그래야 한다.

"미안해요, 아빠. 그냥 생각을 좀 했어요."

내가 입을 열자 그 장면이 순식간에 사라졌다.

칼리는 가 버렸다.

또다시.

하지만 이번에는 아주 찰나지만 잠시 그녀를 붙잡아 두었다고 생각한다. 아직도 내 마음속에서 칼리의 목소리가 울리고 있다.

"알렉스. 제발. 우리 진짜 출발해야 돼."

"알았어요. 일 분만 주세요. 금방 갈게요. 미안해요, 아빠."

'미안하다'는 말은 사전에서 가장 쓸모없는 말이다. 어렸을 때, 어른들이 "미안하다고 해야지"라고 하면 생각 없이 그냥 그 말을 따라 한다. 그리고 좀 더 나이가 들면 어른들은 이런 말을 한다. "미안하지만 너는 이 문제에서 선택권이 없어." 이건 전혀 미안해하는 말이 아니다.

더 나이가 들면, 일을 망쳐 피해가 생겨도 미안하다고 말할 뿐이다.

하지만 미안해하는 걸로는 결과를 바꿀 수 없다.

미안해하는 걸로는 그 일을 없던 일로 바꿀 수 없다.

미안해하는 걸로는 다시 괜찮아질 수 없다.

미안해하는 걸로는 시간을 되돌려 다시 돌아갈 수도 없다.

미안해하는 걸로는 더 나은 사람이 될 수 없다.

미안해하는 걸로는 사람들을 원래 있던 자리로 돌아오게 할 수 없다.

미안하다는 말은 쓸모없다. 사전에서 빼야 한다.

창문을 통해 들어오는 햇빛이 나를 계속 비추는데도 내 머리에는 구름이 낀 것 같았다. 머리를 살짝 흔들었더니 어지러웠다. 또 두통이 온다. 생각을 너무 많이 했다.

통증이 계속 느껴졌다. 가까스로 의자에서 몸을 일으켜 옷을 갈아입는 동안에도 뇌는 흐려지고 속은 메슥거렸다. 넬을 만나기 정말 싫다.

아무래도 오늘은 넬을 먼저 만나고 조니를 보러 병원으로 가야 할 것 같다. 하지만 이런 몸 상태로는 조니에게 아무 도움이 안 될 텐데. 조니에게는 머리가 제대로 돌아가는 내가 필요하다.

아빠가 먹으라고 하는 그 알약을 하나 먹어야 할지도 모르겠다. 조니를 찾아갈 기운이 있어야 하니까.

나는 아빠와 넬에게 내게는 보호관찰 사무소에 가는 것보다 더 중요한 일이 있다고 말해야 한다. 사무소에 가지 않으면 두통이 멈추어서 조니를 보러 갈 수 있다. 하지만 어른들이 뭐라고 할지 뻔하다.

"미안하지만 이 문제에서 너는 선택권이 없어."

"안녕, 알렉스. 잘 지냈니?"

나는 넬을 보고는 어깨를 으쓱했다.

"병원에는 잘 나가고 있더구나. 보고서를 보니 병원에서도 지금까지 네가 해 준 일에 아주 만족한다고 하고. 잘하고 있어."

그녀는 얼굴에 약간의 기대감을 품고 말을 쉬었다.

뭘 기대하는지 알 수가 없어서 나는 그냥 아무것도 하지 않았다.

"자, 이제 우리가 상의해야 할 진짜 문제는 학교야."

나는 그녀를 올려다보았다. 그녀 얼굴에 있는 몇 개의 점들이 이리저리 춤을 추고 있었다. 두통이 심해지고 있다는 신호다.

"홈스쿨링 선생님은 네가 전반적으로 잘하고 있다고 말씀하셨어. 곧 전 과목 수업을 따라잡는 것도 가능하다고 하셨고. 다음 달에 학교로 돌아가면 따라잡아야 할 수업이 아주 많을 거야. 별로 시간이 안 남았잖니. 그래서 늦어도 다음 주에는 학교 관계자랑 만나서 학교에 다시 돌아갈 준비를 해야 돼."

그녀의 말은 마치 창문을 뚫고 날아 들어온 돌덩이처럼 머리에 세게 부딪혔다. 내 눈은 커졌지만 넬의 얼굴이 흐릿해져 갔다. 까만 점의 무리 뒤로 그녀가 사라지고 있었다. 점들은 더 이상 춤추지 않았다. 대신 그 수가 점점 많아지며 나를 공격하고 있었다.

정신을 집중해서 나는 학교로 돌아갈 수 없다고 말하자. 지금은 돌아갈 수 없다. 아니, 영원히 돌아갈 수 없다.

아직 말이 나오지 않았지만 그녀는 내 얼굴을 보고 내가 얼마나 큰 충격을 받았는지 알아챘다.

"홈스쿨링이 일시적인 방법이라는 건 너도 충분히 알고 있잖아. 교육위원회에서 인정하는 기한은 6개월이야. 홈스쿨링을 지난 10월 중순에 시작했으니까 6개월이면 바로 다음 달 중순이 되는 거지. 놀랐다면 미안해. 나는 네가 알고 있는 줄 알았어. 다음 달이면 학교로 돌아가게 될 거야. 너에게 선택권은 없단다."

그녀는 뭔가 기대하는 듯 다시 말을 멈췄다.

쿵.

이번에는 그녀도 내 응답을 얻을 수 있었다.

검은 점들과의 전투는 내 머리가 고통으로 폭발하면서 나의 패배로 끝났다. 나는 의자에서 바닥으로 떨어졌다.

쓰러지기 바로 직전, 두 가지 생각이 스쳤다.

하나. 넬은 내게 전혀 미안하지 않다.

둘. 오늘 조니와의 약속을 못 지켜서 진심으로 미안하다.

26

Joanie

오늘 쇼나와 만나는 날인데 알렉산드라가 나를 데리러 오지 못한다고 캐슬린이 말해 주었다.

캐슬린 말로는 알렉산드라가 몸이 안 좋아서 며칠간 침대에 누워 있어야 한다고 한다. 이걸로는 충분하지 않다. 뭔가 더 말해 주면 좋을 텐데.

하고 싶은 질문이 많지만 실제로 물어볼 수는 없다.

아직은.

'왜 알렉산드라가 못 오나요?'

'몸 어디가 말을 듣지 않아서 쉬어야 하죠?'

'금방 좋아질까요?'

'걱정해야 할 정도로 많이 아픈가요?'

'다른 사람이 나를 쇼나에게 데려가나요?'

'아니면 알렉산드라가 돌아올 때까지 기다려야 하나요?'

'언제까지 기다리면 될까요?'

언어치료 훈련을 하지 않으면 절대로 묻지 못할 질문들이 산더미처럼 많다.

알렉산드라는 어디가 아플까? 내가 아플 때면 나는 누구도 만날 수 없고, 어디에도 가지 못한다. 하지만 알렉산드라의 폐가 나만큼 상태가 나쁜 것 같지는 않다.

어쩌면 걱정할 필요가 없을지도 모른다. 그 애는 분명 지금 집에 있을 것이고 엄마가 잘 보살펴 주실 테니까.

그래도 오늘 알렉산드라가 오지 못한다는 건 속상하다.

알렉산드라도 조금이나마 그렇게 생각할까?

"안녕! 준비 다 된 거지?"

쇼나가 방 안에 들어오는 걸 보고 눈이 커졌다. 쇼나 뒤에는 패트릭이 검은 가방을 들고 서 있었다.

"오늘 병동에 일손이 좀 부족해서 너를 내 사무실로 데려다줄 사람이 없었어. 그래서 그냥 '아이 게이즈'를 너한테 가져오는 게 제일 간단할 거라고 생각했지. 내가 엘리베이터에서 낑낑대니까 패트릭이 신사도를 발휘해서 여기까지 들어 줬어."

쇼나는 살짝 웃는 얼굴로 패트릭을 보았다. 패트릭은 나를 향해 웃고는 가방에서 '마법사'를 꺼냈다.

알렉산드라 소식을 듣고 느낀 속상함은 순식간에 놀라움으로 바뀌었다. 마법사가 나에게 올 수 있다는 건 몰랐다. 진짜 기분 최고다!

"트레이 위에 올릴까요?"

패트릭이 물었다. 쇼나는 방 안을 살짝 둘러보았다.

"아니요. 그게 너무 낮더라고요. 대신 이걸 써도 될까요? 여기요, 트레이는 빼고요, 이걸 써 보죠."

쇼나가 가져 온건 일종의 바퀴 달린 탁자다. 내가 침대에 누워 있을 때 거기에 뭔가를 올려서 침대 위로 가져올 수 있다. 간호사들이 내게 식사를 주거나 옷을 갈아입힐 때, 아니면 치료를 할 때도 사용한다.

쇼나는 그 침대 탁자를 내 앞에 끌어다 놓았다.

"이건 높이 조절이 가능하죠? 안 그런가요?"

쇼나가 패트릭에게 물었다.

"예, 여기를 돌려서 움직인 다음에 다시 조여서 고정하면 돼요."

"완벽해요!"

쇼나가 자주 쓰는 말이다. 그녀는 행복한 사람인 것 같다.

쇼나가 기계를 트레이 위에 올렸더니 높이가 지난번과 똑같아졌다.

"잠깐 조니를 봐주실 수 있나요? 일단 이렇게 진행해 보고 잘 되면 기계를 계속 여기에 둘 거예요. 조니가 간호사분들과 의사소통할 수 있게요. 그렇지, 조니?"

쇼나는 나를 보았다. 지금이 바로 내가 '예' 사각형을 사용할 수 있는 기회다. 쇼나는 내 생각을 읽은 것처럼 미소 지었다.

"지난번에 내가 질문했을 때, 대답할 방법이 없었지? 자, 좋은 소식! 오늘은 바로 대답하기를 연습할 거야. 그 전에 우선 몸풀기로 지난번에 연습한 것을 패트릭에게 보여 주자."

쇼나는 화면을 설정해 색깔 사각형들이 나오게 했다.

처음에는 내 눈이 협조하지 않아서 당황했다.

"파랑."

나는 파란 사각형을 보고 있지 않았다. 노란 사각형을 보려고 했는데 눈이 허락도 없이 깜빡이는 바람에 엉뚱한 쪽으로 눈이 향했다. 쇼나는 그걸 알아채지 못한 것 같았고, 마치 내가 제대로 하기라도 한 듯 내게 미소 지었다.

"노랑."

나는 지금 초록을 보고 있는데! 대체 어떻게 된 거야! 색깔조차 제대로 선택하지 못하면 어떻게 진짜 단어들을 옮길 수 있겠어! 대체 왜 이 사람들은 내가 엉망으로 하고 있어도 잘하고 있는 것처럼 웃고 있지?

나는 점점 더 당황스러워졌고, 몸이 뻣뻣해지기 시작했다. 내 전용 의자에 앉아 있고 머리도 제대로 고정되어 있지만 내 몸의 통제력을 잃어 가는 기분이었다. 내 눈이 내 말을 듣지 않고 있다!

알렉산드라가 여기 있었다면 분명 이 사실을 알아채고 내가 긴장을 풀도록 도와야 한다고 쇼나에게 알렸을 것이다.

"그러니까 조니가 일단 기본을 완전히 익히면, 좀 더 유용한 단어들을 훈련할 예정이에요."

쇼나는 마치 내가 이 방에 없는 것처럼 나에 대한 이야기를 패트릭에게 하고 있다. 이런 상황이 나를 더 방해해서 또 실수를 했다. 그리고 또 아무도 알아채지 못했다. 쇼나는 패트릭에게 뭔가를 보여 주느라 너무 바빴고, 패트릭은 그 설명을 듣느라 바빴다.

알렉산드라가 있으면 좋겠다. 알렉산드라는 여기 있을 때 나만 본다.

"파랑."

또 틀렸다. 이번에는 심지어 뭘 보려고 하지도 않았는데. 내 시선은 그냥 여기저기로 튀고 있었다. 마법사는 완전히 혼란에 빠졌다.

다시는 이걸 해내지 못할지도 모른다. 지난번에는 우연이든 뭐든 간에 그냥 일어난 일이었고 내가 실제로 해냈다고 착각한 거다. 내 눈도 그냥 몸의 다른 부분처럼 제멋대로에 통제불능인 걸지도 모른다.

나는 이제 완전히 당황해서, 온몸이 팽팽해지고 딱딱해졌다. 폐가 빵빵해져서 내가 숨을 쉬지 못할 때와 같았다.

이제는 눈까지 내 몸을 호흡 곤란인 상태로 만드는 걸까?

대체 왜 쇼나랑 패트릭은 내가 아닌 마법사만 쳐다보는 거야?

왜 이 사람들은 알아채지 못하지?

알렉산드라였다면….

27

Alexandra

"깨어났구나. 얼마나 놀랐는지 몰라."

나는 침대에서 몸을 일으켜 앉았다. 몸을 갑자기 움직이자 머리가 강하게 반항했다. 날카로운 통증이 머릿속을 갈기갈기 찢는 듯 여기저기 쑤셔 댔다. 나는 그 공격에 저항하려고 재빨리 눈을 감았다.

"괜찮아. 일어나려고 하지 마. 일단 숨을 깊게 몇 번 들이마시고 다시 눈을 떠 보려고 해 봐."

나는 그 목소리가 누구인지도 모른 채 그 목소리의 제안에 따르기로 했다. 찌르는 느낌이 천천히 잦아들고 통증이 무뎌질 때까지 눈을 감았다. 다시 눈을 뜨고 싶지 않았지만, 나에게 말을 하는 게 누군지 알고 싶었다.

이번에는 몸을 움직이지 않으려고 애쓰면서 옆으로 몸을 둥글게 말았다. 나는 한쪽씩 차례로 눈을 떴다. 처음 눈에 들어온 건 얼굴까지 당겨 올라온 담요였고 그다음엔 침대 모서리였다.

내 침대가 아니다. 다른 사람의 침대였다. 누구 침대지? 내가 지금 어디 있는 거지?

"알렉스, 여기 병원이야."

아빠 목소리다. 내가 왜 병원에 있는 거지? 혼란스러웠다. 몸을 일으키려 했지만 아빠가 막았다.

"알렉스, 그대로 누워 있어. 괜찮아. 이분은 스튜어트 박사님이야. 네가 보호관찰 사무소에서 기절했는데 의식이 돌아오지 않아서 여기로 데려왔어."

아빠가 눈에 들어왔다. 나는 가까이 와 달라는 시늉을 하고서 아빠 팔을 당겨 몸을 내 쪽으로 숙이게 했다. 이상하게 보이겠지만 판사가 강요하지 않는 이상 처음 보는 의사한테 말을 하진 않을 거다.

"그냥 편두통이에요. 좀 심했던 거고. 그게 다예요."

나는 아빠 귀에다 속삭였는데 참견하기 좋아하는 그 의사가 내 말을 들었다.

"편두통이 심하니, 알렉스?"

나는 어깨를 으쓱했지만 아빠가 끼어들었다.

"어릴 때는 어쩌다 한 번씩 두통이 있었어요. 그런데 요즘엔 그게 심해요. 며칠씩 아플 때도 있고요. 어떤 때는 점들이 보이거나 시야가 뿌옇게 된다고 하더군요. 그래도 기절했던 적은 없었는데…."

"이런 지 얼마나 됐니?"

의사는 나에게 직접 물었지만 아빠가 다시 대답했다.

"작년 그 사고 이후부터요."

"아, 그렇군요. 그때 뇌에 손상이 의심되거나 하지는 않았나요?"

의사는 이제 내 눈에다 작은 불빛을 쏘았다. 그게 까만 점들을 만들어 내면서 또 통증이 날뛰기 시작했다. 나는 고개를 돌리고 눈을 감았다.

"아니요. 그때 보조석에는 에어백이 터지면서 몸을 안전하게 지켜 줬다고 해요. 운전석 쪽이 전부 망가졌죠."

"그 사건 기억나네요. 친구 일은 정말 안됐다, 알렉스."

내가 만약 기운이 있다면 방금 그녀가 말한 '안됐다'는 말을 가져다가 어딘가에 처박아 버렸을 것이다.

"제 생각에는 몇 가지 검사를 받아 봐야 할 것 같습니다. 일단 이번에 왜 의식을 잃었는지와 편두통을 완화시킬 방법을 알아봅시다. 혹시 정기적으로 진료를 해 주는 의사가 있나요?"

"예. 저희 가족 주치의인 찬 박사님이 봐주세요."

"그럼 처방해 주신 두통 약이 있나요?"

"그게, 집에 약이 있는데 이름이 정확히 뭔지는 기억이 안 나네요. 알렉스는 그 약을 먹지도 않고요."

"안 먹는다고요? 왜 그런지 물어봐도 될까요?"

"이 아이는 치료받는 걸 좋아하지 않아요. 자기가 고통을 받아 마땅하다고 생각하죠."

"그렇군요. 알렉스, 내가 조명을 조금 낮출게. 이불도 가져다주고."

스튜어트 박사가 밖으로 나가자 나는 아빠를 쏘아보았다.

"집에 데려다줘요. 난 괜찮다고요. 그냥 머리가 좀 아픈 거예요."

일어나 보려 했지만 머리가 빙글빙글 돌았다. 나는 비틀거리며 다시 침대에 앉았다.

"제발 좀 그만해라, 이제 충분하잖니, 알렉스! 나는 더는 이런 짓 못 하겠다! 이건 그냥 단순한 두통이 아니야. 넌 치료를 받아야 한다고. 여기 있는 분들이 다 너를 도와준다잖니. 그냥 그러도록 내버려 둬."

아빠는 화가 났다. 오랫동안 아빠가 화내는 걸 보지 못했다. 보통 아빠의 목소리는 지치거나 슬펐지만, 이렇게 화내는 게 낫다. 그게 나한테 더 마땅하다.

"뭘로 나를 도와줘요? 그 사람들이 칼리를 다시 살려 낼 수 있어요? 나는 내 가장 친한 친구를 죽였어요. 나는 고통을 받아 마땅해요."

내가 내뱉은 말들에 머리가 아파 왔지만 상관없었다. 운이 좋으면 또 기절할지도 모른다. 그러면 이런 생각을 할 필요도 없다.

"그렇게 말하지 마. 넌 칼리를 죽이지 않았어. 그건 그냥 사고였다고! 네가 운전을 한 것도 아니잖아!"

아빠의 마지막 말이 방을 가득 채웠다. 그 말들은 나를 내려다보면서 자기를 보라고 외치고 있었다. 나는 간신히 눈을 뜨고 아빠를 보았다.

"그게 문제예요, 내가 운전을 하지 않은 거. 왜인지 알아요? 내가 너무 겁나서, 너무 바보 같아서 칼리한테 운전하라고 한 거예요. 그 애를 막기엔 내가 너무 겁쟁이라서, 면허도 없는 칼리가 운전하게 둔 거라고요. 게다가 사고가 날 때에도 어떻게 해야 할지 아무 말도 못 해 줬어요. 겁이 나서 그냥 얼어붙어서는…. 전부 다 내 잘못이에요. 모르겠어요? 애초에 칼리가 그 차에 타게 둔 것도 내 잘못이고, 그 애가 운전을 한 것도 내 잘못이에요. 그 파티에서 칼리를 보호하는 게 내 일이었는데…. 그 애 옆에 붙어 있었어야 했는데 그러지 않았어요. 할 일을 내팽개치고 나는 밖에서 다른 애들하고 어울렸어요. 근데 그게 너무 좋더라고요. 만약 원래대로 내가 운전을 했다면 죽은 사람은 나였겠죠. 그럼 칼리는 여전히 여기 살아 있을 테고. 그렇게 됐어야 한다고요!"

엄청난 양의 말이 홍수처럼 쏟아져 우리 두 사람을 덮쳤다.

아빠는 나를 보았다. 얼굴에 화가 모두 사라져 있었다. 눈물이 넘쳐 뺨으로 흘러내리고 있었다. 면도를 하지 않아 거친 아빠의 뺨으로 눈물이 시냇물처럼 흘러내리는 걸 홀린 듯이 바라보았다.

나는 아빠의 눈물을 보면서 생각했다. 내가 지금까지 흘려 온 눈물은 칼리의 죽음 때문이라는 걸.

그리고 깨달았다. 아빠는 칼리 때문에 울고 있는 게 아니라는 걸.

아빠는 나 때문에 울고 있었다.

내가 내뱉은 말 때문에.

28

Joanie

"이런, 조니. 괜찮아. 진정해. 정말 미안해. 내가 화면만 보고 있었네."

마침내 패트릭이 나를 알아차리고 내 팔에 손을 올렸다.

"그래, 정말 괜찮다니까. 한번에 해낼 거라곤 기대 안 했어."

그제야 쇼나도 나를 알아챘다.

"지금도 잘하고 있어. 이건 원래 시간이 필요한 일이야. 아무래도 알렉산드라가 있어야 할 것 같다. 지난번에 확실히 우리 각자가 훈련에 집중할 수 있게 도와줬어."

쇼나는 열정적인 데다가 정말 좋은 사람이지만 가끔은 나를 이해하지 못하는 것 같다.

자기 손을 내 다른 쪽 팔 위에 얹었다. 손은 따뜻하고 부드러워서 점차 긴장이 풀어졌다. 숨이 점점 차분해지고 마음도 차차 진정되었다. 나는 내 눈에게 말했다. 내가 대장이고 이제는 제대로 눈을 움직여야 할 때라고.

"초록."

"노랑."

"파랑."

마법사는 색깔을 당당히 외쳤고 쇼나와 패트릭은 내 팔에 올린 손에 부드럽게 힘을 주어 자신들이 얼마나 감동받았는지를 표현했다.

"환상적, 아니 그 이상이야, 꼬맹아! 네가 정말 자랑스러워!"

패트릭은 내 팔을 다시 꼭 잡았다.

"더 보고 싶지만 이제 가야 해. 다른 환자들이 있어서. 그렇지만 짬이 나면 바로 다시 올게. 그리고 병동 간호사들 전부가 이 기계 사용법을 숙지하도록 캐슬린이랑 얘기해 볼게."

"고마워요, 패트릭. 자, 조니. 오늘은 중요한 단계로 넘어갈 거야. 그러니까 진짜 집중해야 돼. 더 어려운 건 아니야. 전에 했던 것보다 더 중요할 뿐이지. 자, 시작한다."

중요한 단계? 알렉산드라도 없는데 중요한 걸 하는 게 정말 괜찮을지 확신이 안 든다. 쇼나가 뭐라고 했지? 그래, 알렉산드라는 우리가 각자 자기 일에 집중할 수 있게 해 준다고 했는데.

화면 안의 사각형들은 다음에 뭐가 올지 조용히 기다리고 있었다. 나는 대여섯 개 정도의 색깔들이 더 나올 거라 예상하고 색깔과 빛의 맹공격에 대비해 단단히 집중하고 있었다. 쇼나가 몇 초 동안 화면의 버튼을 누르자 색깔이 있는 글자가 새겨진 사각형 두 개가 나왔다. 하지만 그 단어가 색깔을 뜻하는 게 아니었다. 나도 이 단어들을 알고 있다. 초록색 글자는 '예', 빨간색 글자는 '아니요'였다.

"자, 이번에는 사각형이 단순히 색깔을 의미하는 게 아니야. 초록색은 '예'라는 단어고 빨간색은 '아니요'야. 오늘은 전체 과정 중 가장 유용한 단계인 '예', '아니요'를 연습할 거야. 알겠지?"

나는 '예'라는 의미의 미소를 지었다. 그리고 내가 글을 못 읽을 거라고 쇼나가 생각한 것에 대해 모욕감을 안 느끼려고 애썼다. '예'와 '아니요'의 차이를 알기 위해서 글자 색을 다르게 쓸 필요는 없다. 하지만 내가 뭘 아는지 쇼나가 어떻게 알겠는가. 당연한 말이지만, 그녀는 나에 대해 아무것도 모른다.

이런 것보다 훨씬 더 높은 단계를 예상했지만 그래도 괜찮다. 하지만 알렉산드라는 쇼나처럼 나에게 저 단어들을 읽어 주지 않았을 것이다. 단지 알렉산드라가 말하는 걸 좋아하지 않아서가 아니라 그냥 나를 알고 있으니까. 알렉산드라가 다른 사람들보다 나를 더 잘 이해한다는 생각이 든다.

알렉산드라였다면 내가 이보다 더 높은 단계를 할 준비가 됐다는 걸 알았겠지. 지금 우리가 하는 것보다 훨씬 더 빨리 여기저기로 옮긴다든가 하는 진짜 높은 단계 말이다.

"일단 가가 한 단어씩 집중해 보자. 그럼, '예' 시각형을 볼끼?"

그녀는 나를 위해 단어가 쓰인 사각형 손가락으로 가리켰다. 혹시라도 내가 '예'라는 글자를 못 읽거나, 3초 전에 자기가 한 말을 까먹었을까 봐. 하지만 난 정말 화가 나지 않는다. 나는 참을 수 있다. 나에게는 정말 엄청나게 많고 많은 인내심이 있으니까.

내 눈은 이미 준비됐고 '예' 사각형 하나에 집중하는 건 쉬웠다. '아니요' 와 '예'가 여러 개는 떨어져 있어서 실수로 다른 사각형을 보는 일은 없었다.

"예."

마법사가 말했다.

"그렇지! 좋아, 이번엔 '아니요'를 해 보자."

"아니요."

마법사는 거의 곧바로 말했다.

"좋아! 그럼 이제 배열을 다르게 해 볼게. 네가 할 수 있는 게 늘어날수록 단어들이 다른 단어나 철자, 기호들과 섞일 거야. 조금만 더 섞을게."

몇 분 동안 연습이 이어졌고 내 눈은 중요한 단어들을 찾으려 화면을 훑었다. 그런 다음에 쇼나는 지난번에 연습한 색깔 사각형들을 불러와 '예', '아니요' 사각형들과 섞었다. 이번에는 좀 헷갈렸다. 그래서 나는 틀린 사각형을 건드리지 않게 눈을 천천히 움직여야 했다. 그러면서도 틀린 사각형은 빨리 지나치도록 눈을 빨리 움직이기도 해야 했다. 아니면 마법사가 틀린 단어를 말할 거고 그럼 나는 다시 해야만 할 테니.

"계속해도 괜찮겠니?"

백 번 정도 연습했을 때 쇼나가 물었다.

마음이 두근거렸다. 쇼나가 바로 앞에 앉아서 내가 대답할 수 있는 질문을 했다. 지금 이 질문에 대답할 수 있다. 그럼 그녀도 내가 한 말을 알아들을 수 있다. 내가 제대로 대답하기만 한다면.

나는 초록색과 노란색 사각형 옆에 자랑스럽게 놓여 있는 '예' 사각형을 봤다. 아마 쇼나는 나를 시험해 보거나 헷갈리게 하려고 초록색 옆에 '예' 사각형을 놓은 것 같다. 하지만 나는 초록색 글자는 '예'를 뜻하며, 초록색 사각형은 자기 색깔의 이름을 가리킨다는 걸 알고 있다. 이렇게 잘 알아도 지금은 눈을 정확히 움직여 그 위에서 버텨야 한다.

이런 생각에 갑자기 긴장이 돼서 틀린 사각형을 건드릴까 봐 무서워 눈이 감겼다. 틀린 사각형을 누르면 쇼나가 다시 하도록 권유할 거라는 건 알고 있다. 어쩌면 내가 '예'가 아니라 '아니요'를 눌렀다고 생각할지도 모른다. 심지어 질문에 대답도 되지 않는 '노랑'이나 '파랑'에 내 시선이 착륙한다면 아예 내가 의사소통 능력이 없다고 생각할지도 모른다.

알렉산드라가 여기 있었으면 하는 마음이 간절하다. 그 애가 옆에 있으면 나는 더 편안한 기분이 든다. 혼자가 아닌 것 같다.

내가 지금 하려는 일이 아주 간단하다는 건 나도 안다. 간단한 질문에 대한 아주 간단한 대답이다.

하지만 내게는 전부가 걸린 것처럼 무겁게 느껴진다.

처음 내 생각과 달리 정말 높은 단계였던 것이다.

나는 눈을 가까스로 뜨고는 쇼나의 질문에 대답하라고 명령했다. 내가 원하는 게 뭔지 그들을 이해시킬 수 있게 대답하라고.

"예."

마법사가, 그리고 내가 대답했다.

쇼나는 고개를 끄덕이고는 화면을 조정하기 위해 몸을 구부렸다. 마치 방금 나와 한 대화가 세상에서 가장 자연스러운 일인 것처럼. 눈물이 차올랐다. 나는 내 눈에게 당장 그만 두라고 엄하게 말했다. 울면 화면에 시선을 집중할 수가 없고, 그러면 눈으로 말을 할 수가 없으니까.

　나는 단 한 번도 기뻐서 눈물을 흘려 본 적이 없다. 조만간 이 말을 쇼나에게 해 줄 수 있을지도 모른다.

29

Alexandra

말. 말. 말.

넘치는 말들.

칼리가 죽은 뒤 텅 빈 내 공간을 사람들은 말로 채우려고 했다.

많은 사람들이 내게 말했다. 모두 다 괜찮아진다고, 나는 내 삶을 살아 나가야만 한다고. 너무 많은 말들이 내 안으로 스며들었고, 머릿속에서 춤을 추었다. 아무 의미도, 쓸모도 없이.

말. 말. 말.

만약 그 차 안에서 도움이 될 말을 단 하나만이라도 찾았다면 칼리를 진정시켜 계속 도로 위를 달릴 수 있었을 텐데.

내가 만약 제대로 된 말을 할 수 있었다면 파티에 가지 말라고 했을 텐데. 아니, 내가 운전하겠다고 말했을 텐데.

하지만 나는 그러지 않았다.

나는 제대로 된 말을 아무것도 못 했다.

그리고 칼리는 죽었다.

그래서 나는 반드시 해야 할 때 말고는 말하는 걸 그만뒀다.

어제, 내가 아빠를 울게 만든 말을 찾게 될 때까지는 그랬다.

아빠는 그날 밤 일을 이렇게 많이 말한 적이 없다. 경찰이 처음으로 내게 질문을 하고 내가 뒤죽박죽 나오는 대로 대답을 하고 있을 때도 아빠가 있었다. 경찰들이 내게 끊임없이 질문을 해 대고 마침내 내가 대답하기를 그만뒀을 때에도 아빠가 있었다.

그런데 지금 돌이켜 보면, 아빠는 단 한 번도 내게 그 일을 설명하라고 한 적이 없다. 그냥 아빠는 모든 사실을 다 알고 있다고 생각했다. 주위에서 들은 온갖 말을 모두 정리해서 모든 것을 알고 있을 거라고.

매트는 경찰에 자신은 누구에게도 자동차 열쇠를 준 적이 없다고, 아마도 칼리가 자기 옷에서 열쇠를 훔쳤을 거라고 했다. 또 경찰에 난 전혀 모르는 애라고 말했다.

매트가 칼리에게 운전면허가 있을 거라고 생각했는지는 모른다. 하지만 그 애가 칼리에게 열쇠를 준 건 안다. 칼리는 자동차 열쇠를 훔치지 않았다. 칼리는 절대 그런 일을 한 적이 없다. 매트가 열쇠를 줬고 그래서 칼리는 그 망할 커피를 그 멍청한 녀석에게 사다 주려고 나갈 수 있었던 거다.

하지만 나는 그 자리에 없었기 때문에 그 사실을 증명할 수 없었다. 나는 맨디와 있었고, 칼리가 혼자서 그렇게 결정하는 동안 밖에서 즐겁게 시간을 보내고 있었다. 나는 약속한 것처럼 칼리 옆에 있지 않았다.

그래서 그 애를 막을 수 없었던 것이다.

아무도 실제로 일어났던 일에 관심을 갖지 않는다. 그들이 알고 싶어 했던 건 '누가' '무엇을' 이 두 가지뿐이다. 누가 차를 운전했는지, 그 차가 누구 차인지, 우리가 그 차로 무얼 하려고 했는지.

어느 누구도 왜 그랬느냐고 묻지 않았다.

그날 밤 일에 대해 아빠가 내게 한 말은 오직 한 가지였다. 스스로를 탓하지 말라고. 마치 내가 칼리의 강요로 차에 탔고, 선택권이 없었던 선의의 피해자인 것처럼 들리는 말이다. 하지만 아빠가 틀렸다. 아빠가 나를 사랑해서 그런다는 건 알고 있다.

나를 믿으니까.

나는 선택권이 있었다.

내가 선택지를 만들었다.

처음부터 틀린 선택지를.

이기적인 선택지를.

그리고 이번에는 그 선택의 책임을 아빠가 진다.

아빠의 말문을 막고,

아빠를 울리고.

어쩌면 조니에게도 그러는 게 아닐까,

내가 뭘 하는지도 모른 채 매일같이 병원에 가는 것, 실수로 내가 진짜 어떤 사람인지 말해 버릴까 두려워 계속 입을 다물고 있는 것.

나는 어떻게 처리해야 할지 알지도 못하는 혼란스러운 일들을 끊임없이 만들고 있다.

바닥이나 벽에 그 답이 써 있기라도 한 것처럼 방 안을 둘러본다. 의자와 책상 위도.

내 노트북은 그대로 놓여 있다. 보라색 꽃무늬는 침묵으로 나를 추궁하듯 노려보았다. 나는 조니의 인생에서 가장 중요한 일을 알아보려고 애쓰지 않았다. 겁이 나서.

또 그러고 말았다.

언어치료에 대해 아는 것은 쇼나가 조니와 훈련할 때 말한 딱 그 정도뿐이다. 이게 뭔지 좀 더 알지 못하면 내가 해 줄 수 있는 것도 딱 그 정도에서 그친다. 아무래도 아빠 컴퓨터를 지금 쓸 수 있는지 봐야 할 것 같다. 아니면 겁쟁이 짓은 그만두고 그냥 내 노트북을 쓰든지.

마지막 생각이 칼리의 목소리처럼 머릿속을 떠다녔다.

나는 책상 앞으로 걸어가 노트북의 꽃무늬를 바라보았다. 칼리가 이 노트북의 가장 중요한 부분이라고 생각했던 꽃무늬. 손을 뻗어 노트북을 열어 전원을 켰다. 켜지지 않는다. 물론 그럴 수밖에. 일 년 동안이나 쓰지 않았으니까.

전원 코드를 연결했다. 노트북이 살아났고, 사진이 바탕화면을 가득 채운 사진이 보였다.

눈을 감았다.

내 안의 용기를 끌어내리려고 했다. 하지만 너무 깊이 묻혀서 찾아내기 쉽지 않았다. 마침내, 심호흡을 하고 나 자신을 밀어붙여 화면을 보았다. 거칠고 떨리는 숨이 터져 나왔다. 버티기 위해 양손으로 뺨을 감쌌다.

칼리의 얼굴이 노트북 화면 오른쪽을 거의 다 차지하고 있었다. 그녀의 큰 갈색 눈은 정면으로 나를 보고 있었다. 살아 있는 것 같은 칼리의 눈은 반짝거렸고 늘 그랬던 것처럼 웃고 있었다.

화면 왼쪽의 내 얼굴은 대부분 아이콘으로 덮여 있었다. 우리는 치약 광고에 나오는 모델처럼 둘 다 활짝 웃고 있었다. 내 미소는 바보 같지만 칼리의 웃음은 아름다웠다.

눈시울이 뜨거워졌다. 두 손이 떨렸다. 또다시 기절할 것 같은 느낌이 들었다. 나쁜 버릇이 되어 가는 것 같다.

노트북을 끄고 다시는 켜고 싶지 않았다. 하지만 칼리가 나를 보고 있다. 금방이라도 입을 열고 나에게 말을 걸어올 것만 같았다. 옛날처럼. 칼리가 말을 한다면, 아마 내게 이런 멍청한 짓은 당장 그만두라고 할 것이다.

나는 노트북 화면의 두 얼굴이 뿌옇게 흐려질 때까지 마냥 바라보았다. 고개를 세차게 흔들고서 내 얼굴 위에 있는 아이콘 중 하나를 선택했다. 검색 사이트가 열리면서 우리 사진은 화면에서 사라졌다.

나는 '아이 게이즈'라는 단어를 검색창에 썼다. 수도 없이 많은 자료가 나왔다. 인터넷에 이렇게나 많은 정보가 있다는 게 믿기지 않았다. 나는 관련된 문서와 동영상 자료들을 계속 열어 봤다. 사람들의 의사소통을 위해 이렇게나 많은 방법들이 있는 게 너무 놀라웠다.

모든 기계가 똑같고 같은 종류의 화면 구성을 갖추고 있기를 바랐다. 그래야 소니의 기계 조작법을 쉽게 알 수 있을 테니까. 하지만 기계들은 누가 그걸 쓰고, 왜 쓰는지에 따라 종류가 다양했다.

이렇게나 많은 사람들이 이런 기계가 필요하다는 사실이 믿기지 않았다. 조니 같은 사람들, 그렇지 않은 사람들까지도.

내가 인터넷으로 본 사람들 중 조니와 똑같은 사람은 없었다. 그들은 키, 생김새, 피부색, 나이가 달랐고 말을 할 수 없게 된 이유도 모두 달랐다. 그들의 공통점은 단 하나뿐이었다.

그들이 침묵하는 이유는 그 외에 다른 선택권이 없기 때문이라는 점.

나는 가만히 앉아 자신의 목소리를 찾아가는 그 사람들의 얼굴을 보았다. 그들은 숨어 있던 말을 찾아 아주 행복해 보였다.

그렇다면 '파랑'이라는 말이 세상에서 가장 신나고, 그 말을 할 수 있길 간절히 바라는 내 마음은 뭐지?

대체 나는 뭐가 문제인 거지? 조니를 보러 병원에 가서도 말하기를 거부한다. 조니가 세상에서 가장 하고 싶어 하는 일이 내가 그만두겠다고 다짐한 바로 그 일인데도.

칼리가 아직도 여기에 있다면, 나를 정말 멍청이라고 부를 만한 일이다. 칼리는 조니를 수많은 말들로 샤워시켰을 것이다. 자기가 사는 이야기와 제멋대로인 상상들로 흠뻑 적셨을 것이다. 칼리였다면, 멍청한 내 자신이 아닌 오로지 조니만을 생각했을 것이다.

지금 여기에 있는 게 나라는 게 부끄러웠다.

나에게는 용기가 필요하다. 아주 조금의 용기.

아직은 나에게 말로는 응답할 수 없는 누군가에게 말을 걸 수 있을 만큼이면 충분하다.

아니, 어쩌면 조금 더 필요할지도 모른다. 죄가 있다면 나를 믿어 준 잘못밖에 없는 누군가에게 말을 걸기 위한 용기.

30

"안녕."

오늘은 발소리보다 목소리가 먼저 들렸다. 아무래도 내가 의식을 다시 잃었나 보다. 그 애가 돌아온 건 기쁘지만 목소리가 어딘가 평소와 달랐다. 물론 오늘도 한 단어만 말해서 비교할 만한 대상이 많지는 않다.

알렉산드라도 내 마법사를 써 보고 싶을지 궁금하다. 어쩌면 자기가 직접 말하기보다는 기계로 대신 말하는 것을 더 좋아할지도 모르겠다. 우리 둘 다 각자의 마법사로 말을 주고받는 상상을 하자 웃음을 참을 수가 없었다. 이상한 대화가 되지 않을까. 마법사의 목소리는 혼자 말하는 것처럼 들리니까.

"어, 알렉산드라, 왔니? 다시 돌아와서 다행이다. 몸도 나아지고. 네가 아래층에 있을 때 들르려고 했는데 너무 빨리 퇴원했더라고."

패트릭은 알렉산드라가 쇼나의 사무실에 데려갈 수 있게 나를 의자로 옮겨 주고 있었다. 오늘은 특별히 더 신난다. 왜냐하면 그동안 쇼나가 우리 병동 간호사들에게 기계 조작법을 알려 줬고, 이젠 언제든지 쓸 수 있도록 기계를 내 방에 놓을 테니까. 알렉산드라와 나는 기계를 가져와서 쇼나가 알려 준 훈련만을 복습하겠지만, 더 많은 단어를 만들 기회가 생기면 정말 좋을 것 같다.

나는 말을 할 생각에 마음이 바빠서 패트릭이 한 말을 놓칠 뻔 했다. 그는 알렉산드라가 아래층에 있었다가 퇴원했다고 말했다. 그 말은 알렉산드라가 이 병원에 환자로 입원했었다는 것이다. 아무도 내게 그런 말은 하지 않았다. 내가 들은 말이라고는 알렉산드라가 너무 아파서 침대에 누워 있다는 거였다. 미리 알았다면 얼마나 좋았을까? 이번엔 반대로 내가 찾아가 볼 수도 있었을 텐데!

어디가 아팠을까? 지금은 괜찮을까? 이미 퇴원했으니까 아마 그렇겠지. 나는 이 병원에서 퇴원할 날을 오랫동안 기다렸다. 하지만 이건 인정한다. 지금은 이곳을 떠나기 싫다. 여길 떠난다는 게 마법사를 연습할 수 없다는 뜻이 될까 걱정된다. 아무도 내가 어디를 가든 누구에게나 "예", "아니요" 혹은 "나는 노란색이 좋아요"라고 말할 수 있는 나만의 마법사를 가지고 다닐 수 있는지 말해 주지 않는다. 오늘은 또 다른 멋진 기계로 말하는 걸 배우게 될까? 다음 날엔, 또 그다음 날엔 어떻게 될까?

패트릭이 방에서 나가자 알렉산드라는 내가 볼 수 있도록 내 앞에 섰다. 그 애는 내 맞은편에 놓인 의자에 앉았다. 나는 우리가 쇼나의 사무실로 곧바로 갈 거라고 생각해서 약간 놀랐다. 알렉산드라는 오늘 약간 산만했다. 그 애의 눈은 밖이 아닌 내면 어딘가를 보는 것 같았다. 어쩌면 몸이 다 낫지 않은 걸지도 모르겠다. 피곤한 눈빛이었지만 나를 보고는 입가에 작게 미소를 지었다.

"계속 못 와서 미안해. 좀 아팠어."

알렉산드라 입에서 이렇게 많은 말이 나오다니 믿을 수가 없었다.

"놀랐지. 아마 내가 말을 많이 못 하는 줄 알았을 거야."

알렉산드라의 목소리는 부드러웠지만 또렷했다. 이렇게 나에게 말하는 걸 듣고 있자니 기분이 이상했다. 내가 하도 오랫동안 알렉산드라의 생각을 상상해 온 터라 그 애를 내 마음대로 생각해 버렸나 보다. 나는 다시 궁금해졌다. 내가 사람들과 내 생각을 나누기 시작하면 사람들은 나를 다른 사람으로 여기게 될까? 물론 다른 사람 목소리를 통해 하는 말일지라도. 아니, 기계 목소리라도 말이다.

"난 말할 수 있어. 보다시피. 그냥 나는 말을 많이 하는 게 정말 싫어. 그런데 내가… 아팠을 때… 생각을 많이 해 봤는데, 내가 이기적으로 굴고 있다는 걸 깨달았어. 내가 이렇게 입을 꽉 다물고 있으면 네가 의사소통 훈련을 하는 데 아무 도움을 줄 수 없다는 것도."

알렉산드라의 목소리는 마법사의 목소리와는 완전히 달랐다. 〈오즈의 마법사〉의 도로시처럼 부드럽고, 〈위키드〉의 글린다 목소리처럼 여성스러웠다. 알렉산드라의 목소리가 마음에 들었다. 처음 만났지만 오래 알고 지낸 듯한 느낌을 주는 사람을 발견한 것 같았다.

"그동안 말을 안 해서 미안해. 처리할 일이 있었는데 그게 뭐냐면… 아무 일도 아니야. 아무튼 너를 제대로 도와주려고 말을 하기로 결심했어. 이게 나에 관한 전부야. 우리 지금 쇼나를 보러 내려가야 할 것 같은데? 패트릭 말로는 오늘 그 기계를 위로 가져올 거라던데. 정말 잘됐다."

아무 일도 아니라고? 내가 보기엔 그냥 아무 일이 아닌 게 아닌데. 그리고 이게 전부라고? 정작 자기 얘기는 하나도 하지 않았는데!

알렉산드라가 말을 찾으니 알고 싶은 것이 더 많아졌다. 나는 이 벽 너머 바깥세상에 사는 열일곱 살 여자애의 하루하루가 너무나 궁금하다. 병원을 나가면 어디로 갈까? 친구들은 어떤 아이들일까? 학교 생활은 어떨까? 책이나 텔레비전 속 여자애들처럼 연애를 할까?

나는 남자 친구를 사귄 적이 없다. 가끔은 상상은 하지만. 연애는 어떤 걸까?

만약 내가 마법사의 도움으로 나만의 말을 찾으면 알렉산드라에게 남자 친구에 대해 물어볼 수 있을 것이다. 차라리 아직 물어볼 수 없는 게 다행인지도 모른다. 너무 빨리 이것저것 다 알려 달라고 하면 알렉산드라가 질겁할 수도 있으니까. 그냥 나와 이야기를 나누겠다고 결심했다는 것 자체만으로 정말 기쁘다. 많은 말이 아닐지라도.

"아, 나에 대해 한 가지만 더 말할게. 아마 별 상관은 없겠지만. 여기 병원 사람들은 나를 알렉산드라라고 부르지만 다른 사람들은 보통 날 알렉스라고 불러. 그냥 네가 알아야 할 것 같아서."

알렉스. 그 이름은 낯설다. 나에겐 그 애가 알렉스처럼 보이지 않는다. 알렉산드라가 훨씬 더 그 애답다. 좀 더… 음악적이랄까.

쇼나가 오늘 알렉산드라에게 내가 '예'라고 말할 수 있다고 알려 줄지, 아니면 그냥 그 훈련을 해서 직접 보여 줄지 궁금했다.

"아, 한 가지만 더."

엘리베이터에 우리만 탄 채로 문이 닫히자 알렉산드라가 말했다. 그 애는 앞으로 걸어가 나를 정면으로 바라보았다.

"난 앞으로도 우리끼리만 얘기할 거야. 우리 둘이 있을 때만. 나를 이상한 애라고 생각하지 않으면 좋겠어."

알렉산드라는 어깨를 으쓱했다. 나는 내가 그 애를 전혀 이상한 애로 보지 않는다는 걸 알려 주기 위해 웃어 보였다.

글쎄, 뭐 조금 이상하다고 생각할 수 있지만 알렉산드라가 나에게 말을 한다면 그런 건 상관없다!

쇼나의 사무실에 있을 때 알렉산드라는 자기 말대로 아무 말도 하지 않았다. 쇼나에게는 그게 별로 문제가 되지 않았다. 우리에게 할 말이 많아 본인이 계속 말을 했기 때문이다.

우리는 지금까지 내가 해 온 단어들을 전부 연습하기 시작했다. 알렉산드라는 내가 '예', '아니요'를 하는 걸 보고 감동받은 것 같았다. 하지만 나는 쇼나가 나에게 연습시킬 또 어떤 새로운 단어가 있을지 보고 싶어 안달이 났다.

"좋아. 내가 오늘은 몇 분밖에 시간이 없어서 알렉산드라에게 이 기계의 사용법, 안전하게 끄고 이동하는 법, 가방에 담는 법을 알려 주고 싶어. 그래도 괜찮을까, 조니?"

전혀 괜찮지 않았다. 새로운 단어들을 배우고 싶다. 나는 배울 준비가 됐단 말이다! 하지만 이해한다. 쇼나에게 시간이 무한히 있는 게 아니고 알렉산드라가 마법사 사용법을 알아야 언제라도 연습할 수 있기 때문이다. 그러니 내키지 않더라도 괜찮다고 말해야 한다.

어떤 대답이 진실이 아니면, 그건 거짓말일까? 내가 지금 생애 최초의 거짓말을 하려는 건가?

　내 눈과 마법사의 목소리는 '예'를 찾아 쇼나에게 대답했다. 알렉산드라는 웃었고, 아주 잠깐이지만 그 웃음이 그 애 눈까지 번졌다.

　나는 온 얼굴로 그 애에게 웃어 주었다. 그 순간 나는 거짓말을 하는 게 아니었다.

　이제는 정말로 괜찮다.

　내가 알렉산드라를 웃게 했으니까.

31

Alexandra

조니는 특유의 독특한 미소를 지었다. 나는 몸이 피곤했지만 그 환한 미소에 답하지 않을 수가 없었다.

조니의 피부는 너무 연약해서 지금처럼 입을 세게 움직이면 종이처럼 찢어질 것 같다. 그 애의 얼굴은 언제나 움직이고 있는 것처럼 보인다. 그래서 어떤 감정을 표현하기가 힘들어 보이지만, 그럼에도 조니는 웃기도 하고 가끔은 찡그리기도 한다. 오늘 내가 30초 이상 말을 하자 정말 눈이 동그래져서 웃음이 날 뻔했다.

조니의 표정은 다른 사람들과는 아주 다르다. 그게 어떤 표정인지, 내가 그 표정을 어떻게 알아보는지, 그 근거를 설명하기 어렵다.

그 애의 눈 안에 뭔가 있다. 모든 게 조니의 눈 안에 있다.

내가 병실에 들어갈 때면 조니는 행복해 보이고 내가 떠날 채비를 하면 약간 실망한 빛을 보인다.

이유는 모르겠지만 조니는 나를 좋아하는 것 같다. 그동안 난 한 마디 이상 말을 하지도 않았는데.

어쩌면 그게 나를 좋아하는 이유일까?

조니는 마음속에서 나름대로 내가 어떤 애인지 만들어 냈을지도 모른다. 그래서 조니의 세상에서는 내가 정말 착하고 좋은 애일지도 모른다.

이건 별로 설득력이 없는 것 같다. 더 그럴싸한 이유는 최근에 조니를 보러 오는 사람이 나밖에 없다는 것이다.

게다가 언어치료 훈련을 할 때 조니는 내가 필요하다.

무서운 생각이다.

누군가 나를 필요로 하는 게 싫다.

내가 제대로 해내지 못할까 봐 겁난다.

하지만 조니를 쇼나의 사무실에 데려가고, 그 기계로 연습을 할 수 있도록 조니를 보살필 수 있는 사람이 없다. 병동 직원들이 사용법을 전부 알고 있기는 하지만 그 사람들은 환자들이 제대로 숨을 쉬게 하느라 바쁘다. 누군가 시간이 남아서 조니의 훈련을 도와주는 건 상상도 할 수 없다. 만약 그런 누군가가 있다면 패트릭이라고 생각한다. 내가 아플 때 패트릭이 조니의 언어치료 훈련을 도와준 적도 있는 것 같다. 다른 간호사들에 비해 패트릭이 조니에게 훨씬 더 애착을 갖는 건 사실이다.

하지만 패트릭은 항상 뛰어다닌다. 그는 한군데 오래 앉아서 조니가 말하는 걸 도와줄 만한 시간이 없다.

나에겐 서둘러 뛰어갈 곳이 없다. 가만히 앉아 조니가 말하는 걸 도와줄 수 있을 만큼 많은 시간이 있다.

어젯밤 영상 자료를 봤더니 이 훈련이 조니에게 어떻게 작용할지 훨씬 더 궁금해졌다.

오랜 기다림 끝에 말할 수 있는 기회가 생긴 사람들은 어떤 기분일까? 자신이 무얼 원하고, 어떤 걸 느끼는지 처음 말하는 것은 어떤 것일까? 그동안 조니 곁에 있던 사람들은 그 애와 진짜로 대화를 할 수 있게 되면 어떤 감정일까? 조니가 지금까지와는 전혀 다른 사람으로 보일까? 조니의 침묵은 주변의 모든 사람들에게 그 애가 어떤 사람인지 감추고 있다. 조니는 자신을 드러내는 걸 즐거워할까? 아니면 조금 두려워할까?

"알렉산드라, 방금 내가 한 말 다 들었니?"

다 들었는지 확실하지 않지만 나는 고개를 끄덕였다. 대부분은 들었다. 아마도. 나는 다른 생각을 하고 있었다. 사실 나는 동시에 여러 일을 처리하지 못한다. 그러니 이런 중요한 때에 이런 행동을 하는 건 별로 좋지 않다.

쇼나는 자신이 훈련을 진행할 수 없는 날, 내가 대신할 수 있도록 지금까지 조니를 위해 설정해 놓은 부분들을 어떻게 작동하는지 알려 주고 있었다. 어젯밤에 자료를 찾고 영상을 봤던 게 다행이었다. 내가 본 것 중에 쇼나가 조니에게 한 것과 똑같은 건 하나도 없었지만 최소한 아무것도 몰라서 암흑 속에 있는 느낌은 아니었다. 쇼나가 하는 말을 알아들을 수 있었고 특별히 어렵지는 않았다. 일단 아직까지는.

"내가 프로그램을 처음 상태로 설정해 놓을게. 사실 얼마나 빨리 움직이는지, 어떤 페이지가 가장 효과적인지 잘 몰라. 일단 느낌을 따라가면 돼. 됐다, 이제 정리해서 담아 보자. 나는 진행 상황을 체크할 수 있는 목록을 만들게. 목록 만드는 걸 좋아하거든. A형 특유의 그런 거 있잖아. 아무튼, 내가 그 목록을 줄 테니까 오늘 여기서 나랑 같이 해 보자. 그러면 충분할 거야."

확실히 쇼나는 말하기를 좋아한다.

조니와 쇼나는 내가 기계를 가방에 담는 걸 지켜보았다. 이게 무슨 대단한 로봇 과학도 아니건만 쇼나는 내가 남김없이 부품을 가방에 담는 것을 보고 굉장히 좋아했다. 쇼나가 만족해하는 것 같아 기분이 좋았다.

그녀는 긍정적인 에너지가 넘치는 사람이다.

칼리처럼.

그리고 조니처럼.

조니는 지금 자기 의자에서 춤을 추고 있다. 왜냐하면 내가 그 애 의자 뒤에 그 가방을 걸었고, 이제 그걸 자기 방으로 가져가기 때문이다. 조니는 크리스마스 아침, 아빠가 내려와서 선물을 풀어도 좋다고 말하기 직전 내가 느끼곤 했던 기분을 만끽하고 있는 것 같다.

"좋아, 애들아. 우린 다음에 보자. 내가 병동 간호사들에게 너희 둘이 기계를 연습해도 좋다고 말해 놓을게."

나는 고개를 끄덕이며 살짝 웃었다. 조니는 활짝 웃었다. 우리는 대화를 나눌 준비가 된 조니의 말을 잘 담아서 위층으로 출발했다.

내가 찾은 자료 중에서 휴대가 가능한 이런 기계가 있었다. 의자에 달린 봉에 기계가 붙어 있었는데 위치를 바꿀 수도 있었다. 일단 이 기계에 숙달되면 조니도 의자에 붙일 수 있는 좋은 기계를 마련할 수 있을까? 병원 분들에게 물어보면 알 수 있을 것이다.

내가 입을 뗄 수 있는 용기가 생긴 것과 진심으로 내가 조니의 연습을 도우려고 한다는 사실에 오늘은 스스로에게 덜 부끄러운 기분이었다.

나는 조니에게 내가 말을 하기로 마음먹은 게 바로 너 때문이라고 말했다. 사실이다.

하지만 그게 유일한 이유는 아니다.

진실이기는 하지만 말하지 않은 부분이 있다. 칼리라면 분명 이걸 '하얀 거짓말'이라고 했을 것이다. 칼리는 늘 하얀 거짓말은 부모님과 선생님을 위해 남겨 둬야 한다고 말했다.

하지만 친구에게는 안 된다.

거짓말에는 색깔이 있다.

조니에게 모든 사실을 다 말해야 한다.

다만, 아직 내 전부를 그 애와 나눌 준비가 되지 않았다. 내가 스스로 정리할 때까지는 이기적이고 엉망인 모습을 조니가 아는 걸 원치 않는다. 아무도 조니에게 내가 진짜 어떤 애이며, 내가 왜 여기에 왔는지 말하지 않은 게 확실하다.

만약 나에 대해 모두 알게 되어도 조니가 나를 계속 보고 싶어 할까?

지금은 내 좋은 면만 봤으면 좋겠다. 하지만 그것들은 1년 전 내 인생이 폭발하면서 산산조각 났고, 나는 그걸 잃어버렸다.

나는 이제 그 조각들을 찾고 싶다.

32

Joanie

마법사는 침묵 속에서 나를 보며 가만히 앉아 있다. 오늘은 내게 언어 치료를 도와줄 사람이 없어서 마법사는 까만 화면 속에 갇혀 있다. 어제 알렉산드라와 함께 마법사를 여기로 데려올 때는 너무 신났지만 지금 저기에 그냥 앉아서 깨워 주기만을 기다리는 마법사를 보니 약간 슬펐다.

불평하는 게 아니다. 적어도 그러지 않으려고 노력하고 있다. 불평은 별로 좋은 결과를 내지 못한다. 특히 아무도 들을 수 없는 내 불평은 더 더욱. 그래도 속상하다. 이 병동에는 심하게 아픈 사람들이 많고, 간호사들이 누군가 말을 배우는 걸 도와줄 만큼 시간이 넉넉하지 않다는 건 안다.

이 병동에 있는 대부분의 환자들은 나이가 아주 많고, 대부분 여기에 있는 동안 생을 마감한다. 내가 이곳에 있는 동안 세 명의 환자가 내 옆 침대에 머물렀다. 병실 친구지만, 데비와는 달랐다. 누구도 내게 말을 걸지 않았다.

패트릭과 캐슬린을 비롯한 모두가 숨기려고 했지만 그 세 사람 모두 죽었다는 걸 안다. 그럼에도 모두가 여전히 내게 하얀 거짓말을 했다. "그분은 다른 병동으로 옮기셨어"라면서. 아니 어쩌면 그게 맞을지도 모른다. 병원에는 방이 하나 있는데, 영혼이 더 이상 존재하지 않는 사람들의 몸을 그곳으로 데려가니까.

나는 내가 이 몸 안에 있긴 하지만 몸과 따로 존재한다고 믿는다. 진짜의 나는 사람들이 겉으로 보는 내가 아니다. 대화를 하게 되어도 나를 완전히 알 수는 없을 것이다. 나는 나를 담은 바깥의 껍질 그 이상이니까.

꽤 오랫동안 룸메이트가 없었다. 내 폐가 버릇없이 굴기 시작하자 병원에서는 감기 같은 호흡기 질환을 앓을 수 있는 누군가와 병실을 같이 쓰는 건 위험하다고 판단했다. 그래서 옆 침대는 비어 있다. 차라리 이 편이 낫다.

데비의 옆 침대도 아직 비었는지 아니면 새 환자가 왔을지 궁금하다. 새 환자가 왔을 것 같다. 이렇게 오랜 기간 나를 위해 침대를 비워 놓지는 않았을 테니 누군가 내 침대에서 자고 있겠지.

데비는 그룹홈에서 오랫동안 살았는데 나에게 전에 있었던 세 명의 룸메이트 이야기를 해 주었다. 새 룸메이트에게도 내 이야기를 할까? 나에 대해 뭐라고 말할까? 그 애는 나를 어떤 사람이라고 생각할까?

데비가 이 병원에 올 수 있다면 좋겠다. 데비의 수다를 다시 들을 수 있다면 정말 좋을 텐데. 참 재미있다. 데비랑 함께 살 때는 이따금 그 수

다를 끌 수 있는 리모컨이 있으면 좋겠다고 생각했었는데.

알렉산드라가 데비를 만난다면 어떨까! 데비가 여기 있다면 알렉산드라는 말을 많이 하려고 애쓸 필요가 없다. 데비라면 우리와 심지어 자기자신까지 세 사람에게 말을 걸 수 있고, 알렉산드라와 나는 그냥 듣기만하면서 큰 소리로 웃지 않도록 참기만 하면 된다.

더 좋은 건, 데비가 마법사를 만나는 거다! 데비가 말할 때 내가 진짜말을 해서 끼어들면 데비의 표정이 어떻게 변할지 정말 보고 싶다!

마법사를 제대로 다룰 즈음에는 그룹홈으로 돌아갈 수 있을 정도로폐가 건강해질지도 모른다. 마법사를 그룹홈으로 가져갈 수 있다면 데비, 브렌다, 지금 거기에 사는 모든 이들과 말할 수 있을지도 모른다.

내 침대를 다른 사람이 쓰고 있어도 나를 위해 다른 침대를 구해 줄수 있을 것이다.

어쩌면, 어쩌면, 어쩌면… 너무 많은 가정이 필요하다.

패트릭은 내가 강하다고 말했다.

'나'는 강할지도 모르지만 내 몸은 아니다.

내 폐가 조만간 나를 그룹홈으로 돌려보내 줄 거라고 생각하지 않는다. 그럴 일은 없다.

내가 나이가 들어갈 거라고 생각하지 않는다. 폐는 나를 지탱하는 걸언젠가 완전히 그만두어 버릴 것이고, 이 몸은 내가 늙어 버리기도 훨씬전에 자기 시간을 끝낼 것이다.

언젠가 이 삶을 끝내고 어딘가 다른 곳으로 갈 날을 꿈꾼다. 다른 몸으로 들어갈 수도 있겠지. 걷고, 말하고, 춤추고, 노래할 수 있는 몸으로 말이다. 알렉산드라처럼.

그건 어떤 느낌일까? 더 행복한 삶일까, 아니면 더 힘든 삶일까?

알렉산드라는 대부분은 행복해 보이지 않는다. 데비는 몸이 말을 듣지 않지만 그래도 알렉산드라보다 더 행복해 보인다.

알렉산드라는 죽음을 생각한 적이 있을까? 내 또래 아이들은 자기 몸이 얼마나 더 오래 버틸지 궁금해할까? 아니면 주름지고 머리가 하얘지고 병들어 병원에 오기 전까지는 그런 생각을 하지 않을까?

데비는 죽음을 말한 적이 없다. 죽음을 생각해 본 적이 있기나 할까.

내가 아직 이 몸에 머무는 동안에는, 대화를 할 수 있을 만큼 충분한 말을 배울 때까지만이라도 폐가 버텨 주면 좋겠다. 쇼나와 마법사, 알렉산드라가 나를 도와주는 동안 내가 얼마나 해낼 수 있을지 보고 싶다. 알렉산드라와 이야기할 수 있을 만큼 충분한 말을 배우고 싶고 그 애에게 내 친구가 되어 줄 수 있는지 묻고 싶다.

친구라는 것은 되어 달라고 물어봐야 할까? 아니면 그냥 자연스럽게 되는 걸까? 친구라는 게 내가 아는 그게 맞는지 확신할 수 없다. 학교에서 나를 친구라고 부르는 사람들이 있었지만 내가 그냥 그렇게 기억한 건지도 모른다. 내가 들은 책에서는 좋아하는 일을 함께하며 시간을 보내는 걸 친구라고 했다. 친구는 서로의 문제를 도와주고 서로의 비밀을 털어놓는다. 상대와 시간을 함께 보내겠다고 스스로 선택한다.

데비는 우리가 친구라고 말하곤 했지만 우리가 친구인지 나는 잘 모르겠다. 데비는 내가 정말 어떤 사람인지 알았을까?

알렉산드라는 친구가 많을까? 지금은 나와 나누고 싶은 말이 조금밖에 없어도 언젠가 자기 친구 이야기를 해 줄지도 모른다.

나는 함께 시간을 보내고 싶은 누군가를 직접 선택한 적이 한 번도 없다. 그리고 학교나 그룹홈, 혹은 이 병원 밖의 사람들 중에서도 나와 함께 시간을 보내겠다고 스스로 선택한 사람은 정말 단 한 사람도 없었다.

어쨌든 내가 기억하는 한에서는 없다.

오랫동안 내 무지개로 들어가지 않았다. 어쩌면 그곳이라면 내 오랜 친구가 나를 기다리고 있을지도 모른다. 목걸이를 보며 시간을 좀 보내야겠다. 지금 내가 전용 의자에 앉아 있으니 어렵지만. 이 의자에 앉아서는 목걸이를 볼 수가 없다. 나는 아직 말을 못 하기 때문에 이 의자에서 벗어나고 싶다고 누구에게도 말할 수 없다. 설령 말을 할 수 있다 해도 잠들어 있는 마법사를 깨워 줄 사람이 없으니까.

"안녕."

내 뒤에서 목소리가 튀어나왔다. 너무 놀라서 몸이 펄쩍 뛰어올라 경직되는 게 느껴졌다.

"미안해. 놀라게 하려던 건 아니야!"

알렉산드라는 내 의자 앞쪽으로 와서 창가 끝 쪽에 앉았다. 내가 의자에 앉혀지고, 어딘가 특별히 갈 데가 없으면 나는 종종 창가 앞으로 옮겨진다. 창밖으로 간호사들과 환자들의 일상을 보는 건 재미있다. 하지만 대부분은 우리가 여기에서 하는 것들과 별로 달라 보이지 않는다. 나는 이 의자에 앉는 걸 좋아하는 만큼 다른 장소에 가는 것도 좋아한다. 이 방이 아닌 다른 곳으로.

좋은 소식은 잘하면 조만간 사람들에게 내가 그렇다는 걸 말해 줄 수 있다는 거다. 그리고 그보다 더 좋은 소식은 알렉산드라가 여기에 있다는 거다.

"내가 올 줄 몰랐지? 그냥 생각해 봤는데, 괜찮다면 우리 연습을 좀 하면 어떨까? 기계가 여기 있으니까 이제 바로 너한테 물어볼 수 있잖아."

그 애는 마법사를 가리켰고, 나는 그 애가 이곳에 와 주어서 너무나 행복하다고 알려 주기 위해 내 최고의 미소를 지어 보였다. 이런 내 감정을 전하는 데에 말의 도움이 필요하지는 않다. 알렉산드라는 조금은 슬픈 눈빛을 한 채 어색한 미소로 답했다.

"잘됐다. 일단 이걸 켤게. 쇼나 없이 내가 작동할 수 있는지 보자."

알렉산드라가 마법사에게 생명을 불어넣는 것을 보면서도 나는 그 애가 여기에 와 있다는 사실에 다시 한 번 놀랐다. 알렉산드라는 바로 어제 왔었고, 피곤하고 슬퍼 보여 한동안은 그 애를 볼 수 없을 거라고 생각했다. 그런데 다시 이곳에 왔다. 오늘은 와야 하는 날도 아닌데 나와 시간을 보내겠다고 스스로 마음먹고서.

그 애가 그냥 내게 오고 싶어서 와 준 것이다.

33

Alexandra

내가 지금 여기에 있어서 조니는 충격을 받은 것 같다. 좋은 쪽의 충격
이라서 다행이지만. 말도 없이 내가 온 걸 조니가 어떻게 생각할지 사실
확신할 수가 없다.

내가 왜 여기에 있는지 나도 백 퍼센트 알진 못한다. 난 지금 왜 여기
에 있을까? 물론 하루 만에 이 병원에 다시 온 이유는 있다.

두통 때문에 의사와 약속이 있었고, 내 머리가 왜 계속 폭발하려고 하
는지 알아보는 몇 가지 검사를 했다. 만약 내가 말을 한다면 그런 건 전
부 시간 낭비라고 했을 것이다. 세상의 그 어떤 검사도 어째서 내 머리가
아픈지 설명하지 못할 것이다. 이런 내 생각을 말할 수 있지만 나는 그러
지 않을 것이다.

나는 내 머리를 고치는 게 보호관찰의 일부라는 걸 몰랐기 때문에 병
원에 가는 걸 거부하려고 했었다. 한데 아빠가 학교로 돌아가는 게 보호

관찰에 포함되기 때문에 병원에 꼭 가야 한다고 말했다. 내 두통이 무엇 때문인지 알아내는 건 학교로 돌아가기 위한 하나의 준비였다.

요즘은 되도록 아빠 말을 들으려고 애쓰고 있다.

하지만 학교로는 정말로 돌아가고 싶지 않다. 어떤 학교나 마찬가지지만 그 학교는 특히 더 싫다.

칼리의 친구들로 가득한 그 건물로 걸어 들어가는 게 어떤 기분일지 상상도 되지 않는다.

사물함 앞에 서서 칼리가 빗으로 머리를 다듬는 모습을 보며 함께 음악, 남자애들, 옷, 수학문제 같은 온갖 이야기를 했던 기억.

합창실에 들어가 칼리가 선생님을 향해 활짝 웃고는 "수—박—" 거리며 엉터리로 노래하는 소리.

복도에서 칼리를 처음 만났던 순간. '나는 영원히 살고 싶어요.' 〈페임〉을 노래하는 칼리의 목소리가 사방에서 울려 퍼지는 것만 같다.

이 모든 걸 내가 앗아갔다는 사실을 마주하게 되겠지.

학교의 모든 사람이 내 잘못을 기억할 것이다.

사람들은 왜 내게 이런 것들을 강요할까?

도대체 누가 학교가 중요하다고 결정했지?

배우기만 하면 되지, 어디서 배우느냐가 그렇게 중요할까?

왜 이렇게 사람들은 나에게 신경을 쓰지?

나는 학교를 최우선으로 놓고 싶지 않다. 사람들은 이런 생각을 이해하지 못하는 걸까?

어쨌든 세상은 나를 이해하지 못하고, 나는 이걸 설명하지 못한다.

적어도 아빠에게는 설명해야 하지만 그러지 못한다.

그래서 나는 이렇게 다시 병원에 왔고, 뇌 사진을 찍었다.

어떤 사람들은 말한다.

천 마디 말보다 한 개의 사진이 더 가치 있다고.

내 머리가 왜 터지려고 하는지 말하는 데 천 마디 말은 필요없다.

그냥 한 문장이면 충분하다.

'나 때문에 칼리가 죽었다.'

스튜어트 박사가 시간 낭비를 끝내자 나는 어디로 갈지 고민했다. 집으로는 돌아가기 싫었다. 아빠는 내게 계속 말을 걸려 하고, 나는 거기에 답하려고 노력해야 한다는 것도 안다. 하지만 오늘은 그런 걸 하기엔 너무 지쳤다.

내가 갈 수 있는 안전한 곳이 어디인지, 이 고통스럽고 뒤틀린 느낌을 조금이라도 덜 받을 수 있는 곳이 어디인지 머릿속으로 그려 보면서 몇 초 동안 눈을 감았다.

다시 눈을 떴을 때, 내 발은 3층으로 가는 엘리베이터로 향하고 있었다. 거기는 생각조차 못 하고 있었다. 두 발은 내가 할 수 있는 옳은 일은 조나라고, 그렇게 그곳으로 결정해 버렸다.

그래서 나는 지금 여기에 있다. 내 두 발을 칭찬해야겠다.

나는 연습을 시작하려고 기계를 켰다. 색깔 사각형을 불러오는 아이콘을 누르려고 했는데 실수로 다른 아이콘을 눌렀다. 그러자 글자들이 가득 있는 사각형들이 튀어나왔다.

"어, 이게 아닌데."

나는 조니를 보았다. 조니는 놀랄 만큼 관심 있는 눈빛으로 화면을 보고 있었다.

"이건 단어를 만드는 단계인가 봐. 철자들이 모두 다 있는 것 같은데."

나는 멋쩍게 웃었다. 하지만 조니는 웃지 않았다. 그 애는 그 글자들을 여전히 뚫어져라 보고 있었다.

"이거 해 보고 싶은 거야? 그러니까, 지금 당장?"

"예."

그 소리에 나는 깜짝 놀랐다. '예'와 '아니요'가 화면 안에 있는 걸 알아채지 못하고 있었다. 아마 쇼나가 그렇게 설정해 놓은 것 같았다. 아니면 원래 이런 식으로 설정되어 있는 건지도. 아무래도 상관없다. 이건 정말 굉장하다.

"나도 그러고 싶지만, 쇼나가 이걸 할 계획이 있는지 잘 모르겠어. 내가 마음대로 새로운 걸 해도 되는지도 모르겠고."

"예."

"예? 새로운 걸 해도 된다고?"

"예."

"글쎄… 모르겠어. 난 아무것도 망치고 싶지 않아. 쇼나가 아직 이 단계를 너에게 맞게 설정을 안 했을지도 몰라. 우선 확인이라도 해 봐야 할 것 같은데. 그렇지?"

"아니요."

"그러지 말고 잠깐 생각할 시간을 줘. 난 결정할 권리가 없어."

"예."

나는 그 애를 보았는데, 맹세컨대 조니는 활짝 웃고 있었다.

"이것 봐. '예, 아니요' 같은 게 이래서 문제야. 나는 네가 '예'라고 말해도, 내가 결정할 권리가 있다고 '예'라고 한 건지, 아니면 내가 결정할 권리가 없다는 말에 '예'라고 한 건지도 모르잖아. 뭐 상관은 없어. 어차피 쇼나가 진짜 대장인 것은 우리 둘 다 알고 있으니까."

"아니요."

"아니라고? 쇼나가 대장이 아니라고? 그럼 대체 누가… 혹시 너?"

"예."

"쇼나도 그걸 알까?"

"아니요."

그러더니 조니는 특유의 우스꽝스럽고 숨넘어가는 것 같은 소리로 웃기 시작했고, 그 소리에 나도 웃음이 터졌다.

너무 웃어서 배가 아팠다. 믿을 수 없다. 방금 조니가 농담을 했다.

조니 말이 맞다. 쇼나는 자기가 대장이라고 생각할지 모르지만 조니야말로 진짜 대장이다.

조니는 겨우 여섯 개 정도의 말만 가지고도 농담을 한다!

조니가 여기 있는 철자들로 직접 하고 싶은 말을 만들기 시작한다면 어떤 걸 할 수 있을지 상상해 보라.

쇼나에게 훈련 진도를 빨리 빼자고 말해야겠다. 조니가 얼마나 더 많은 걸 원하는지 쇼나가 제대로 모르는 것 같다. 나는 인터넷에서 조니보다 훨씬 어린애들이 굉장히 놀라운 것들을 다루는 걸 봤는데 조니라면 그 애들보다 훨씬 더 잘할 가능성이 있다. 우리가 시간을 낭비하면 안 되겠다는 확신이 들었다. 조니는 오랫동안 기다렸고, 충분히 똑똑하다. 그 애에겐 더 많은 단어가 필요하다.

겨우 여섯 단어다.

예. 아니요. 빨강. 노랑. 초록. 파랑.

이 여섯 개의 단어로 조니는 얼마나 많은 그림을 그릴 수 있을까?

34

Joanie

예.

아니요.

파랑.

노랑.

초록.

빨강.

아직까지는 이 여섯 단어가 다른 사람들이 이해할 수 있는 내 말의 전부다. 알렉산드라와 나는 내가 매번 정확하게 말할 수 있을 때까지 계속해서 연습했다. 철자를 조합하여 말을 만드는 단계를 하고 싶었지만 쇼나가 아직 우리에게 사용법을 가르쳐 주지 않았다. 쇼나를 빨리 만나면 좋겠다. 어서 진도를 나가고 싶다!

쇼나는 훈련 순서를 어떻게 결정할까? 어떤 게 첫 번째, 두 번째, 세 번째인지 결정하는 규칙 같은 게 있을까? 쇼나 말로는 자기도 많은 부분을 추측해서 진행한다고 했다. 왜냐하면 어떤 단어가 이미 내 마음속에 있는지를 모르니 말이다. 단지 그 추측이 우리 연습을 너무 늦추지 않기를 바랄 뿐이다.

내가 배우고 싶은 말은 대답보다는 질문이다. 사람들이 어쩌다가 내가 알고 싶은 정보를 줄 때까지 기다리는 대신 내가 직접 세상에 묻고 답을 얻고 싶다.

패트릭에게 일요일에도 일을 하는지, 쉬는 날이 있는지 물어보고 싶다.

캐슬린에게는 점심에 무엇을 먹었는지, 그게 맛있었는지, 나도 그 음식을 상상할 수 있게 자세히 설명해 줄 수 있는지 묻고 싶다.

간호사들에게 부탁해서 담당 사회복지사 앨리슨을 불러 마법사를 보여 주고 싶다. 앨리슨에게는 그룹홈에 아직도 내 침대가 있는지, 내 몸이 좋은 날이 더 많아지면 다시 그곳에 돌아갈 수 있는지 물어보고 싶다.

쇼나에게는 내가 마법사를 가지고 그룹홈에 갈 수 있는지 물어보고 싶다. 내가 돌아갈 수만 있다면.

알렉산드라에게도 묻고 싶다. 언제 다시 만날 수 있는지, 우리는 어디로 가는지, 앞으로 무얼 하는지, 누구를 만나러 가는지, 그리고 왜 때때로 그렇게 슬퍼하는지…. 묻고 싶은 게 정말 많다!

쇼나는 내가 질문을 만들 수 있는 걸 알면 놀랄까? 사람들은 내가 글을 읽을 수 있고 철자를 잘 안다는 걸 잘 모르는 것 같다. 블레인 선생님이 글자를 가르쳐 주셨을 때 나는 수업에 집중했고, 글자의 소리와 기호를 완전히 이해했다. 물론 모든 소리와 철자의 결합 방식을 완벽히 이해한 건 아니지만. 똑같은 소리가 나지만 서로 다른 의미를 지닌 단어들을 알았을 때 깜짝 놀란 기억이 난다. 블레인 선생님은 우리를 웃게 하려고 칠판에 한 문장을 적으셨다.

'배에 있는 배를 먹고 배가 아팠어요.' 똑같은 소리를 가졌는데 의미가 모두 달라 너무 웃겼다.

나는 블레인 선생님이 정말 좋다. 이전에도 이후에도 선생님들이 있었지만 블레인 선생님처럼 많은 걸 가르친 선생님은 없었다. 다른 선생님들도 친절하고 나를 많이 도와주려 했지만 내 안에 뇌가 있는 걸 믿는 사람은 아무도 없는 것 같았다.

알렉산드라가 돌아가고 철자를 많이 생각했다. 글자로 가득 찬 그 화면을 보니 문득 궁금해졌다. 내가 마법사로 문장 전체를 만들 수도 있을까? 그럼 다른 사람이 고른 단어가 아닌 처음부터 내 안에서 나만의 말을 끌어낼 수 있을 테니까. 내가 하고 싶은 말을 전부 문장으로 완성할 수 있을지는 모르겠지만 사람들이 이해할 수 있을 정도로는 만들 수 있을 것 같다.

물론 내가 말하고 싶은 글자를 화면을 더듬어 가며 하나씩 찾는 시간이 아주 길겠지만 말이다. 그래도 충분히 연습하면 사람들이 내 말을 기다리다 잠들기 전에는 말을 할 수 있지 않을까?

알렉산드라가 쇼나만큼 마법사를 많이 알고 있으면 좋겠다. 그럼 지금 그 단계를 당장 시작할 수도 있을 테니까.

이런 내 마음을 알렉산드라는 안다.

단 두 개의 단어로도 말할 수 있었다.

알렉산드라는 내가 대장이냐고 물었고, 나는 '예'라고 대답했다.

그 애는 그걸 쇼나가 아느냐고 물었고, 나는 '아니요'라고 대답했다.

'아니요'라고 말할 때 나는 재미있게 하려고 노력했다. 물론 내가 대장인 것은 사실이지만!

그리고 알렉산드라가 웃었다. 알아들은 것이다!

내 머릿속에는 '예'와 '아니요' 말고도 더 많은 단어가 필요한 재미난 생각들이 가득하다. 알렉산드라를 또 웃게 할 자신이 있다.

내가 말을 할 수 있다면.

원 안을 계속 돌고 있는 느낌이다. 내가 어떤 말을 배우고 싶은지 표현하려면 말을 해야 한다. 그런데 그 말은 내가 말을 배워야 할 수 있다.

조바심 내면 안 된다. 지금까지 사람들과 말 한마디 나누지 않고 길고 긴 시간을 보냈다. 이렇게 잘 참아 왔으니 조금 더 참아야 한다.

하지만 한편으로는 하루도 더 기다리기 힘든 건 정말 신나는 일이다. 내 안에 밖으로 나가고 싶어 하는 수많은 말들이 있다는 뜻이니까. 내가 배울 수 있는 말은 최대한 빨리 다 배우고 싶다. 모든 이들에게 말할 수 있게 말이다.

나는 만나는 모든 사람들에게 오늘 기분이 어떤지 물어보고 싶다. 또 여기를 나가면 어디로 가는지, 가서는 무슨 일을 할 건지 물을 것이다. 가장 좋아하는 색깔이 뭔지 물어볼 수도 있겠다. 혹시 비를 좋아하는지, 아니면 박람회장에는 가 봤는지, 무지개를 본 적이 있는지?

패트릭과 알렉산드라에게 내 목걸이의 돌멩이들은 나를 지난날로 들어갈 수 있게 해 주는 진짜 무지개라는 걸 말해 주고 싶다. 내가 좀 이상해 보이려나? 그럼 그것도 물어봐야겠다.

두 사람이 동시에 과거로 들어갈 수 있는 무지개가 있다면 들어가겠냐고 물어볼까? 하지만 두 사람은 삶이 너무 즐거워서 오늘, 이곳에 있고 싶다고 말할지도 모르겠다.

그냥 오늘 두 사람과 여기 있을 수 있어서 정말 행복하다고 말해야지.

그리고 오늘 나와 함께 이곳에 있어서 두 사람도 행복하냐고 물어볼 수도 있겠지. 아니, 이건 말로 대답할 필요가 없는 질문일지도 모르겠다.

35

Alexandra

"나쁜 소식과 좋은 소식이 있어. 나쁜 소식은 오늘 쇼나가 아파서 병원에 못 왔어. 그래서 아래층 사무실에는 갈 수 없게 됐어. 좋은 소식은 오늘 날씨가 아주 화창하니까 원한다면 산책하러 나가도 된다는 거. 컴퓨터로 연습을 하는 게 더 낫겠다 싶으면 그래도 되고."

내가 병실에 들어갔을 때 캐슬린은 조니의 의자 옆에 서 있었다. 오늘은 원래 조니를 보러 오는 날이고 뇌 촬영인지 뭔지로 시간 낭비를 한 지 이틀이 지났다.

그게 시간 낭비라는 건 결과에서 드러났다. 내 뇌는 정상이다.

내 두통에 해결책은 없다. 타임머신이 있다면 모를까.

캐슬린 말에 조니의 얼굴에는 실망감이 비쳤다.

그 애는 눈길을 떨어뜨렸고 그 빛도 약해졌다. 그치만 날씨가 좋아서 산책을 가는 것도 좋겠다고 생각했다. 누가 말을 걸지만 않으면. 요즘은 사람들 말에 귀 기울이고 싶지 않다. 사람들의 입에서 나오는 말들이 힘들다. 반면 어떤 기계에서 나오는 말은 정말로 좋아지기 시작했다.

나는 캐슬린이 나가길 기다렸다가 말을 꺼냈다.

"그럼, 밖으로 산책하러 나갈까?"

그 애는 얼굴을 찡그리고 있어 표정만으로는 무슨 마음인지 알 수가 없었다. 일단 '아니요'인 것 같긴 했지만.

"있지, 나를 헷갈리게 하지 않고도 대답할 수 있어. 이거 다시 켤게."

나는 기계를 켜서 지금까지 설정한 화면들을 순서대로 재생했다. 인터넷에서 찾아보니 그 시스템에는 사용자의 요구에 맞춰서 단어, 기호, 철자들을 조합하는 다양한 방법이 있다고 했다. 쇼나도 그런 기본적인 정보를 우리에게 설명하며 사용자의 학습곡선이 어떤지, 또 어떤 화면이 특히 조니에게 가장 유용한지 알아내는 것이 이 훈련의 가장 중요한 부분이라고 말했다.

조니의 학습곡선은 가파른 것 같았다. 아니 완만한 건가? 그걸 어떻게 해석해야 맞는 걸까? 정확한 표현이 무엇이든지 조니가 단어를 선택하는 속도는 빠르다. 그 애는 자기가 하고 싶은 말이 무엇인지 정확히 알고 있고, 그 이상을 할 준비가 되어 있다. 문제는 쇼나가 조니와 계속 있어야만 조니가 원하는 걸 말할 수 있도록 도와줄 올바른 방법을 찾을 수 있다는 거다. 쇼나가 조니를 제대로 이해하는 건지는 잘 모르겠다. 조니에게 관심을 갖고 진심으로 도와주고 싶어 하지만 조니가 얼마나 똑똑하며 또 빨리 배우는지는 모르는 것 같다.

조니는 아마 이 기계를 뚫고 날아오를 것이다. 쇼나가 그럴 수 있게 조니 곁에 충분히 있어 주지 못하는 게 문제일지도 모른다. 가장 큰 문제는 쇼나가 없을 때, 내가 아직 이걸 다루는 방법을 잘 모르는 데다가 멋대로 새로운 걸 시도해도 되는지 확신이 서지 않는다는 점이다. 내가 제대로 해낼 것 같지가 않다. 어젯밤에 이 기계에 관한 자료를 찾고, 철자 조합 화면을 사용하는 사람들을 찍은 동영상도 봤다. 다른 사람들이 하는 걸 볼 때는 쉬웠지만 조니의 기계와 똑같은 건 없었다.

조니에게 철자 조합 기능을 정확한 방법으로 제대로 알려 주고 싶다. 조니가 철자를 조합해 만든 단어들을 나중에 쓸 수 있도록 저장하는 방법도 알고 싶다.

쇼나가 나에게 그 방법을 직접 알려 줬으면 좋겠다. 틀린 방법으로 조니의 시간을 낭비하고 싶지는 않다. 조니가 날아오르는 걸 돕고 싶지만, 제대로 해야 한다.

"자, 다 했네. 그럼 이거 다시 해 보자. 혹시 산책하러 가고 싶어?"

조니는 시선을 화면에 고정하고 있었다.

"아니요."

"그래? 그럼 산책 말고. 알았어. 색깔 사각형 고르는 연습할래?"

"아니요."

"아, 알았어."

조니의 생각을 알 것 같았다.

조니는 턱으로 화면을 가리키려는 듯 목을 무리해서 움직이고 있었다. 나는 그 애의 눈을 똑바로 보았다. 조니의 눈은 화면 중앙의 색깔 사각형이 아니라 쇼나와 내가 훈련 단계를 고를 때 쓰는 화면 위쪽의 아이콘들을 보고 있다. 화면 위쪽에는 우리가 쓴 적 없는 아이콘들이 일렬로 늘어서 있다. 거기에는 지난번에 내가 우연히 열어 보았던 철자 조합 화면을 여는 아이콘도 있다. 이미 조니는 내가 어떻게 그 화면을 불러올 수 있는지를 알아낸 거다. 조니답다.

"지난번에 왔을 때 내가 열어 본 이 철자 조합을 하고 싶은 거야?"

조니는 흥분되는지 의자에 앉은 채로 몸을 들썩거렸고 눈빛도 이리저리 튀기 시작했다.

"노랑."

그 애의 몸은 점점 더 빨리 움직였고, 팔은 사방을 휘저었다.

"알았어. 진정해! 노랑이라고 말하려던 게 아닌 거 알아. 일단 침착하게 다시 해 보자. 그 철자 페이지를 불러오라는 거지?"

그 애는 나를 보더니 얼굴을 양말인형처럼 찡그리고 눈을 꼭 감았다. 조니가 몇 초 동안 그 상태로 있자 내가 그녀를 화나게 한 게 아닌지 걱정되었다. 나는 어떻게 해야 하나 고민하며 조니에게 가까이 다가갔다. 조니의 팔은 점차 차분해졌고, 그 애는 감았던 눈을 떴다. 조니는 나를 본 다음 화면을 보았다.

"예."

"네가 왠지 그렇게 말할 것 같았어. 지난번 이후로 쇼나를 만날 기회가 없었어. 기계를 좀 더 공부해 보려고 하긴 했는데, 그래도 아직 잘 모르겠어."

"예."

기계의 목소리가 나에게 호통을 치는 것 같다.

"알았어, 알았어. 무슨 말인지 알겠어. 짜증 나지? 너무 천천히 나가서."

"예."

"그래. 그럼 오늘 한번 해 보자. 하지만 너무 많이 나갈 수는 없어. 우리가 제대로 하고 있는지 확인하려면 쇼나를 불러야 해. 인터넷에서 찾아보니까 이건 쓰는 사람에 맞게 조정한다고 해. 그리고 시간 제한이나 다른 것도 설정해야 하고. 그러니까 이런 일을 하기에 내가 적합한 사람은 아니라는 거는 알아 둬. 그래도 일단 해 볼게. 괜찮지?"

"예."

나는 아이콘을 눌러서 철자 조합 화면을 불러왔다. 화면은 열세 개의 사각형으로 나누어져 있었는데 글자들은 화면 양쪽으로 나뉘어 퍼져 있었다. 화면 바닥에는 화살표가 있었다. 그걸 클릭하자 또 다른 글자들이 나타났다.

"이 화살표가 눈동자를 따라 움직이는지 보게 화면을 한번 살펴봐. 네가 어떻게 글자를 만드는지 내가 모르면 화면에서 뭘 설정하는 건 별로 효과가 없을 것 같아. 알겠지?"

조니는 화살표를 보는 데 집중했다. 그러자 첫 번째 철자 세트가 위로 올라갔다가 아래로 굴러 떨어지고 그 자리를 나머지 철자들이 대신했다. 두 화면에는 각각 '예'와 '아니요'가 있었는데 좋은 기능 같았다.

인터넷에서 조사한 철자 조합 훈련 화면에는 사용자가 일상적으로 쓰는 단어들이 있기도 했는데, 그게 화면에 대화 패턴으로 설정되어 있는 것 같았다. 나중에 쇼나를 도와줄 때를 대비해서 조니가 만들려고 하는 글자를 계속 확인해야 할 것 같다.

"굉장한데? 이 화면을 움직이는 건 너한테 달린 것 같아. 너 철자 잘 알아? 그래야 할 텐데. 난 철자엔 꽝이거든."

조니는 웃는 소리를 내고는 화면을 보았다.

"예."

"네가 철자를 잘 안다는 뜻이야? 아니면 내가 철자에 꽝이라는 말이야? 신경 쓰지 마. 썰렁한 농담이야. 그럼 이거 해보자. 허락 없이 했다고 쇼나가 날 죽이지 않으면 좋겠는데. 나는 이 단계를 어떻게 하는지 정확히 모르니까 제대로 작동하지 않을 수도 있어, 알았지?"

나는 조니가 대답을 찾을 수 있게 몇 초 동안 기다렸다.

"예."

조니는 정말로 신나 보였다. 그 애는 철자에 집중하고 있었다. 이 페이지가 어떻게 작동하는지 익히는 데는 시간이 꽤 걸렸다. 처음에는 기계가 아무 의미도 없는 단어들을 왕창 쏟아내서 우리 둘 다 좀 짜증이 나기도 했다.

"기계한테 네가 말을 다 만들었다고 알려 주는 게 분명히 있을 텐데. 이래서 쇼나가 있어야 해."

그러면서 나는 잠시 화면을 바라보다가 뭔가를 발견했다. 화면 맨 아래에 '마침'이라고 써 있는 작은 직사각형이 있었다. 나는 그걸 조니에게 가리키면서 내 이마를 탁 쳤다. 전 세계적으로 '맙소사!'라는 의미의 행동 말이다. 조니가 웃었다.

"글자를 다 만들었으면 저 '마침' 사각형을 쳐다보려고 해 봐."

조니는 이해했다는 듯 나를 바라보며 웃었다.

어쩌면 그걸 몰라본 내가 바보 같다고 웃은 걸지도 모르지만.

그 애는 화면에 집중했다. 조니가 우연히 틀린 글자들을 볼 때마다 아무 의미 없는 말들이 툭툭 나오며 몇 분이 흘렀다. 그러다가,

"안녕."

기계에서 목소리가 나왔다.

나는 조니의 얼굴을 보았다. 특유의 괴상한 웃음으로 일그러진 그 애의 얼굴을.

말도 안 되는 소리인 줄은 알지만, 아주 잠깐 조니는 칼리를 생각나게 했다. 조니의 눈은 이렇게 말하고 있는 것 같았다.

"야, 나 좀 봐! 나 완전 끝내주지!"

한동안 느끼지 못한 감정들이 내 목소리를 앗아갔다. 그리고 아주 작은 속삭임이 내 입에서 공중으로 흩어졌다.

"안녕."

조니는 내 속삭임을 들었다.

그 애의 눈을 보면 알 수 있다.

36

안녕!

내가 알렉산드라에게 '안녕'이라고 말했다!

내가 철자들을 찾아서 하고 싶던 말을 글자로 만들었다. 그리고 알렉산드라가 그 말을 듣고 대답했다.

아주 짧은 단어일지라도 오롯이 나만의 말이다! 누군가 나를 위해 넣어 준 말이 아니다.

아주 오래전 블레인 선생님이 모음과 자음이 결합하는 복잡한 철자 규칙을 우리에게 알려 주셨을 때 집중했던 게 얼마나 다행인가. 다양한 소리를 내는 모음과 자음의 복잡한 규칙들이 있었다. 시끄러운 주변 소리 옆에서 아무 목적 없이 그냥 덤으로 얹어진 묵음도 있었다.

내 세상에서는 모든 단어가 지금껏 묵음이었다.

하지만 이제 아니다.

내가 단어를 만들면, 목소리가 난다. 내 목소리는 아니지만 어쨌든 나의 생각을 말로 표현한다.

철자를 조합하는 것은 시간도 오래 걸리고 피곤한 일이다. 알렉산드라는 기계에 중요한 단어들을 저장할 수 있어서 내가 직접 선택한 단어들이 준비된 화면을 띄울 수 있다고 했다. 쇼나가 어서 시간을 내서 우리가 훈련 속도를 낼 수 있도록 기계 다루는 법을 알려 주면 좋겠다.

지금 나는 단어들과 경주를 하는 기분이다. 빨리 뛰지 않으면 따라잡을 수 없어서 나 없이 단어들만 결승선에 도착할 것 같다.

내가 글을 읽을 수 있고, 철자도 잘 아니까 빨리 진도를 나가야 한다고 쇼나에게 알릴 수 있는 방법을 알렉산드라가 어서 찾았으면 좋겠다. 지금은 오히려 거꾸로 알렉산드라가 말할 수 있는 방법을 내가 찾는 기분이다.

그래도 적어도 이제 알렉산드라는 나에게는 말을 한다. 정말 고맙다.

"안녕, 꼬맹이. 이제 의자에서 내려올 시간이야. 다리가 슬슬 너를 괴롭히기 시작할걸?"

패트릭이 왔다!

알렉산드라는 패트릭이 올 때를 대비해서 마법사를 켜둔 채로 돌아갔다. 패트릭을 깜짝 놀라게 하려고 말이다. 지금이 기회다. 침착해야 한다. 안 그러면 망칠지도 몰라.

침착해, 조니. 넌 할 수 있어. 지금 패트릭에게 말하는 거야.

"안녕."

오늘만 두 번째로, 나는 단 한마디 말로 누군가의 행동을 멈추게 만들었다. 패트릭은 놀라서 조각상처럼 완전히 얼어붙었다. 그는 마치 내가 의자에서 벌떡 일어나 방 안에서 이리저리 탭댄스를 추기라도 한 듯 나를 보았다.

"와! 이거… 대단해! 쇼나가 우리한테 이거 설명할 때 전부 보기는 했지만 진짜 대단해. 그건 이미 말했나? 굉장하다는 말밖에 생각이 안 나네. 뭐랄까… 그래, 지금 나한테 처음으로 말한 거잖아!"

그는 얼어붙은 발이 풀리자 방 안을 이리저리 거닐었다. 그러다 몸을 구부려 내 뺨에 입 맞출 때에는 눈가가 촉촉하고 붉어져 있었다. 얼굴에 따뜻한 기운이 올라왔다. 패트릭이 입은 셔츠에 그려진 바보 같은 만화 주인공처럼 내 뺨도 빨갛겠지.

"이거 정말 굉장하다, 꼬맹아. 네가 자랑스러워. 너랑 이걸 연습 할 수 있게 시간을 내야겠어. 약속할게. 다음에 알렉산드라가 와 있을 때 나한테 다시 보여 줘. 알았지?"

"예."

"'예'라고! 처음엔 '안녕'이라고 하더니 이젠 '예'까지! 진짜 짱이다! 나 너무 애처럼 말하지. 그치만 정말 애가 된 기분이야. 내 말은, 그러니까… 이런 거 텔레비전에서 본 적 있거든. 그치만 누군가 이렇게 직접 말하는 걸 생생히 본 건 처음이야. 네가 이걸 쓰는 걸 본 것도 처음이고. 너한테도 정말 굉장하겠지. 처음으로 말을 한다는 건. 그런데 지금은 너무 피곤해 보여. 그러니 오늘은 여기까지만. 이건 내가 끝낼게. 쇼나가 알려 준 게 기억나야 할 텐데."

패트릭은 행복해 보였다.

내게 일어난 일로 행복한 누군가가 있다는 건 기분 좋다. 그는 나를 침대로 옮겨 마법사와 나를 다시 침묵으로 돌려 놓았다. 패트릭은 나를 옮길 때 두 사람 몫을 거뜬히 해낸다. 빠르고, 가장 아프지 않게 나를 보살피는 데에는 패트릭이 세상 최고다.

하지만 '가장 아프지 않게'라니. 참 웃긴 말이다.

고통이 별로 없다는 걸 의미하겠지만 내가 진짜 하고 싶은 말은 그게 아니다. 패트릭이 나를 옮겨 줄 때면 다른 사람들이 해 줄 때보다 덜 아픈 것이다. '가장 아프지 않게'라는 건, 결국 아프지 않은 것과는 다르다. 어떻게든 고통이 따르는 것이다.

말이란….

방금 패트릭은 내가 처음으로 말을 했다고 했다.

사실이 아니다.

아마 내 안에 꿈과 희망, 온갖 생각과 상상, 감정들로 만든 나만의 이야기와 시가 살아 있는 걸 패트릭이 알면 놀라겠지. 그는 내가 이것들을 다른 사람이 들을 수 있게 밖으로 내보이지 못해서 안됐다고 생각할지도 모르지만, 나는 지금까지 그것들을 간직할 수 있어서 행복했다.

어쨌든 그건 나만을 위한, 나만의 것이니까.

내 안의 생각들이 모두 바깥세상의 말로 바뀔 수 있을지 잘 모르겠다. 게다가 어떤 생각들은 밖으로 내보내기에는 너무나 소중하다.

물론 다 그런 건 아니다. 대부분은 내 안에 너무 오랫동안 갇혀 있었고, 이제 정말 날아갈 준비가 끝났다!

패트릭은 갖가지 생각들이 내 마음속에 소용돌이치고 있다는 것을 모른다. 이 생각들은 바깥으로 나가 세상에 내가 누구인지 보여 줄 기회만을 엿보고 있다.

드디어 나의 말들이 벽을 깨고 나올 기회를 얻었다.

세상아, 기다려!

37

Alexandra

"그래서 내가 쇼나에게 메일을 보냈어. 내 생각엔 네 능력에 비해 진도가 느린 것 같다고. 쇼나가 알았다면서 나한테 철자 조합 화면을 어떻게 작동하는지 알려 줬어. 그리고 도전해 볼 새로운 단어들도 설정해 주고 너에게 중요한 단어들을 저장하는 방법도 모두 알려 줬어."

나는 조니를 향해 글자가 빼곡한 서류를 살짝 흔들어 보였다. 조니는 눈을 크게 뜨고 나를 뚫어져라 바라보았다. 그러자 순간 조니에게 먼저 묻지도 않고 이 모든 일을 진행시켰다는 걸 깨달았다. 마치 그 애를 아이처럼 대한 것이다. 잘한다, 알렉스.

"이렇게 한 게 네 마음에 들면 좋겠다. 이게 좋은 생각일지 너한테 먼저 물어봤어야 했는데. 내가 쇼나를 데려오겠다고 말했지만 그럼 너무 오래 기다려야 할 것 같더라고. 너를 따돌리거나 그런 게 아니야. 너한테 먼저 말할 걸 그랬다. 나 진짜 별로지. 미안해. 지금이라도 물어볼게. 마음에 들어?"

나를 보는 조니의 눈은 말 그대로 반짝이고 있었다. 내 사과를 받아 준 것 같다. 나를 보고 살짝 웃어 준 것 같기도 하다.

기계는 켜 둔 상태로 대기 중이었다. 조니는 나에게서 눈을 돌려 기계를 골똘히 보았다.

"예."

이 기계는 늘 똑같은 소리를 낸다. 신나는 억양은 아니지만 나는 그렇게 들리는 척했다. 조니는 정말로 들떠 있었다. 나는 손에 든 서류를 보았다. 기본적으로 암기해 두었지만 약간 긴장됐다. 내가 제대로 하고 있는지 확인하고 싶었다.

"좋아. 음, 여기 쓰여 있는 대로라면 우선 기본 초점 맞추기 연습을 더 해야 돼. 그다음에 원하는 철자를 가져오는 거야. 그 철자들을 한데로 모을 수 있게 충분히 빨리 가져와야 해."

오늘 말을 너무 많이 하고 있다. 아마 나도 들떠 있는 것 같다. 확신할 수는 없지만. 이런 감정을 느껴본 지 너무 오래돼서 그게 어떤 느낌인지 기억나지 않는다.

우리는 연습을 시작했다. 조니는 몇 개의 다른 단어들을 만들어 보려 했다. 어떤 조합은 말이 되었지만 그렇지 않은 것도 있었다. 조니가 직접 철자를 다 고르기도 전에 기계가 자동으로 단어를 완성할 때도 있었는데 조니는 그때마다 정말 깜짝 놀랐다. 휴대전화의 단어 자동 완성 기능을 켜 두고 문자를 하는 것과 비슷했다. 미리 말해 준다는 걸 깜빡했다. 조니는 문자를 해 본 적이 없을 텐데…

"미리 말해 준다는 걸 깜빡했어. 이 기계는 네가 무슨 단어를 쓸지 추측하도록 설정되어 있어. 너 대신 글자를 완성하는 거야. 이해 가?"

"예."

"혹시 그게 네가 하려던 말이 아니면, 쇼나가 일단 '아니요' 사각형을 누르라고 했어. 일단 네가 자주 쓰는 단어들이 설정되면, 크게 문제 되지 않을 거야. 잘 활용하면 철자를 많이 쓸 필요가 없을 테니까."

우리는 입력된 단어 페이지로 넘어가기 전에 철자 연습을 한 번 더 했다. 쇼나는 조니가 철자를 안다고 가정한 채로 내게 설명하기를, 기계에 저장된 단어 사전에서 조니가 어떤 단어를 쓰고 싶어 하는지 알아내려면 오래 연습해야 한다고 말했다.

나는 조니가 철자를 안다고 생각한다.

아니, 조니는 철자를 아주 잘 안다.

"쇼나가 시험 삼아 해 보라고 단어를 몇 개 골라 줬어. 쇼나 말로는 각 위치에 있는 게 어떤 단어고 그게 어떤 말인지 너한테 단어를 읽어 주라고 했어."

"아니요."

조니는 나를 보았다. 눈빛으로 그 말을 강조하고 있었다. 뭐가 아니라는 거지?

"단어 연습을 하고 싶지 않다는 말이야?"

"아니요."

더 세게 강조. 확실히 아니라는 거다. 조니는 약간 화가 난 것처럼 보였다. 뭔가 불만이 있는 것처럼. 조니가 이러는 건 처음 본다.

맹세컨대, 조니의 눈 안쪽에서 칼리의 작은 불꽃이 일렁이고 있었다. 나는 깜짝 놀라 머리를 굴려 보았다.

"단어를 읽어 주지 말라는 뜻이야? 왜냐하면 너는 혼자서도 아주 잘 읽을 수 있으니까. 그리고 내가 그걸 알아야 한다는 거지?"

"예."

조니는 웃었다. 기계음이 아닌 자기 모습 그대로. 보통 조니의 웃음은 짧고 다정하다. 그런데 이번에는 웃음이 길어지는 것 같더니 기침으로 바뀌었다.

조니는 기침을 하다가 숨이 막히는 것 같았다. 눈에 눈물이 가득 고였고 나는 당황했다.

"누굴 부를게!"

나는 침대 곁으로 뛰어가 침대 틀에 붙은 조그만 긴급 호출 버튼을 눌렀다. 조니가 이걸 직접 누를 수 없는데 대체 무슨 소용이 있나 항상 궁금했지만 이제는 더 이상 궁금하지 않다.

"무슨 일이야?"

패트릭이 차분한 모습으로 들어왔다. 나는 조니를 가리켰다. 기침은 심하지는 않지만 아직 멎지 않았다. 패트릭은 조니에게 다가가 몸을 굽혀 얼굴을 마주 보았다. 그는 손을 기침으로 들썩이는 조니의 가슴에 대 보더니 청진기를 꺼냈다. 그러고는 한 손으로는 부드럽게 조니의 머리를 쓰다듬으면서 다른 한 손으로는 청진기로 숨소리를 들었다.

"자, 꼬맹아. 숨을 천천히 쉬어 봐. 소리가 그렇게 나쁘지는 않은데. 조니, 스스로 해낼 수 있지."

그는 시계를 보았고 손은 여전히 조니의 머리칼을 쓰다듬고 있었다. 패트릭을 보는 그 애의 눈빛은 부드럽고 믿음이 가득했다. 기침이 잦아들었다. 패트릭은 그 애의 뺨을 쓰다듬고는 미소 지었다.

"잘했어. 이제 긴장 풀어도 돼. 잠깐 침대로 돌아갈까?"

"아니요!"

말이 분명히 강조돼서 튀어나왔다. 패트릭은 약간 놀란 것 같았다.

"아직 적응은 안 되지만 마음에 들어! 좋아, 조금 더 있어도 돼. 하지만 알렉산드라가 갈 때까지만이야. 그리고 더 이상 기침은 안 돼. 알았지?"

"예."

패트릭은 환하게 웃고는 조니의 뺨을 어루만졌다. 조니가 패트릭을 보는 눈빛은 칼리가 매트를 이야기할 때와 똑같았다.

"너 피곤할 것 같아. 오늘은 그만하자."

"아니요."

"일단 알았어. 대신 좀 천천히 하자."

"아니요."

"내 말은 오늘만 그러자는 거야. 오늘은 일단 철자만 연습하고 새로운 단어는 다음에 하자. 그래도 그 전에 너한테 정말 중요한 단어를 하나 만들어 보는 게 어때?"

"예."

조니는 다시 철자들을 가지고 씨름하기 시작했다. 시간이 오래 걸렸고 기계는 이상한 소리의 조합을 여러 개 뱉어 냈다.

"비."

"비? 비라고 말하는 거야?"

"예. 아니요."

"맞아? 아니라는 거니?"

"예. 아니요."

나는 조니를 보았다. 조니의 얼굴은 집중하느라 잔뜩 구겨져 있었다. 동시에 '예'와 '아니요'를 일부러 말하는 게 확실하다. 무슨 뜻이지?

맞으면서 틀리다.

"네가 비라고 말하려는 건 맞지. 하지만 그게 비를 뜻하는 게 아니야. 우리 꼭 스무고개 게임하는 것 같다. 이런 말이 도움이 되지는 않겠지. 아무도 너랑 스무고개 게임을 하지는 않았을 테니까."

나는 주절대고 있었다. 주절대다니. 한동안 그러지 않았는데. 당장 그만둬야 한다.

"비에 관련된 단어를 말하고 싶은 거야? 아니면 비가 들어간 말이야?"

"예."

제대로 물어봤다. 하지만 뇌가 안 돌아가고 있어서 두 개를 동시에 묻고 말았다. 오늘은 비가 오는 게 아니니까 비를 말하려는 건 아닌 것 같다. 비와 관련된 말이 뭐가 있을까? 빗물, 빗소리….

"우비?"

대답을 듣기도 전에 눈빛을 보니 틀린 걸 알겠다. 보나마나 확실하다. 조니가 대체 왜 우비를 말하겠는가. 아직 스무고개 게임을 하고 있는 기분이다. 그런데 지고 있다!

"빗방울?"

"아니요."

당장 답을 맞히지 못하면 분명 나는 탈락하고 말 거다. 알렉스, 힘을 내라! 비와 관련된 단어가 뭐가 있지? 이렇게 필요할 때 노트북은 대체 어디 있는 거야?

"무지개?"

"네!!"

조니의 눈에는 말 그대로 느낌표 두 개가 떠올랐다. 나는 조니가 너무 흥분해서 또 기침을 하지는 않을까 걱정됐다.

"무지개를 말하고 싶었구나. 무지개 좋아해?"

"예."

"나도. 참 예쁘지."

"예."

조니는 뭔가를 더 말하고 싶어 하는 것 같았다. 조니의 시선은 나를 벗어나 좌우로 움직였다. 방 안에 있는 뭔가를 찾는 게 분명했다. 조니의 눈길을 따라가 보려고 했지만 쉽지 않았다. 그 뭔가가 쉽게 찾아지지 않는 모양이었다.

조니의 눈길은 계속 위로 올라가 침대 위쪽까지 닿았다. 따라가 보니 거기엔 호출 버튼이 있었다. 나는 다시 패트릭을 불러 달라는 건지 궁금했다. 어쩌면 눕고 싶은지도 모르겠다.

"침대에 눕고 싶어? 패트릭 부를까?"

또 질문이 두 개다. 침착하라고, 알렉스! 나는 이곳에 내가 알아채지 못하고 있는 정말 중요한 뭔가가 있는 기분이 들어 살짝 당혹스러웠다.

"아니요."

그럴 수만 있다면 조니는 답답함에 소리를 질렀을지도 모른다. 나는 침대 위쪽의 벽을 다시 훑어보았다. 조니의 시선을 따라 훨씬 위로 올라가서야 그 무언가를 볼 수 있었다.

그곳에는 색이 바랜 돌멩이들을 엮은 목걸이가 걸려 있었다. 전에도 왜 저기 목걸이가 있는지 궁금해한 적이 있다. 돌멩이 하나하나 모두 다른 색인 예쁜 목걸이였다. 빨강, 노랑, 분홍, 초록….

보라, 주황, 그리고 파랑.
나는 무지개를 그릴 수 있지… 무지개를 그릴 수 있어….

이 노래를 어떻게 알았는지 모르겠다. 어렸을 때 들었을까?

누군가 내게 이 노래를 불러 준 아주 오래된 기억이 있다. 엄마였을까?

"이게 너의 무지개야?"

목걸이를 가리키며 물었다. 나는 조니도 목걸이를 볼 수 있게 조니 옆으로 비켜섰다.

"예."

조니가 말했다.

천장을 올려다보는 조니의 눈빛은 빛났다. 웃음이 나왔지만 그 애를 보고 고개를 저었다. 아니, 나 자신을 향해. 조니는 목걸이의 돌멩이에서 색깔이 가득한 무지개를 보고 있었다.

지금까지 나는 무지개에서 회색 그림자만 보았다. 이제야 내가 무지개를 알아볼 만큼 색깔을 찾은 것에 감격했는지 조니의 눈은 반짝이고 있었다. 그 애는 자기 인생에서 가장 큰 상을 받은 것처럼 기뻐했다.

하지만 상을 받은 사람은 바로 나다.

38

"폐렴이라고요? 또? 확실해요? 화요일엔 멀쩡했어요. 이 기계로 나한테 말까지 했다고요. 발작적으로 기침 몇 번이 나온 것뿐이에요. 여태껏 잘 버텼잖아요!"

패트릭의 목소리는 캐슬린을 향해 거칠게 쏟아져 나왔다. 그는 내 머리칼을 뒤로 넘기며 이마를 쓰다듬었다.

"패트릭, 이런 일이 잦다는 거 잘 알잖아. 지난주에 우리 병동에만 폐렴이 세 건이었어."

캐슬린의 대답은 부드러웠다.

"알죠. 하지만 이 앤 너무 어려요. 지금도 충분히 힘들다고요. 진짜 잘 해내고 있었는데…."

패트릭의 목소리는 잠겨서 이상하게 들렸다.

"글쎄, 어떻게 될지 우리도 알 수 없어. 이것보다 심한 병치레도 견뎌

냈잖아. 어떤 일이든 일어날 수 있는 거야."

두 사람이 나를 보는 게 느껴졌다. 그들은 내 안을 들여다보면서 의식이 있는지 확인하려고 애썼다. 내 눈이 허락하지 않는 한 그걸 알기란 쉬운 일이 아니다.

내가 깨어 있다는 걸 알려 주고 싶다. 눈을 떠야 한다. 그런데 기분이 이상하다. 피곤하다. 계속 잠을 잤는데도. 지난 며칠 동안 계속 잠만 잔 것 같다. 지금도 할 수 있는 거라곤 자는 것뿐이다. 가슴 위에 누가 올라와서 앉아 있는 기분이다.

알렉산드라나 쇼나 누구도 만날 수 없다. 눈이 떠지지 않아서 무지개로도 들어가지 못했다.

하지만 느낄 수는 있다. 마음속의 색깔들은 여전히 보인다. 색깔은 참 놀랍다. 색깔 없는 세상을 상상할 수 있을까? 얼마나 지루할까? 내게 색깔은 마법 같은 존재다. 누가 음악을 좀 틀어 주면 좋겠다. 음악은 귀를 위한 색깔 같다. 알렉산드라가 와서 브로드웨이 뮤지컬을 들려 주면 얼마나 좋을지. 알렉산드라는 어디에 있을까? 아마도 내가 너무 아프니 알렉산드라에게 여기 오지 말라고 한 것 같다.

내가 또 심하게 아픈 건 나도 안다. 폐렴이다. 전에도 앓았다. 이런 말을 할 때 패트릭은 꼭 싸우고 싶은 적을 말하는 것처럼 화가 나 있었다.

아프다는 사실에 화를 낸다고 내가 낫지는 않는다. 어두운 감정은 밝은 감정보다 더 많은 에너지를 빼앗아 간다.

패트릭은 내가 걱정되어 화가 나는 것 같다. 내 폐가 패배할까 봐 두려워서. 누군가 죽으면 그 사람을 사랑한 사람들은 가슴이 찢어진다고 한다. '가슴이 찢어진다.' 그 슬픔에 비하면 사랑스러운 말이다. 아주 간절히 사랑하는 사람을 잃으면 가슴이 조각조각 찢어진다는 말. 내가 죽어도 누군가의 가슴이 찢어질까?

세상에 홀로 남은 여자아이에 관한 이야기를 들은 적이 있다. 이 여자애는 기침도 안 하고, 걷고 말하며 숨 쉴 수 있었지만 사랑할 사람이 없었다. 이야기를 듣자 사랑이 무엇인지 궁금해졌다. 누군가 나를 사랑하는 것을 어떻게 알지? 나를 사랑하려면 그 사람들이 나와 연결이 되어 있어야 하나? 내가 그 사람들과 연결되어 있으니 자동으로 나를 사랑하는 걸까? 부모님은 나를 사랑한 적이 있을까? 혹시 아직도 사랑할까? 그러면 나는 그들을 사랑하나? 만약 내가 엄마아빠를 다시 볼 수 있다면 어떤 기분일까? 사랑이라고 느낄까?

사랑이 어떤 느낌인지 내가 알기는 할까?

나를 사랑하는 사람이 있기는 할까? 나를 보살펴 주고 마음을 써 주는 사람이 많다는 건 안다. 하지만 사랑은 잘 모르겠다.

요즘 계속 죽음을 생각하게 된다. 죽음은 사람들을 얼마나 슬프게 하는가. 죽음이라는 게 슬픈 건지 아닌지도 확신할 수 없다. 사람들을 화나게나 두렵게는 하는 것 같다. 아마 죽음을 이해할 수 없어서 그렇지 않을까. 사람들은 자신이 이해할 수 없는 것들을 두려워한다.

그러니 죽음의 진짜 문제는 살아 있는 사람은 죽음을 절대 알 수 없다는 점이다. 할 수 있는 것은 추측과 상상뿐. 이게 사람들을 두려움으로 몰아세운다. 이해할 수 없고 통제할 수 없으니까. 그런 이유로 죽음은 사람들을 화나게 한다.

나는 설령 죽음이라도 내 안의 깊은 곳을 바꾸지는 못한다고 생각한다. 나는 나를 아낀 사람들 곁에 여전히 있지만 그저 그들이 더 이상 내 몸을 볼 수 없는 것뿐이다.

생각과 질문이 너무 많다. 마법사도 며칠 동안 눈뜨지 못하고 있다. 눈을 뜨지 못할 때는 좋은 일이 없다. 일단 내가 기력을 되찾고 의자에 앉을 수 있다면, 나는 마법사로 질문하는 연습을 하고 싶다. 내 질문에 하나라도 더 답을 구할 수 있게 말이다.

그리고 알렉산드라에게 무지개 이야기를 더 들려줘야지! 드디어 누군가가 내게 무지개가 있다는 걸 알게 되다니. 믿을 수 없다. 지금껏 있던 일 중 최고로 놀라운 일이다.

"조니? 너 거기 있니?"

패트릭의 목소리가 나지막하게 들려온다. 캐슬린이 나가는 소리는 못 들었지만 아마 패트릭 혼자 남은 것 같다. 지금껏 사람들이 나가는 소리는 들어 본 적이 없다. 또각거리는 알렉산드라의 구두 소리가 날 때와 패트릭이 큰 소리로 인사해 주고 나갈 때를 제외하면.

"오늘은 정말 여러 가지 표정을 보여 주네. 일어나려고 애쓰는 거 알아. 이미 깨어 있을 수도 있겠다. 그랬다면 미안해. 아까 큰 소리 내서. 난 가끔 말이 너무 많다니까."

사실 패트릭은 언제나 말이 많다. 병원에서 패트릭보다 수다스러운 사람은 없다. 보통 말이 많은 사람들과 있으면 말을 좀 덜 하기를 바라곤 하지만 패트릭이 하는 말은 언제나 환영이다. 나는 그가 하는 말에는 언제나 진심으로 웃는다. 단, 화내는 건 빼고. 패트릭이 화내는 걸 들은 건 오늘이 처음이다.

이따금 방에서 다른 사람들 목소리가 들리는 것 같다. 나에 대해 이야기를 한다. 그들이 누군지 늘 알 수는 없다. 목소리를 구분하는 게 평소보다 어렵다. 마음에 구름이 잔뜩 드리워서 나를 둘러싼 사람들 위로 폭우라도 쏟아질 것만 같다. 내가 작디작은 빗방울이 되어 의사와 간호사 머리를 흠뻑 적실 것 같다. 그 광경을 눈으로 볼 수 있을까?

참 이상하다. 왜 그런 생각을 했지? 원래 무슨 생각을 하고 있었지?

생각이 또 사라지기 전에 집중해야 한다.

좋다, 말들. 요즘 사람들이 내 방에서 하는 말을 떠올리고 있었다. 누가 말하며, 뭘 말하는지 내가 늘 알아낼 수 있는 건 아니다. 가까스로 들은 사람들의 말은 내가 폐렴에 걸렸다고 의사가 진단했다는 사실과 사람들이 그걸 걱정하고 있는 것이었다. 심한 기침과 가슴 통증을 고상하게 표현하자면 그게 폐렴이다. 실제로는 전혀 고상하지 않지만. 폐렴은 너무나 아프다. 그리고 내게서 모든 걸 앗아간다. 내 무지개까지도.

지금은 구름이 내 마음속의 그림들까지 덮어 버려서 아무것도 볼 수 없다. 그냥 계속 자고 싶은 기분만 든다. 전에는 이런 기분을 느끼지 않았는데. 나는 눈을 감는 걸 좋아했던 것 같다. 하지만 지금 보이는 이런 암흑을 좋아한 건 아니다. 내가 눈을 감으면 뭐가 나왔지… 아, 기억이 안 난다. 하지만 이것과 달랐던 건 확실하다. 이보다 더 밝고, 더 많은 색깔이 있었다. 어쩌면 그냥 내가 상상한 것일지도 모른다.

이렇게 캄캄하고 구름이 낀 곳에서는 아무것도 확신할 수가 없다.

여기가 싫다.

여기에서는 내가 혼자인 것만 같다.

알렉산드라는 내게 회복할 시간을 주려고 오지 않고 있는 것 같다. 그 마음을 이해는 하지만 나는 알렉산드라가 보고 싶다. 그 애도 내가 그리 워하는 걸 알까?

눈을 떠서 내가 깨어 있다고 알리고 싶다. 그걸 알리면 사람들이 가서 알렉산드라를 데려올지도 모른다.

여기 이렇게 누워서 누군가 옆에 함께 있어 주기를 바라기는 하지만 다른 한편으로는 결국 이렇게 혼자라서 다행인 것도 같다. 생각들은 점 점 흐려지고, 마음은 캄캄해지고 있다. 자야 할 시간이다. 운이 좋다면 이번에는 몇 개라도 색깔들이 끼어들어서 한두 개쯤 꿈을 꿀 수 있을지 도 모른다.

내 꿈은 늘 색깔로 가득했다.

그랬던 것 같다.

39

Alexandra

일주일이 넘게 조니를 보지 못했다. 병원에서는 계속 내가 만나기에는 조니가 너무 아프다고만 말한다. 오늘도 찾아가 보려고 했지만 병원에서 전화가 왔다. 조니가 아직 자고 있고, 내가 가도 깨어나지 않을 것 같다고 했다.

뭐 때문에 아픈 걸까? 내가 사람들에게 그걸 물어볼 방법을 찾아낸다고 해도 아무도 나에게 말해 줄 것 같지는 않다.

내가 뭘 하면 좋을지 고민하며 그냥 여기에 앉아 있다. 요즘 나는 아무 것도 생각하지 않으려고 애쓰면서 이렇게만 있다. 결국 그게 모든 일을 생각하게 만든다.

하기는 싫지만 학교에서 공부를 해야 한다는 생각은 든다. 내가 공부를 완전히 그만두면 학교 애들에 비해 매우 뒤처질 것이고, 그럼 나를 학교로 돌아가게 하려는 정신 나간 계획을 그만둘지도 모른다.

그게 그렇게 쉬운 일이라면 말이다.

학교에 있는 내 모습은 상상도 되지 않는다. 그럴수록 내 마음은 백지가 된다. 그리고 곧 떠올리고 싶지 않은 생각들이 끊임없이 되살아나 머릿속을 채운다. 그리고 내 머릿속은 엉망진창이 된다.

아무래도 당분간은 이런 나로부터 도망쳐야 할 것 같다.

사실 나에게 오늘 조니를 보면 안 된다고 말한 사람은 아무도 없다. 오늘은 '너무 아프다'는 말도 하지 않았다. '계속 자고 있다'고 했을 뿐이다.

조니는 누군가 찾아오기를 바라고 있을지도 모른다.

나는 집을 나와 서둘러 병원을 향해 걸어갔다. 평소에 나는 빨리 걷는다. 최대한 빨리 걸어서 알아보기 힘든 흐릿한 점처럼 보이게 해서 사람들이 날 알아볼 수 없게 한다. 그런데 오늘은 발에 달린 날개가 사라졌다. 진창을 걷는 것처럼 발이 꿈적거린다. 그렇지만 나를 알아보는 사람은 없다.

오늘 병원은 평소보다 더 조용하다. 나는 혼자 엘리베이터 옆에 붙은 거울 속의 나를 바라본다. 왜 이런 데에 거울을 붙여 놓았는지 이해가 안 간다. 왜 사람들은 병원에서 거울 속의 자신을 들여다보고 싶어 하는 걸까. 나를 보고 싶지 않다. 하지만 옆에 있으니 보지 않을 수가 없다.

거울 속의 내 눈은 퉁퉁 부어 있다. 아마 잠이 부족해서겠지. 매일 밤 잠자리에 들고 눈을 감는다. 가끔 꿈을 꿀 때도 있다. 그렇지만 잠을 많이 자지 않는다. 그저 내가 누구인지 알아내려 마음속을 떠돌고 있다.

눈빛은 멍하다. 눈 색깔조차 보이지 않을 정도다. 그냥 회색 비슷하게 보인다. 칼리가 여기 있었다면 내 눈을 밝게 만들어 주려고 당장 화장품 가방을 꺼냈을 텐데.

조니가 계속 잠을 자서 이런 내 모습을 안 보는 게 더 나을지도 모른다. 나를 보면 놀랄 테니까.

조니 눈은 무척 아름답다. 가끔 조니가 나를 볼 때면 그 두 눈이 꼭 엑스레이처럼 내 안 깊은 곳까지 투시하는 느낌이 든다. 병원에 오려고 만들어 낸 내가 아닌 진짜 나를 보는 것 같다.

엘리베이터가 도착했고, 나는 조니가 있는 층으로 올라가면서 슬쩍 비쳐 보이는 내 얼굴을 외면했다. 나는 내려서 곧바로 조니의 방으로 향했다. 혹시라도 우연히 누굴 만나 말을 할 일이 없기를 바라면서. 나에게는 사람들과 말하는 게 좋은 일이 아니다. 말은 기억을 너무 많이 되살리거나 혹은 너무 많이 사람을 울릴 뿐이다.

"알렉산드라? 미안해, 내 메시지 못 받았니?"

복도를 따라 난 여러 개의 문 중 하나에서 패트릭이 나타났다.

"받았어요. 하지만 오지 말라고는 안 했잖아요."

패트릭은 약간 놀란 것 같았다. 나도 모르게 입에서 완전한 문장이 나오자 나 역시 놀랐다. 내가 말하러 온 사람은 패트릭이 아닌데. 그는 잠깐 나를 보더니 고개를 살짝 끄덕였다.

"그랬구나. 음… 괜찮을 것 같아. 마스크는 써야겠지만. 조니도 오늘은 조금 괜찮아 보여. 그래도 아직 나가 있긴 하지만."

"나가 있다뇨?"

"사실 일주일 넘게 의식이 없는 상태야. 그동안 굉장히 아파서 약도 많이 썼고. 방에 있는 물건이나 사람을 알아볼 수 있는지 잘 모르겠지만,

일단 나는 계속 말을 걸고 있어. 책을 읽어 주거나 CD 같은 걸 같이 들어도 좋겠다. 혹시 가져왔다면."

"알겠어요. 감사합니다."

패트릭이 준 마스크를 쓰고 조니의 방으로 가면서 머릿속으로 내 머리를 쥐어박고 있었다. 혼자 감상에 젖어서 뭘 가져올 생각은 하지 못했다. 아무것도 없이 내 몸 하나뿐이다. 불쌍한 조니.

나는 보통 때와 다르게 구두 소리가 나지 않도록 까치발로 걸어 병실로 살짝 들어갔다. 여기 올 때는 정말 운동화를 신어야 한다. 이곳은 조용한 동시에 놀랄 만큼 시끄럽기도 하다. 말이 안 되는 말 같지만 사실이다. 약 똑똑 떨어지는 소리, 기계가 쉭쉭거리며 돌아가는 소리, 그리고 정말 집중하면 부드럽게 속삭이는 것 같은 숨소리까지도 들을 수 있다. 하지만 그게 전부다. 뭔가 살아 있다는 징후는 없다. 조니의 말을 옮겨 주는 기계 목소리도 없다.

나는 침대에 누워 있는 조니를 보았다. 오늘 조니의 얼굴은 전혀 찡그려지지 않았고 차분했다. 팔, 다리도 약을 먹어서인지 평화로웠다.

그 애의 의자는 빈 채로 창가에 놓여 있다. 그 애의 말을 옮기는 기계는 전원이 끊어진 채로 병실 구석의 작은 테이블 위에 놓여 있었다. 저 기계는 말하고 싶어 하는 한 쌍의 맑은 눈동자 없이는 쓸모없는 새카만 쇳덩이일 뿐이다.

목이 아프고 눈이 따끔거렸다. 제발 그만둬. 조니는 그냥 아픈 것뿐이야. 전에도 아팠지만 나았듯이 지금도 점점 좋아지고 있을 테니까.

내가 왜 이렇게 화가 나는지 모르겠다. 그러니까, 나는 조니에 대해 아는 게 거의 없는데.

그런데 왜 나는 친구를 잃는 것처럼 겁이 나지?

서로에 대해 공유하는 게 없어도 우리는 친구가 될 수 있을까? 사실 우리 둘 다 말이 없다는 것 빼고는 공통점이 거의 없다. 내가 이제 그마저도 깨뜨렸지만.

아니, 혹시 공통점이 있을지도 모른다. 내가 그걸 모르고 있을 뿐이지. 조니의 겉모습이 아닌 내가 생각한 저 몸 속의 진짜 조니는 나만의 상상에서 나왔다. 그냥 내가 멋대로 만들어 낸 것이다.

나는 친구가 많았던 적이 없다. 항상 혼자였다. 노래하느라, 학교에서 낙제하지 않으려고 애쓰느라 언제나 바빴다. 그러다 칼리가 나타났고 갑자기 최고의 친구가 생겼다. 그렇다고 우리가 공통점이 많았을까?

우리는 음악을 좋아했다. 좋아하는 음악 취향은 정말 달랐지만. 노래하는 자세도 그렇다. 나는 노래를 부르는 걸 심각하게 받아들였지만 칼리는 그렇지 않았다.

우리는 같은 영화를 좋아해 본 적이 없다.

칼리는 쇼핑하는 걸 좋아했지만 나는 아니었다.

우리 둘 다 남자애들을 좋아했지만 칼리는 그 애에게 직접 말을 걸었고, 나는 그렇게 못 하는 유형이었다.

칼리는 책을 싫어했고, 나는 책 읽기를 정말 좋아한다.

우리한테는 공통점이 많지 않았다.

하지만 우리는 친구였다.

사람들은 그냥 자기가 원하는 대로 친구를 상상한 건지도 모른다. 어쩌면 친구 사이에는 오직 상대방의 존재만을 공유하는 건 아닐까?

마지막 말을 칼리가 못 들어서 정말 다행이다. 들었다면 분명 고리타분하다고 했을 테니까.

조니와 나는 기계로 말한 첫 단어를 함께 나누었다. 그건 진짜다.

그리고 그 애의 무지개.

조니의 아름다운 돌멩이 무지개.

조니가 내게 그걸 말하자, 나는 바로 무지개를 알아볼 수 있었다.

나에게 그걸 전하려고 그 애는 엄청난 노력을 했다. 조니만의 무지개가 있다는 것을 아는 사람이 조니 인생에 몇 명이나 될까? 내가 무지개를 알아본 순간 조니의 눈빛으로 보건대, 아마 이 비밀을 아는 사람은 나뿐이다.

조니는 자신이 누군지 나에게 말해 주려고 필사적으로 노력했다.

하지만 나는 나에 대해 아무것도 알려 주지 않았다.

시간이 지날수록 나는 조니가 어떤 사람인지, 어떤 생각을 하고 있는지 점점 궁금해졌다. 조니도 나에 대해 똑같이 궁금해할 거라고는 미처 생각하지 못했다.

나는 조니의 친구가 되고 싶다. 서로를 공유할 수 있는 진짜 친구.

친구가 되는 게 약간 두렵다. 내 진짜 모습을 알면 나를 좋아하지 않게 될까 봐 걱정된다. 나의 진짜 모습이 어떻든 간에.

40

"조니? 나야. 내 말 들려? 안 들리려나. 어쩌면 그게 더 낫겠다. 아무튼 오늘은 아이 게이즈를 쓸 수 없어서 내가 너를 좀 지루하게 할 것 같아. 이제부터 내 이야기를 할 거거든. 네가 관심이 있다면."

알렉산드라는 잠시 말을 멈추었다. 나는 어서 계속하라고 말하고 싶었다. 말은 아주 잘 들리고, 네게 엄청 관심 있으니까!

"내 이름은 알렉산드라 테일러야, 그건 알지? 알렉스, 렉시. 네가 부르고 싶은 대로 불러. 난 열일곱 살이고, 우린 동갑이야. 이미 알고 있을지도 모르겠다. 이거 생각보다 힘들다. 벌써 나부터 지루한데."

전혀 지루하지 않다. 알렉산드라를 부르는 앞의 두 이름과 나이는 알았지만 렉시라고도 부른다는 것은 처음 들었다. 예쁜 이름이다. 알렉산드라처럼. 누가 그 애를 그렇게 부르는 걸까?

내 이름도 '조앤'이지만 사람들은 모두 나를 조니라고 부른다.

무엇보다도 알렉산드라의 입에서 이렇게 많은 이야기가 나온다는 사실에 너무 놀랐다. 그 애가 말을 멈출까 봐 숨쉬기도 겁이 났다. 좀 웃긴 생각이긴 하다. 사람들은 모두 내가 계속 숨을 쉴 수 있도록 애를 쓰고 있으니까.

"그리고, 음… 나는 꽤 근사한 학교를 다녔는데 거기서 음악을 공부했어. 밀스트리트에 있는 공연예술학교 말이야. 나는 가수나 연기자가 되고 싶었어. 이상해. 나는 항상 조용하고 진지한 애였거든. 수줍음도 정말 많이 타고. 잘 모르겠어. 칼리를 만나기 전까지 나는 늘 혼자였어. 칼리는 내 가장 친한 친구였고. 항상 시끄럽고 완전 제정신이 아니었지. 물론 재밌는 쪽으로. 그 애는 나를 이리저리 휘두르고 곤경에 빠뜨리는 걸 좋아했어. 덕분에 내 인생은 통째로 뒤집혔어. 한번은 이랬던 적도 있어…"

알렉산드라는 말하고 또 말했다. 자기 인생을 하나의 그림으로 그려 내게 보여 주었다. 이렇게 많은 말이 알렉산드라의 입에서 나올 수 있다니 믿기지 않았다. 알렉산드라가 마음 깊은 곳에 말을 숨겨 두고 있었다는 건 알았지만 다시는 이런 이야기를 들을 수 없을 거라는 생각이 들기 시작한다.

이제는 내가 이 이야기를 다 기억하지 못할까 봐 걱정된다. 계속 나를 암흑 속에 밀어 넣던 먹구름이 오늘은 조금 걷혔지만 아직도 내 마음은 뭐랄까 흐릿한 상태였고 이런 상태가 얼마나 지속될지도 알 수 없다.

사람들은 내가 줄곧 잠을 자고 있다고 생각한다. 하지만 자는 게 아니다. 요즘은 나에게 말을 걸지 않고 자기들끼리 나에 대한 이야기를 한다. 마치 이제는 내가 여기에 없다는 듯이.

때때로 잠에 빠진다. 꽤 많은 시간일지도 모르겠다. 하지만 자지 않을 때도 있다. 그때는 눈을 뜨고 싶어도 그냥 내 눈이 마음대로 따라 주지 않아 눈을 감은 채로 있는 것이다. 하지만 내가 눈을 못 뜨면 누구와 어떤 이야기도 할 수 없다.

내가 아직 여기에 있는 걸 알아주는 사람이 있을까 계속 생각했다. 그런데 알렉산드라는 내가 눈을 감고 있어도 내가 여기에 있다는 걸 안다.

"칼리는 내가 나머지 공부를 해 본 적이 없다니까 충격을 받아서 내가 말썽을 피우게 했어. 나머지 공부를 하게 하려고. 진짜 그랬다니까! 수학 시험을 보는데 나를 쿡쿡 찌르는 거야. 내가 칼리한테 그만하라고 하는 걸 선생님이 보셨어. 칼리한테 너무 화가 나서 내가 그때… 암튼, 내가 진짜로 화를 내는데도 나를 보면서 그냥 웃기만 했어. 이유는 모르겠지만 칼리한테는 화를 내기가 힘들었어. 당연히 화를 내야 하는 때에도."

알렉산드라는 칼리라는 친구 이야기를 많이 했다. 칼리는 재미있는 친구 같다. 집중해서 들어야 한다. 내 또래에게 친구란 무엇인지 알고 싶다. 그런데 칼리는 지금 어디에 있지? 알렉산드라는 칼리를 과거형으로만 말한다. 지금은 친구가 아닌 것처럼. 아니면 멀리 떠나가 버린 것처럼.

"그러니까 칼리가 나한테 좋은 일도 많이 해 줬다는 거야. 사람들을 소개하고, 노래 연습도 도와줬어. 절대 연습 따위는 하지 않았는데도 칼리 목소리는 언제나 나보다 훨씬 좋았어. 작년에 내 발표회를 도와주기로 했는데. 그 멍청한 파티가 끝난 다음에…"

갑자기 알렉산드라의 목소리가 사라져 버렸다. 계속 이야기를 하면 좋겠는데. 이 정적이 내 뇌를 꺼서 내가 잠이 들면 알렉산드라가 가 버릴까 봐 두렵다. 깨어 있고 싶다. 어서 내 눈이 눈꺼풀을 들어 올리면 좋겠다.

알렉산드라의 정적은 계속 이어져 방을 가득 채웠다.

그 애가 다시 말을 이어갔으면…. 나는 그 말들의 내용보다는 자신의 삶을 이야기하는 그 애의 목소리에서 그 애가 어떤 사람인지 많이 알아가고 있다. 특히 칼리를 어떻게 생각하는지 주의 깊게 듣고 있다. 어떤 때는 칼리를 사랑하는 것처럼 들리다가도 또 어떤 때에는 칼리 때문에 짜증 나는 것처럼 들린다. 그런 게 우정이라는 건가?

데비와 내 사이와 비슷한 구석이 많다. 그렇다면 우리는 그냥 단순한 룸메이트 이상이었을지도 모른다!

"그 멍청한 파티. 있지, 정말 멍청한 파티였어. 가면 안 되는 거였어. 그런데 갔지. 나는 집에 있고 싶었는데. 내가 집에 있었더라면 모든 게 달라졌을 거야. 아마도. 어쩌면…."

그 애의 슬픈 목소리는 속삭이듯 작아졌다. 나는 다시 알렉산드라의 말을 기다렸다. 부디 말해 주길 바라면서.

"영원히 알 수 없겠지. 내가 알고 있는 건 그 애가 가 버렸다는 것뿐이야. 칼리는 그 파티가 있던 날 밤 자동차 사고로 죽었어. 나도 그 차에 같이 있었는데 나는 다치지도 않았어. 전혀. 털끝 하나도."

친구가 죽었다니. 가슴이 찢어질 듯 아파서 알렉산드라의 가슴속 말이 사라졌을까?

마침내 내 눈이 내가 깨어 있다는 걸 깨닫고 아주 오랜만에 눈꺼풀을 들어 올렸다. 나는 계속 눈을 뜨려고 아직 내게 남은 힘을 그러모았다. 눈을 떠서 알렉산드라에게 내가 여기에 있고 네 이야기를 듣고 있다고 알리고 싶다. 자신이 누구인지 말하는 알렉산드라를 응원하고 싶다.

마침내 눈을 떴지만 알렉산드라가 보이지 않았다. 방이 너무 밝은 것 같았다. 나는 쏟아지는 빛을 분산시켜 보려고 초점을 내 무지개에 맞추려 했다.

"조니, 깨어났구나! 정말 잘됐다. 내 시시콜콜한 인생 얘기를 너무 우울하다고 생각하지 않았으면 좋겠다. 난 그냥… 아니야, 사람을 불러와야겠어!"

알렉산드라 쪽을 보려 했지만, 가까스로 눈을 돌렸을 때에는 그 애의 구두 소리가 내 방에서 빠르게 달려 나가 복도로 향하고 있었다.

알렉산드라가 나가서 안타깝다. 방에 나 말고 다른 사람이 있으면 말을 하지 않을 텐데.

그 애가 누구인지 더 알고 싶다. 그 시시콜콜한 인생 이야기가 우울하다고 생각하지 않는다.

그 애의 인생은 색깔로 가득하지만 동시에 슬프다.

그것이 바로 알렉산드라다.

그렇게 밖으로 나가지 않았으면 좋았을걸. 눈꺼풀이 너무 무겁다.

알렉산드라가 보고 싶다.

그 애가 나를 보러 와 주었으면 좋겠다.

먹구름은 다시 내 안으로 몰아쳐 눈과 마음을 덮어 버렸다.

내 색깔들은 암흑에 묻힌다.

41

Alexandra

"알렉스?"

아빠의 목소리가 계단을 타고 올라왔다. 어제 집에 돌아오고 지금까지 아빠에게 한마디도 하지 않았다. 나는 또다시 방 안에 숨었다.

죽음에서 도망치기.

또 그러고 있다.

조니가 눈을 떴다고 패트릭에게 말하고 병실로 갔을 때는 조니의 두 눈이 다시 꽉 닫혀 있었다. 조니의 모든 것이 단단히 닫힌 것 같았다.

패트릭은 우리가 할 수 있는 일은 조니를 편안하게 하는 것뿐이라고 말했다.

그게 무슨 뜻인지 모르겠다.

그는 조니의 뺨을 살짝 쓰다듬고는 나를 보았다. 그의 눈빛에 수천 마디 말보다 중요한 한 가지가 있었다.

그건 단 한 문장이다.

'조니는 죽어 가고 있다.'

어떤 사람들은 가까운 사람이 죽는 걸 경험하지 않기도 한다. 그런 사람들은 자신이 아끼는 사람을 완전히, 그리고 통째로 잃는다는 게 어떤 건지 모르고 성장한다.

나는 왜 이걸 또다시 겪어야 할까? 처음은 엄마였다. 엄마는 내가 그 존재를 기억하기도 전에 죽었다. 언젠가 고모는 그렇게 어릴 때 엄마를 잃은 게 차라리 잘된 거라고 말했다. 누군가를 잃는 고통을 제대로 겪을 필요가 없다는 이유였다.

애초에 제대로 알지도 못한 누군가를 잃는데 고통이 대체 다 뭔가?

죽음은 사랑을 고려하지 않는다. 그냥 와서 원하는 누군가를 데려갈 뿐이다. 죽음은 누군가를 잃는 것이 아니다. 보통 잃는다는 건 그걸 다시 되찾을 수 있는 기회도 있는 것이다. 죽음은 그냥 도둑이다. 누군가를 훔쳐 가면 그냥 그대로 끝이다. 처음엔 엄마, 그다음엔 칼리였다.

그리고 이젠 조니.

우리가 할 수 있는 것은 죽음이 그 애의 방으로 스며들어 어느 날 그 애를 앗아갈 때까지 그 애를 편안하게 해 주는 것뿐.

지금 조니는 죽어 가고 있다.

아빠와 말하고 싶지 않다. 누구와도 말하기 싫다.

"알렉스?"

방문 바로 너머에서 아빠의 목소리가 들렸다.

"예."

"그냥 네가 집에 있는지 궁금해서. 오늘은 병원에 안 가니?"

아빠는 묻지도 않고 방문을 열었다.

"아뇨. 오늘은 안 가요. 조니가 많이 아파요. 또."

목소리가 약간 떨려서 나는 아빠를 보지도 않고 머리를 흔들었다.

"걱정돼서 그러는구나."

아빠는 이런 대화를 해도 되는지 확신이 서지 않는 듯 머뭇거렸다.

"아니요."

거짓말이 튀어나왔다.

"걱정 안 해요. 내가 왜 걱정이 되겠어요?"

일단 말이 나오긴 했지만 나머지 말들은 차마 입 밖으로 나오지 못했다. 나는 어깨를 움츠리고 나서 다시 말을 이었다.

"맞아요."

"그 애가 많이 아프니?"

나는 대답 없이 고개를 끄덕였다.

"참 안됐구나."

아빠는 방 안으로 몇 걸음 걸어 들어왔다.

"네. 그 애는 이러지 않아도 견뎌 내야 할 게 너무 많은데."

"내 말은 네가 안됐다는 거다. 네가 거기에 가는 걸 좋아하는 것 같았어. 그 애도 좋아하고 말이다."

나는 약간 놀라 아빠를 보았다. 나는 조니나 병원에 대해 아빠에게 이야기한 적이 별로 없다. 어제 병원에 간 것도 아빠에게 말하지 않았는데.

"네. 정말 괜찮은 애예요."

목소리가 다시 떨렸다.

"그 애가 너를 볼 수 있을 정도로 몸이 나아지면 좋겠구나."

나는 입술을 깨물고 고개를 푹 숙였다. 눈이 따끔거려 눈을 비비고 감정을 누르려 두 손으로 얼굴을 감쌌다.

"저런, 그런 거구나…"

아빠의 말은 한숨으로 바뀌었다. 아빠는 다가와 내 어깨에 살포시 손을 올렸다.

"괜찮아요. 난 상관없어요. 모든 사람은 다 죽으니까. 안 그래요?"

아빠가 내 옆에 앉자 침대가 작게 출렁였다. 아빠의 손은 여전히 내 어깨 위에 있다. 살짝 어깨를 움츠렸지만 아빠는 손을 치우지 않았다.

"안됐구나, 얘야."

"뭐가 안됐다는 거예요? 아빠는 조니가 누군지도 모르잖아요!"

"네가 안됐다는 거다. 또 다른 친구를 잃게 될 테니까."

"또 다른 친구를 잃는다고요? 나는 조니를 '잃는 게' 아니에요. 보물 찾기라도 해서 그 애를 다시 찾아낼 수 있는 게 아니라고요. 조니는 죽고 있어요. 그리고 나는 칼리를 잃은 게 아니에요. 내가 칼리를 죽였어요."

"알렉스. 네가 그런 게 아니…"

"뭐라고 말하실 줄 알아요, 하지만 아빠, 아빠는 아무것도 몰라요! 내가 칼리를 막아야 했어요. 기회가 있었을 때 열쇠를 빼앗았어야 했다고요. 아니면 내가 운전을 했거나. 아니면 칼리가 그 멍청한 열쇠를 받지 못하게 애초에 칼리 옆에 붙어 있어야 했다고요."

점점 목이 막히고 눈시울이 뜨거워졌다. 아무 말도 하지 말걸. 아빠가 뭐라고 하실지 너무나 잘 알고 있다.

"그래, 그럴지도 모르지."

"네?"

이건 내가 예상한 말이 아니다.

"그 어두컴컴한 도로에서 똑같은 상황이 일어나지 않을 수도 있었다는 거, 알고 있니?"

색깔이 사라진 소리가 섬광처럼 내 머리를 들이받았다. 땅이 날아간다. 비명을 지르는 칼리. 아무 말도 하지 못하는 나.

나는 뭘 해야 할지 몰랐다.

내가 운전을 했다면 그 상황에서 어떻게 할지 알았을까? 그런데 이게 그렇게 중요한 문제일까?

"내가 운전해서 사고가 났다면 적어도 칼리가 죽지는 않았을 거예요."

"그건 알 수 없단다."

"아무것도 알 수 없죠."

"어쩌면 그 상황에서 네가 다르게 행동했을 수도 있겠지. 그리고 그랬다면 모든 게 완전히 달라졌을 수도 있어. 하지만 그건 절대 알 수 없단다. 너는 매트의 열쇠를 가져가지 않았어. 그리고 칼리더러 운전을 하지 말라고 설득을 했…."

"칼리를 탓하지 마세요! 칼리가 그 열쇠를 가져간 게 아니라고요!"

"누굴 탓하자는 게 아니야. 알렉스, 아가야. 끝난 일이야. 칼리는 갔어. 그리고 너는 여기에 있고. 네가 다시 그때로 돌아가서 모든 걸 원래대로 돌리고 싶어 하는 건 나도 안다. 칼리의 부모님도 똑같이 생각해. 칼리의 엄마는 칼리가 파티에 가도록 허락한 자신이 원망스럽다고 하더구나. 아는 사람도 없는 낯선 동네에 칼리를 데려다주지 말았어야 했다고. 제발 그때로 돌아가 칼리에게 파티에 가지 말라고 말할 수 있다면 좋겠다고."

혼란스러웠다. 칼리의 엄마가 자신을 탓한다고? 내가 아니라?

"내가 얘기해 봐야겠어요. 그게 아줌마 잘못이 아니라는 걸 아셔야 해요. 잘못한 건 나라고요!"

"네가 그렇게 생각하는 건 알아. 누군가 그렇게 죽으면 책임을 물을 사람을 찾지 않는 게 더 힘드니까. 그게 자기 자신일지라도 말이다."

아빠는 잠시 말을 멈추고 눈을 비볐다.

"그게, 네 엄마가 죽었을 때 나도 똑같이 느꼈단다."

"엄마는 아파서 돌아가신 거잖아요. 암에 걸려서. 그렇죠? 아빤 아무 잘못도 없어요."

"지금은 나도 그렇게 생각한다만. 아주 오랫동안 나는 죄책감을 느꼈어. 네 엄마는 오래전부터 너무 피곤해했어. 그런데 나는 그 점에 별로 관심 갖지 않았지. 나는 그냥 네 엄마가 일을 하면서 너를 도맡아 키우느라 지친 걸로만 생각했어."

"엄마가 죽은 게 왜 아빠 잘못인지 아직도 모르겠어요."

"나는 눈치챌 수 있었어. 내가 조금만 더 관심을 기울였다면 네 엄마의 병을 빨리 알아챘을 거야. 그 생각을 멈출 수가 없었다. 네 엄마를 병원에 데려갔어야 했어. 그랬으면 제때 암을 발견하고 치료를 받을 수 있었을 텐데. 나는 모두 내 잘못이라는 걸 알고 있었단다."

아빠는 말을 멈추고 양손으로 두 눈을 비볐다. 아빠가 너무 슬퍼 보여서 나까지 눈물이 날 것 같았다. 아빠는 나를 보더니 어깨를 으쓱하면서 고개를 흔들었다. 나는 손을 뻗어 아빠의 손을 잡았다. 아주 살짝. 아빠는 어색하게 미소를 지어 보이며 내 뺨을 어루만졌다. 아주 살짝.

"나는 시도 때도 없이 그 일을 생각했어. 내가 다르게 행동했다면 어땠을까 상상하고, 네 엄마가 살아 있다면 우리 삶은 어땠을까 그려 보면서. 밤에는 그런 꿈을 꾸고, 낮에는 하루 종일 나를 탓했어. 내가 네 엄마의 기억에 상처를 주고 있다는 걸 깨닫기 전까지 줄곧 그래 왔단다."

"엄마의 기억에 상처를 낸다고요? 그게 무슨 뜻이에요?"

"네 엄마는 죽기 전에, 내가 슬픔에 빠져 지내거나 스스로를 책망하지 않으면 좋겠다고 말했어. 우리가 함께 나눈 아름답고 좋은 것만 생각하기를 바랐지. 예를 들면 너 같은. 네 엄마는 너를 정말로 끔찍이 사랑했단다. 내가 잘 살아 내고 자신을 웃으며 떠올려 주길 바랐어. 내가 너에게 좋은 아빠가 될 수 있도록 말이다. 그러면 네 엄마의 사랑을 전해 줄 수 있을지도 모르니까. 내가 그렇게 하고 있는지는 잘 모르겠지만…."

아빠의 눈빛이 내면 어딘가로 향하는 듯 잠깐 어두워졌다. 이게 무슨 의미인지 확신할 수 없지만 알 것도 같다. 아빠는 엄마가 아니라 나 때문에 상처 받고 있다.

"아빤 정말 최고였어요. 일을 엉망으로 만든 건 바로 저예요."

아빠는 조용히 한숨짓고는 내 어깨에 올린 두 손에 힘을 주었다.

"네가 그렇게 생각한다는 거 안다. 네가 뭔가 달라지게 했을 수도 있다는 말에는 나도 동의해. 하지만 칼리의 부모님도 일을 달라지게 했을 수 있지. 그리고 칼리도 일을 달라지게 할 수 있었고. 그리고 이게 엄마가 걱정했던 건데, 나 역시도 일을 달라지게 했을 수 있단다. 그랬다면 모든 게 괜찮았을 수도 있어. 하지만 우리 중 누구도 지금 그걸 바꿀 수는 없단다. 우리는 계속 살아가야 하고 우리 삶에 최선을 다해야 해."

"어떻게요? 어떻게 계속 이 바보 같은 인생을 살아갈 수 있어요? 칼리가 죽었는데?"

"왜냐하면 너에겐 선택권이 없으니까. 그리고 칼리라면 네가 그러길 바랄 테니까."

"어떻게 아세요?"

"나는 몰라. 하지만 너는 알잖니. 칼리가 네가 이렇게 방 안에 숨어 있기를 원할까? 그 애는 언제나 너를 이 방에서 끌어내 온갖 일을 벌이곤 했지."

"사랑해, 렉시. 너도 알지? 해 보자. 재미있을 거야.
너를 방에서 끌어내는 유일한 존재가 나라는 거, 너도 알잖아."

칼리 목소리가 머리를 울렸다. 생명력이 넘치는 커다란 목소리가 고통스러운 기억과 함께 내 마음을 할퀴었다. 기억하고 싶지 않다. 가슴이 너무 아프다.

"잘 가라고 말할 기회조차 없었어요. 그냥 그렇게 가서…"

이제 와서 왜 이런 말까지 하는지 모르겠다. 이런다고 뭐가 달라지나?

"작별인사를 하는 방법은 아주 많아. 네가 칼리를 사랑했다는 건 그 애도 알고 있었어, 알렉스."

아빠는 침대에서 일어나 방을 나가려다 잠깐 뒤돌아 나를 보았다. 나는 방금 들은 모든 말을 삼키려고 애쓰면서 멍하니 아빠를 바라보았다.

"사랑한다, 알렉스. 엄마도 너를 사랑했어. 칼리도 그랬고. 언제나 그랬듯, 영원히 사랑할 거란다. 그것만 기억하렴."

아빠는 미소 지었다, 아주 살짝. 그리고 말을 마치자마자 방을 나갔다.

"사랑해요."

나는 허공에 대고 속삭였다.

아무도 듣지 못했다. 나만 들었다.

누구에게 하는 말인지 모르겠다.

42

Joanie

부드러운 음악이 방 안에 흐르고 있다. 알렉산드라가 돌아온 게 틀림없다. 어쩌면 계속 여기에 있었을지도 모른다. 잘 모르겠다. 요즘에는 시간 감각이 뭉뚱그려져서 오늘이 오늘인지 내일인지도 알 수 없다. 어쩌면 아직도 어제인지도 모르겠다.

왜 이렇게 소리를 작게 해 놓은 걸까? 나는 음악을 크게 틀어 선율에 완전히 둘러싸이는 느낌이 좋다.

음악을 들으면 내가 다른 곳에 와 있는 기분이 든다. 어딘가 특별하고 아름다운 곳, 너무 멀어서 아무도 그런 곳이 존재하는지 모르는 곳에 있는 기분. 알렉산드라와 패트릭과는 함께 있고 싶지만 두 사람은 이곳에 올 수 없을 것 같다.

나는 알렉산드라 목소리를 듣는 것도 좋지만 그 애가 틀어 주는 음악도 좋다. 아름다운 선율로 엮은 담요에 둘러싸이면 내가 아는 한 가장 따뜻하고 편안한 기분이 찾아온다.

몸과 마음이 나른해지고 나는 음악 위로 둥실 높이 떠올랐다.

"정말 평화로워 보이는데."

패트릭의 목소리가 나를 밑으로 끌어당겼다. 패트릭이 온 줄 몰랐다.

"그런 것 같아요."

알렉산드라의 목소리는 속삭이듯 작았지만 그래도 들을 수 있었다.

그 애가 여기에 있다는 건 알고 있었다.

알렉산드라가 패트릭에게 늘 두 단어 이하로 짧게 말했기 때문에 그 애가 패트릭에게 계속 말을 하는 걸 듣고 놀랐다. 그 애의 목소리는 너무 부드러워서 제대로 알아듣기 힘들었다.

"모두가 이게 조니에게 최선이라고 말해요. 충분히 오래 싸워 왔다고. 절대 그런 게 아닌데!"

알렉산드라의 목소리가 이상하다. 무겁고 젖어 있다.

"정말 유감이야. 작년에 네가 여기서 또 다른 친구를 잃은 거 알아."

패트릭의 목소리는 조심스러웠다. 나는 알렉산드라의 대답을 듣기 위해 귀에 온 힘을 기울였다.

패트릭은 '또 다른 친구'라고 했다. 그 말은 알렉산드라와 내가 친구라는 걸까?

"조니는 그 바보 같은 기계로 정말 신나 했어요. 지금 제가 마음이 상하는 이유가 조니를 잃기 때문인 건지 조니가 삶을 잃기 때문인 건지 잘 모르겠어요. 무슨 말인지 알아요?"

알렉산드라는 패트릭의 대답을 기다리지는 않았다.

왜 마법사를 바보 같다고 하지?

마법사는 정말 멋진데.

"무슨 말인지 알아. 하지만 나도 답은 모르겠다. 그래도 조니가 너랑 함께 지낼 수 있어서 다행이야. 말할 수 있도록 도와준 것도 그렇고."

"그렇게 많이 하지도 못했어요. 말하는 걸 끝내지도 못했는걸요. 조니는 내가 더 빨리 해 주기를 바랐는데, 나는 어떻게 하는지 몰랐어요. 그리고 이제 너무 늦었어요…."

그 애의 마지막 말은 굳어 있었다. 화가 난 것 같다.

뭐 때문에 화가 났지?

나는 알렉산드라가 바깥세상의 말을 할 수 있게 도와줘서 기쁘다. 그 애도 기뻐해야 한다. 많은 말을 하지는 못했지만 괜찮다. 나는 알렉산드라를 웃게 할 수 있었다. 내 무지개를 보여 줄 수 있었고, 패트릭에게 "안녕"이라고 말했다.

나에겐 정말 굉장한 일이다.

이 정도면 충분하다.

"물론 화날 거야, 이해해. 하지만 화를 내는 건 전혀 도움이 안 돼. 우리 일은 항상 많은 사람들과 작별해야만 하거든. 좋은 일을 생각하려고 노력해 봐. 처음 동갑인 친구를 얻어서 조니가 얼마나 좋았을까 같은 생각 말이야."

또 이렇게 말한다. 우리가 친구라고.

"그게 조니에게 좋았을지는 사실 잘 모르겠어요. 전 별로 재미있는 애가 아니거든요. 물론 조니와 시간을 보낼 수 있어서 저는 좋았지만…."

방금 알렉산드라가 우리가 친구라고 말한 것 같다. 그 단어를 말한 건 아니지만 같은 의미인 건 알겠다.

나에게는 최고의 말이다.

알렉산드라는 이제 살짝 훌쩍거린다. 슬퍼하는 것 같다.

나를 잃는다고 생각해서 슬퍼하고 있다.

또 다른 친구를 잃는 것.

내 생각에 내가 그리울까 봐 걱정하는 것 같다.

그리워할 정도로 나를 좋아하는 건 정말 기쁘지만 나는 그 애가 슬퍼하는 건 싫다.

나는 슬프지도 두렵지도 않다.

내가 어디로 갈지 알고 있으니까.

나는 이제 매일, 매 시간, 매 순간 내 무지개 속에 있을 것이다. 돌멩이들은 가져가지 못하겠지만 나의 색깔들은 그곳에 있을 것이다. 내 삶을 채워 준 모든 사람들. 알렉산드라, 패트릭, 캐슬린, 브렌다, 데비, 블레인 선생님, 마이크까지도.

마이크는 반드시!

그리고 내가 기억하지 못하는 다른 많은 사람들도 만날 수 있다.

언젠가는 엄마도 나타날지 모른다.

그건 모험일까?

나의 이 삶은 하나의 모험이었다.

하지만 이제 새로운 시작을 해야 할 때다.

지금 이 순간 내가 혼자가 아니라서 다행이다.

"안녕"이라고 말하고 싶다.

눈물은 보이고 싶지 않지만.

"사랑한다, 꼬맹아."

패트릭은 몸을 숙여 내 뺨에 입 맞추었다.

내가 부탁하지도 않았는데.

알렉산드라는 내 다른 쪽 뺨에 입 맞추었다. 언젠가 맞아 본 빗방울처럼 그 애의 눈물이 내 얼굴로 부드럽게 떨어진다.

그 애는 "안녕"이라고 소리 내어 말하지 않았다.

하지만 나는 알고 있다.

눈을 뜨고 그 애를 본다.

무지개가 마지막으로 색을 뻗어 그 속으로 나를 끌어당길 때까지.

43

Alexandra

분홍, 흰색 풍선들이 교회 정문에 묶여 한들거린다. 생일잔치에 손님들이 제대로 찾아올 수 있게 꾸며 놓은 집 같았다.

생일잔치가 아닌 것만 빼면 말이다.

오늘은 장례식이다.

내가 이걸 할 수 있을지 모르겠다.

칼리의 장례식에는 가지 않았다. 내가 혼자 집에 남아 그 생각을 안 하려고 안간힘을 쓰는 동안 아빠 혼자 장례식에 참석했다. 나는 상처 받은 얼굴들과 끝없이 흐르는 눈물, 분노, 고통, 표현할 수 없는 슬픔을 떠올리지 않으려 입술을 깨물었다. 나는 내 가장 친한 친구가 친환경적이지 못하다는 이유로 극도로 싫어했던 관에 들어가 있는 걸 보지 않으려고 했다.

칼리는 장례식을 원하지 않았다. 장례식은 사람들의 기분을 엉망으로 만들고, 펑펑 울게만 한다면서. 칼리는 사람들이 자기가 죽은 걸 보러 오지 않았으면 좋겠다고 말했다. 그건 더 이상 자기가 아니고, 자신은 어딘가 다른 곳에 있을 거라면서.

그게 어디인지는 한 번도 말해 주지 않았다.

칼리는 부모님께 장례식을 어떻게 생각하는지 말한 적이 없는 것 같다. 왜 그랬겠는가. 그 앤 고작 열여섯 살이었다.

그녀는 묘지에, 땅 밑 관에 있다. 이 사실을 알면 정말 열 받았겠지.

저 안에 들어가고 싶지 않다. 누군가 조니를 잘 안다는 듯 말하는 걸 듣고 싶지 않다. 진짜 조니를 알아본 사람은 아무도 없을 것이다. 어떻게 그러겠는가. 조니의 모든 세계는 그 애의 머릿속에 있었는데.

나는 장례식에 이렇게나 많은 사람들이 온 걸 보고 놀랐다. 조니가 아는 사람이 이렇게 많을 거라고 생각하지 못했다. 물론 칼리의 장례식과는 다르지만. 아빠 말로는 칼리의 장례식에는 수백 명의 사람들이 왔다고 했다. 교회를 꽉 채울 정도로 사람이 많아서 대부분은 잔디밭에서 대형 스피커를 통해 중계되는 장례식을 들어야 했다고 말했다. 야외 음악 축제처럼.

오늘은 오십 명 정도의 사람들이 교회 안으로 들어가는 걸 보았다. 백 명도 안 되지만 생각보다는 훨씬 많다.

"알렉스. 왔구나. 안으로 들어갈래?"

패트릭이 내 옆에 와 있었다. 나는 아직 문 앞에 서서 풍선들을 바라보고 있었다. 패트릭도 풍선들을 본다.

"조니가 풍선을 좋아했을까요? 그래도 풍선들이 있으니까… 모르겠어요. 어쨌든 조니한테 어울려요. 밝고, 다채롭고. 꼭 조니 같아요."

그는 살며시 미소 지었다. 나는 그를 보았다. 간호사복을 입지 않은 패트릭은 달라 보였다. 하얀색 셔츠에 파란 양복을 입고 있었다. 넥타이는 밝은 핑크색이었는데, 갑자기 조니가 그걸 보고 웃음을 터뜨리는 모습이 상상됐다.

그 생각에 나도 슬그머니 미소가 지어졌고, 코를 훌쩍였다.

"깜빡했다. 캐슬린이랑 조니를 담당한 공무원하고도 의논했는데, 우리 모두 너한테 이걸 주는 게 낫겠다고 생각했어."

그는 주머니에서 조니의 침대 위에 걸려 있던 목걸이를 꺼냈다.

그 애의 무지개다.

"아니요, 안 받을… 아니, 못 받아요. 그러니까, 저는 조니를 제대로 알지도 못했어요. 저보다 아저씨가 조니를 더 오래 알고 지냈잖아요."

"그렇지 않아. 조니는 여기저기 많이 옮겨 다녔어. 딱하게도 말이야."

"그래도 저보다 더 가까운 사람이 분명히 있을 거예요."

나는 주머니 속의 손을 빼지 않았다. 조니의 무지개… 아니, 목걸이를 받고 싶지 않다. 나는 그럴 자격이 없다.

"넌 조니의 친구야. 조니가 이걸 너한테 주길 바랄 것 같아."

그는 목걸이를 나에게 내밀었다. 돌멩이가 햇빛을 받아 반짝였다. 목걸이는 정말 거꾸로 뒤집힌 무지개처럼 보였다.

이 목걸이가 조니에게 어떤 의미인지 알아내던 날의 그 애의 눈빛이 기억난다. 그 무지개를 공유할 수 있어서 얼마나 흥분했던가.

갑자기 울음이 터져 나왔다. 칼리가 싫어하는 종류의 영화들에 흔히 나오는 연약한 여주인공이 예쁘게 흘리는 눈물이 아니었다.

진짜 울음이었다. 눈물이 쏟아지고, 콧물이 줄줄 흘렀다. 나는 눈을 꽉 눌러 눈물을 멈춰 보려고 했다. 하지만 아무 소용없었다. 내 눈물은 밖으로 나오기까지 너무 오래 기다렸다. 눈물이 그동안 감정을 막으며 쌓은 둑을 무너뜨리고 홍수가 되어 쏟아졌다.

나는 흐느끼고, 끅끅 숨을 들이쉬고, 훌쩍거리며 완전히 망가졌다. 거의 숨을 쉴 수가 없었다. 모르는 사람들이 쳐다보는 이런 공공장소에서 바보처럼 선 채로 울고 말았다.

"괜찮아. 다 괜찮아질 거야."

패트릭은 내 어깨에 손을 올렸다. 내가 그를 겁먹게 했나 보다. 나는 그를 향해 고개를 저었다.

"전 괜찮아요. 미안해요. 고맙습니다."

숨을 껄떡이며 흐느끼느라 간신히 말이 새어 나왔다.

"들어가세요. 전 괜찮을 거예요."

여전히 코를 훌쩍였지만 가까스로 울음이 멈추고 있었다. 나는 그에게서 목걸이를 받아 들어 조심스럽게 주머니에 넣었다. 패트릭은 고개를 끄덕이고는 어깨에 얹은 손에 다시 한 번 힘을 주었다. 그리고 몸을 돌려 계단을 올라 안으로 들어갔다.

무지개를 모르는 많은 사람들이 누구보다 그들을 꿰뚫어보던 누군가에게 작별인사를 하고 있는 그곳, 그리고 우리가 앞으로 이해할 수 있는 것보다 훨씬 더 많은 걸 알고 있었던 누군가에게 인사를 하러 갔다.

나도 들어가야 한다.

결국 나는 그 애의 무지개를 지니게 되었다.

안으로 들어가 사람들이 그 애에게 잘 가라는 인사를 하는 걸 들으면 또다시 울음이 터져 나올까 두렵다.

또 울음이 터지면, 다시는 멈출 수 없을지도 모른다.

44

Alexandra

"전 겁쟁이예요."

"뭐라고?"

텔레비전을 보던 아빠는 고개를 돌려 나를 보았다. 아빠는 내가 집에 들어오는 것도 보지 못했다. 원래는 아빠가 나를 알아보기 전에 살짝 들어갈 생각이었다. 그런데 막을 새도 없이 말이 제멋대로 나왔다.

모든 것에 통제력을 잃고 있다.

"겁쟁이요."

예상보다 더 큰 소리가 튀어나왔다.

"왜 그렇게 생각하니?"

아빠는 리모콘으로 텔레비전을 끄고 오롯이 나에게만 집중했다. 아빠가 나에게만 집중하는 건 싫다. 이 대화를 끝내고 싶다. 그런데 왜 나는 계속 말하고 있지?

"친구를 실망시켰거든요. 또 그랬어요."

"조니 말이니?"

"예."

"어째서 조니를 실망시켰다고 생각하는데?"

아빠는 내게 앉으라고 소파 옆자리를 톡톡 쳤지만 난 고개를 저었다.

"조니 장례식에 가려고 했어요. 그런데 들어갈 수 없었어요. 그냥 밖에 서서 울기만 했어요."

"저런, 알렉스! 아빠한테 말하지 그랬어. 나랑 같이 갔을 텐데. 얼마나 힘들었니."

순간 나는 달려가 아빠 무릎에 얼굴을 파묻고 싶었다. 아주 어릴 때, 안전한 기분을 느끼고 싶을 때 그랬던 것처럼. 하지만 그러지 않았다. 아빠는 부드러운 눈빛으로 나를 보았다.

"무슨 일이 있었는지 말해 보렴."

"교회에 갔어요. 안에 들어갔더니 사람들이 조니에 대해 말하고 있었어요. 모든 사람들이 울면서 조니의 인생이 얼마나 짧았는지, 얼마나 빨리 생을 마감했는지, 그게 얼마나 끔찍한 일인지 말했어요. 거기 앉아서 사람들이 저를 바라보는 걸 견딜 수가 없었어요. 그 애가 죽은 게 내 잘못이라는 걸 아는데. 그 애 부모님이 자기 딸이 아니라 내가 내신 관 안에 들어가 있길 바란다는 걸 아니까요."

나는 흐느끼며 깊이 숨을 들이마셨고, 눈물을 참아 보려고 했지만 소용없었다. 내 안의 모든 것이 액체가 되어 눈물로 흘러내리는 것 같았다.

"조니의 부모님?"

아빠는 조심스럽게 말했다. 정말로 내가 녹아내려 카펫에 물웅덩이라도 만들 것처럼 걱정스러운 목소리였다.

"네? 무슨 소리 하시는 거예요? 조니는 부모님이 없어요."

아빠가 지금 무슨 말을 하는 거야?

"네가 그 애 부모님이 네가 대신 관에 들어가길 바랐다고 말했잖니. 누구 부모님 말이냐?"

아빠를 보았다. 눈물에 가려 뿌옇게 보였지만, 나를 뚫어져라 보고 있다는 것은 알 수 있었다.

"칼리의 부모님요. 장례식 두 개가 잠깐 헷갈렸나 봐요. 그러니까, 전 그냥…."

"하지만 칼리의 장례식엔 가려고 하지도 않았잖니."

"못 갔죠! 당연히 갈 수 없죠. 어떻게 제가 거길 가서 사람들을 볼 수 있겠어요."

"조니의 장례식엔 갔잖아."

"그러려고 했죠. 그런데 그 한 가지도 못 해 줬어요."

"조니를 위해 장례식에 참석하는 걸 말하니?"

"그럼 누굴 위해 그러겠어요?"

"글쎄다. 나는 장례식은 살아 있는 사람들을 위한 거라고 생각했다. 죽은 사람들이 우리만큼 장례식에 관심 있지 않을 거야."

아빠는 잠시 말을 멈추고는 나를 보았다.

"그 애가 거기 있었다고 생각하니?"

"누구요? 조니요? 자기 장례식에요? 모르겠어요. 사람들이 죽으면 어디로 가는지 어떻게 알겠어요? 다른 어딘가로 갈 수도 있죠. 아빠는요? 아빠는 엄마가 정말 어디에 있는지 알아요? 엄마가 그냥 우리를 놓고 떠나 버린 게 아니라고 확신할 수 있어요?"

아빠에게 마지막 질문을 도전장처럼 던졌다.

"내가 확실히 믿고 있는 것은 있어. 네 엄마가 매일 우리와 같이 있다는 것 말이야. 나는 네 엄마가 우리 둘을 내려다본다고 생각해. 우리를 사랑하고, 우리가 행복하기를 바라면서. 하지만 이건 내 생각이야. 네가 믿을 것은 네가 알아내야지."

눈물로 희뿌예진 시야 사이로 아빠를 보았는데, 웃음이 났다.

"꼭 공익 광고 문구 같아요."

"우리 회사에서 쓸 만한 광고 문구를 모아 놓았거든."

"그런 걸로 제가 믿는 걸 어떻게 찾아요."

"방법이 하나 있어. 질문을 해 봐. 만약 칼리가 자기 장례식에 있었다면 어떨까?"

"칼리가 자기 장례식에 있었다면요?"

나는 앵무새처럼 아빠 말을 따라 했다. 정말 이상한 질문이라서 그러지 않을 수 없었다.

사람들이 마이크로 자기 이야기를 하고, 그 말이 커다란 스피커로 나온다. 사람들은 잔디밭에 둘러앉아 그걸 듣고 있다. 그리고 그 광경을 보는 칼리를 상상해 본다. 간간이 사람들의 울음 소리가 들리고 합창단은 노래한다. 칼리라면 어떻게 했을까?

아마 웃었을 것이다. 그리고 합창단의 노래를 따라 부른다. "수ー박ー

수―박―" 엉터리로 입을 벙긋거리며.

그 생각에 웃음이 났다. 살짝. 나는 아빠가 알아채기 전에 애써 표정을 지웠다.

"아마 모든 순간을 싫어했을 거예요. 글쎄요, 시끄러운 스피커만 빼고요. 칼리는 시끄러운 걸 좋아했으니까요. 아, 합창단이 노래하는 것도 좋아했겠네요."

"조니는 어떠니?"

"조니요?"

"그래, 조니가 자신의 장례식에 있었다면?"

"글쎄요…. 즐거워했을 것 같아요. 사람들이 자기를 좋게 기억하는 걸 들으면서요. 참 이상해요. 전 그 애를 잘 알고 있는 것 같은데, 사실 조니가 제게 한 말이라고는 '파랑' '안녕' '예' 아니면 '아니요' 밖에 없었어요. 그게 거의 전부예요."

그리고 무지개도.

나는 이 말은 입 밖으로 소리 내서 말하지 않았다. 그건 우리만의 비밀이니까.

"네가 말한 그 말하는 기계 말이구나."

"네. 조니는 그걸 정말 좋아했어요. 제대로 해 볼 기회도 없었는데. 너무해요. 조니는 하고 싶은 말이 정말 많았어요. 우린 이제 막 시작했는데, 모든 게 그냥… 끝나 버렸어요."

모든 게 그냥 끝나 버렸다.

"너는 어떻게 조니가 그걸 좋아했다고 알고 있니? 그 애가 말해 줬어?"

"아뇨. 말로는 아니었어요. 가끔은 조니가 무엇을 어떻게 느끼는지 알 수 있었어요. 적어도 저는 그렇다고 생각해요."

"그 애도 너에 대해 뭔가를 느꼈을까?"

"그럴지도 모르죠. 조니는 저를 좋아한 것 같아요."

살며시 주머니에 손을 넣어 색이 바랜 돌멩이 목걸이를 쥐었다.

"조니는 네가 자기 장례식을 보지 않아서 화났을까?"

"글쎄요. 아닐걸요. 조니는 착하고 사려 깊은 친절한 아이였으니까."

"너한테 말한 적도 없는데 그걸 어떻게 알지?"

"그냥 그렇게 보였어요. 그게 맞는지 아닌지도 잘 모르겠어요."

"작년에 칼리의 장례식에 가지 않아서 칼리가 너에게 화났을까?"

"당연히 아니죠. 칼리는 장례식을 싫어했어요!"

"그날 밤에 자기가 운전을 하게 돼서 칼리가 너한테 화났을까?"

이 질문을 하리라곤 생각도 못 했다. 아빠는 점점 엉큼해지고 있다. 아니면 대담해지고 있거나. 아니면 둘 다.

"모르겠어요."

"네가 직접 그걸 알아내야 할 것 같은데."

"어쩌면요. 그럴 수 있는 방법이 있다면요."

"아무래도 칼리에게 물어봐야 할 것 같구나."

나를 웃기려는 건가 싶어 나는 아빠를 처다보았다. 아빠는 웃고 있지만 눈은 피곤하고 약간 슬퍼 보였다. 늘 그렇듯이. 나도 역시 피곤하고 슬펐지만 미소를 지어 보였다.

"미안해요, 아빠."

나는 소파로 가 아빠 무릎에 엎드리면서 그 말을 속삭였다. 아빠는 무엇이 미안한지 묻지 않았다. 그저 팔로 감싸 나를 하나로 모아 단단히 붙잡았다. 내가 다시는 떨어져 나가지 않도록.

하지만 나는 그 무릎에서 떨어졌다.

그러고는 아빠 셔츠에 얼굴을 묻고 울기 시작했다. 아빠가 내게 괜찮아질 거라고, 마음껏 울라고 말하는 동안 난 아기처럼 엉엉 울었다.

사람들은 울고 나면 기분이 나아진다고 말한다. 하지만 내 생각은 다르다. 모든 눈물은 또 다른 눈물을 불러낼 뿐이다. 그리고 콧물이 흐르고 속이 쓰려 올 뿐이다. 그 후에 남은 거라곤 피곤과 통증뿐이다. 하나도 나아지지 않는다.

운다고 어떻게 기분이 더 나아질 수 있지?

누군가 죽었는데 어떻게 기분이 더 나아질 수 있을까?

그렇지만 그래도 바로 지금 이 순간에는, 아빠의 셔츠를 엉망으로 만들며 이렇게 앉아 있는 이 순간만큼은 아주 약간 기분이 좋다.

지금 이 순간만큼은.

45

Alexandra

나는 지금 내가 어릴 때 그리곤 했던 그림들 중 하나에 들어온 기분이다. 내가 얼마나 대단한지 자랑하려고 아빠는 내가 그린 그림들을 냉장고에 붙여 두곤 했다. 새파란 하늘에 떠 있는 밝은 노란빛의 태양은 눈부신 초록 잔디를 밝히고 있다. 붓에 스며든 알록달록한 색깔들이 종이에 힘과 생명을 불어넣은 그림들.

유치원 풍경 같지만 나는 거기에 있는 게 아니다.

나는 묘지에 있다.

내가 여기에 왔다니 정말 믿어지지 않는다. 칼리가 알았다면 엄청나게 비웃었을 텐데. 칼리가 아직도 살아 있다면, 웃을 수 있다면.

죽은 사람도 웃을까? 그들도 "수ㅡ박ㅡ"거리며 제멋대로 노래할까? 그들도 친구를 찾아 묘지를 서성이는 범생이 절친을 놀려 댈까?

나는 엄마의 비석 앞에 서 있다.

꽃다발도 없이 혼자.

꽃다발을 가져왔어야 했다.

하고 싶은 말은 많지만 오래 머물지 않았다.

찾아가야 할 사람이 많다.

조니의 비석은 작고 하얀색이다. 누가 세웠을까? 내가 아는 한 조니에게 가족은 없는데. 비석은 사진 한 장 없이 짧은 글귀만이 새겨져 있었다. 그 애의 이름과 날짜, 학교에서 읽은 적이 있는 시의 한 구절이었다.

조니 왓슨

1995－2012

침묵 안에 평화가 있음을 기억하라

그 애가 누구인지 표현할 충분한 말이 있을까? 어쩌면 누구도 그런 말을 찾을 수 있을 만큼 조니를 충분히 알지 못했을 것이다.

'침묵 안에 평화가 있다.' 나의 침묵은 어둠으로 소용돌이쳤고, 고통스러웠다. 조금도 평화롭지 않았다.

조니의 침묵은 평화로웠을까? 조니의 마음은 차분하고 행복한 생각들로 가득했을까? 아니면 삶에 대해 화가 나고, 살아가게 강요하는 자신의 몸 때문에 힘들었을까?

나는 조니가 모든 걸 평온히 받아들였다고 생각한다. 하지만 정말로 모르겠다. 이 시를 고른 누군가는 조니를 제대로 알고 있어서 그 애가 어떤 사람이었는지 알려 줄 수 있는 말을 찾아낸 건지도 모른다.

어쩌면.

조니에게 시를 읽어 준 사람이 있었을까? 조니는 시를 좋아했을까? 마음속에 자기만의 시가 있었을까?

만약 상황이 달라졌다면, 언젠가 기계 목소리로 나에게 그 시들을 읽어 주었을까?

누군가 꽃바구니를 비석 위에 올려 두었다. 물을 주는 사람이 없어 꽃은 시들고 색깔을 잃어 가고 있었다. 싱싱한 꽃을 가져올 걸 그랬다. 난 매번 꽃을 가져오는 걸 잊어버린다.

하지만 무지개를 가져왔다. 그걸 주머니에서 꺼내 양손으로 들어 보였다. 비석에 태양이 비추어 돌멩이가 그 햇빛을 받고 반짝이며 빛을 발했다. 천장에 걸려 있는 이 돌멩이들을 보며 조니는 무슨 생각을 했을까?

목에 걸고 싶었을까? 아니면 그저 돌멩이가 빛을 받아 반짝이는 걸 바라보는 걸로 만족했을까? 자기에게 목걸이를 준 사람을 생각했을까? 누가 이걸 조니에게 줬을까? 어떤 의미로?

조니는 정말 내가 목걸이를 가지길 바랐을까?

물어볼 게 너무 많지만 이제는 물어볼 수 없다.

나는 많은 게 담긴 조니의 깊고 큰 눈을 생각하면서 한동안 그 목걸이를 바라봤다. 그리고 '파랑', 조니가 처음으로 그 말을 했을 때 그게 얼마나 큰 의미였을까를 생각했다. 나는 하나의 단어가 그렇게나 중요할 수 있다는 걸 처음 알았다.

조니를 그리워하는 일은 어떤 걸까?

조니도 자신의 삶과 사람들이 그리울까?

아니면 이제는 돌멩이보다 색다른 무언가를 찾았을까?

그 애를 위해 무지개를 이곳에 두고 가야 할까?

칼리라면 그러지 말라고 하겠지. 누군가 훔쳐 가거나 비가 오면 목걸이에 녹이 슨다고 말하겠지.

칼리 말이 맞다.

나는 목걸이를 다시 들어 올려 색색의 돌에 햇빛을 비추었다.

혹시라도 조니가 볼 수 있도록.

"내가 잘 보관할게. 괜찮지?"

나는 그 애의 비석을 쓰다듬고는 조심스레 무지개를 주머니에 다시 넣었다. 칼리가 잘했다고 했을 것이다. 어쩌면 조니도. 그랬으면 좋겠다.

이제 나는 칼리의 비석을 찾기 시작했다. 칼리라면 내게 다른 데서 자기를 찾으라고 말하리라는 건 알고 있다. 왜냐하면 칼리는 무덤 속에는 죽어도 들어가기 싫어했으니까.

나도 모르게 웃음이 나왔다.

칼리, 아니 칼리의 비석을 찾는 건 그리 오래 걸리지 않았다.

그 커다란 분홍색 비석에는 테디 베어가 새겨져 있었다.

칼리는 분홍색을 좋아했다. 테디 베어도.

하지만 비석은 좋아하지 않았다.

칼리오페 프레스콧

1995-2011

사랑하는 딸, 언제까지나 너를 사랑해

'언제까지나 너를 사랑해.' 로버트 먼치의 책 제목이다. 칼리가 가장 좋아했던 책이다. 나에게도 한 번 읽어 준 적이 있는데 좀 이상하다고 생각했다. 그때 우리는 열다섯 살이었고 그건 아주 어린애들이나 읽는 책이었으니까. 하지만 칼리는 그 책을 무척 좋아해서 내게도 들려주고 싶어 했다.

물론 전에도 들어 본 적이 있었지만, 칼리가 읽으니 완전히 다르게 들렸다. 노래를 하는 것도 아닌데 책을 읽는 목소리가 노래처럼 들렸다. 언젠가 칼리는 배우가 되었을 것이다.

신의 딸, 위대한 칼리오페 프레스콧.

그 언젠가를 살아갈 수만 있었다면.

칼리의 목소리는 테디 베어가 새겨진 분홍색 비석 아래의 관에 있다.

"내가 왜 여기에 있는지 모르겠어. 너는 그 아래에 없다고 말할 거 알아. 내가 그냥 혼잣말하고 있다는 것도. 하지만 다른 무얼 할 수 있는지 모르겠어. 난 그냥 뭐랄까… 누군가와 얘기해야 하는데, 네가 내 가장 친한 친구잖아. 너만큼 나를 이해하는 사람은 없어. 네가 나를 완전히 이해하는지는 잘 모르겠지만. 아니, 이해했었는지… 아무튼."

목이 아프다. 말을 너무 많이 하고 있다.

"기억나? 우리가 같이 본 죽어 가는 사람들이 나오는 영화. 너는 묘지 장면이 싫다고 했었지. 남은 사람들이 비석에 말하고 땅속에서 썩어 가는 사람에게 보고 싶다고 말하는 게 싫다고. 관 속에는 지구를 오염시키는 뼈만 가득하고 그 사람은 없다고 말했어. 그런데 나한테 그 사람들이 어떻게 되는지는 말한 적 없잖아. 그 사람들은 유령처럼 우리를 바라보

면서 주위를 떠다니는 거야? 아니면 천국으로 올라가거나, 지옥에 내려가
니? 그것도 아니면 그 중간 어디쯤에 있는 거야? 우리는 어디로 가는 거
야? 아빠는 엄마가 아직 곁에서 우릴 지켜보고 있다고 해서. 너도 아직
여기 어딘가에 있니?"

칼리가 나를 바라보고 있기라도 하듯 주위를 둘러보았다. 내 바보 같
은 말에 고개를 절레절레 저으며 얼굴 한가득 웃음 짓고 있을 것만 같
다. 물론 이곳엔 아무도 없다. 나 홀로 비석을 향해 말을 걸고 있을 뿐.
아무래도 테디 베어에게 직접 말하는 게 낫겠다. 그나마 이 녀석은 나에
게 관심 있어 보이니까.

"나더러 정신과 의사를 만나 보는 게 좋겠다고 하더라. 처음에 네가 그
렇게 되고 나서… 알고 있었어? 웃기지 않니? 네가 항상 나보고 제정신이
아니라고 말했었잖아. 정말 그런가 봐. 그 후로 말하는 것을 그만뒀어.
하더라도 많이는 아니었어. 한동안은 아빠한테도 말하는 걸 그만두었는
데, 계속 그럴 수는 없었어. 아빠가 그 벽을 무너뜨렸거든. 이미 꽤 무너
져 있었으니까 그렇게 어렵진 않았을 거야. 물론 아빤 정말 좋은 분이지.
너도 늘 그렇게 말했었잖아."

분홍색 비석 위에 꽃이 놓여 있다. 나는 손을 뻗어 그걸 만졌다. 비단
으로 만든 것 같았다. 비가 오면 이 꽃은 어떻게 될까?

"그래도 한동안 말을 했던 사람이 있었어. 어떤 여자애야. 만나야만 했
던 친구였어. 내가 도와주어야 할 사람. 네가 나를 도와줬던 것처럼 말
이야. 뭐, 사실 네가 나를 도와준 거랑은 다르지만. 사실 완전히 다르지.
아무튼 중요한 건 결국 그 애가 나를 도와주었다는 거야. 사람들과 지내

는 능력이 나보다 훨씬 낫더라. 나는 아직도 정말 엉망인데. 네가 떠나고 나서 더 심각해졌어. 네가 떠나고 나서…. 진짜 바보 같다. 이렇게 말하니까 그냥 네가 여행이나 멀리 있는 학교로 전학 간 것 같잖아. 사람들은 꼭 그러잖아, 너도 알지? 죽었는데, 다른 말로 꼭 죽은 게 아닌 것처럼 표현하는 거. 돌아가셨다거나, 가 버렸다거나, 천국에 갔다고 해. 네가 죽고 나서 그 말들을 전부 들었어."

마지막 말에서 목소리가 갈라졌다. 내 몸이 조각조각 바스러지는 느낌이 온몸으로 퍼졌다. 처음 부서져 내린 건 다리였다.

나는 땅바닥에 주저앉았다. 나는 몸이 흩어지지 않게 하려고 무릎을 가슴으로 끌어당겨 감싸 안았다. 그러고는 분홍색 비석에 얼굴을 기댔다. 비석이 뺨에 닿는 느낌이 차갑다.

"네가 어떻게 죽을 수 있어? 옆에 앉아서 멀쩡히 노래를 부르다가 어떻게 그냥 그렇게 가 버릴 수 있냐고! 어쩜 그렇게 쉽게 사라져? 난 이해가 안 돼. 넌 누구한테도 상처 준 적 없잖아. 넌 나쁜 사람이 아니었어. 그런데 왜 그렇게 가야 했어? 아니, 가 버린 게 아니야. 죽었어. 왜 죽어야만 했어?"

멍청한 질문이다. 나는 그 대답을 알고 있으니까.

나는 얼굴을 문질렀다. 얼굴이 젖어 있어 깜짝 놀랐다. 울고 있는 줄도 몰랐다. 눈이 심각하게 망가졌나 보다.

"멍청한 질문이네. 그렇지? 네가 왜 죽었는지 우리 둘 다 아는데. 내가 망쳐 버렸잖아, 그렇지? 아빠는 내 잘못이 아니라고 하지만, 전부는 아니어도 내가 뭔가를 했어야 한다는 거 우린 알고 있잖아, 그렇지? 약속한

대로 네 옆에 있었다면, 내가 운전을 했었다면, 그럼 넌 죽지 않았을 거야. 그렇지?"

나는 대답을 기다리며 비석을 바라보았다. 분홍색 테디 베어는 조용히 미소 짓고 있었다. 그 분홍색 눈과 입이 웃는 모양이 마치 나를 놀리는 것 같아 화가 났다.

"우리 왜 그렇게 바보 같았을까? 왜 날 데리고 갔어? 왜 매트 열쇠를 가져온 거야? 왜 너한테 운전을 하라고 했을까? 우리 대체 무슨 생각을 하고 있던 거야? 그 빌어먹을 커피를 갖다 주려고 그 차를 가져갈 필요도 없었잖아! 우린 진짜, 진짜 바보였어. 네 테디 베어도 바보 같고."

나는 손등으로 코를 훔쳤다. 손등이 더러워져서 바지에 닦았다. 칼리가 봤다면 더럽다고 질색했을 것이다.

"나 이제 어떻게 해야 돼? 나더러 학교로 돌아가래. 어떻게 학교로 돌아가서 모두를 볼 수 있지? 내가 너 없이 어떻게 학교를 가?"

이게 만약 칼리가 싫어하는 영화 속 장면이라면 죽은 사람의 영혼이 갑자기 나타나 울고 있는 사람이 기운을 차리도록 뭔가 현명하고 기운이 나는 말을 해 주었을 것이다. 울던 사람은 자리에서 일어나 신파조의 목소리로 작별을 고했겠지. 그러면 영혼은 서서히 멀어지고 엔딩 자막이 올라갈 것이다.

"네가 정말 나타나서 내게 말을 건다면, 분명 영화처럼 부드럽고 말랑말랑한 말은 아닐 거야. 안 그래? 분명 나한테 이제 좀 닥치고 스스로에게 미안하다는 소리 좀 그만하라고 하겠지. 내 엉덩이를 걷어차며 학교로 돌아가라고 말하겠지. 이미 수천, 수만 번이나 나한테 그랬던 것처럼.

그렇지?"

나는 앉아서 기다렸다. 무얼 기다리는 건지 모르겠다. 이게 영화가 아닌 건 나도 안다. 칼리의 영혼이 나타나 나에게 말을 하지는 않을 테지만 나는 여전히 기다렸다. 그리고 아직 조금씩은 훌쩍였지만 눈물이 멈췄다.

"아주 잠깐이라도 네가 다시 돌아오면 좋겠어. 나타나 주면 안 돼? 영화 속에 나오는 영혼처럼 말이야. 아주 잠깐만. 배우가 되는 거야. 위대한 칼리오페. 아니면 그냥 원래의 너로 나타나서 늘 그랬듯이 나를 고쳐 줘. 그게 네 할 일이잖아. 죽었다고 그만두는 게 어디 있어. 칼리, 제발…."

내가 뱉은 말에 나는 고개를 젓고 입을 다물었다. 칼리가 돌아오지 않을 거라는 건 알지만 계속 그 자리에 앉아 있었다.

"아빠가 물었어. 네가 운전을 하게 내버려 두어서 네가 나한테 화냈을 것 같으냐고. 나는 그러지 말았어야 했어. 너 대신 내가 운전을 했어야 돼. 정말, 정말 미안해."

미안해. 또 그 말이다. 하지만 이번엔 진심이다. 정말 미안하다. 내가 얼마나 미안해하는지 칼리가 알면 좋겠다.

칼리가 나에게 괜찮다고, 나를 용서한다고, 나도 곧 괜찮아질 거라고 말해 주면 좋겠다.

얼마나 오랫동안 앉아 있었는지 모르겠다.

다리가 저렸다. 나는 가까스로 몸을 일으켰다.

"가 봐야 할 것 같아. 내 말을 들을 수 있는지 모르겠다. 네가 어디 있는지도 모르고. 어딘가에 있기는 할까. 그래도 혹시 모르니까…"

나는 분홍색 비석 위, 테디 베어와 함께 영원히 새겨져 있을 이름을 보며 그 자리에 서 있었다. 눈물이 다시 차올랐지만 이제 어린애 같은 짓은 그만두자.

칼리를 느껴 보려고 나는 조금 더 서 있었다. 내가 혼자라는 걸 확인하려고 주위를 둘러본 다음 눈을 감았다. 나는 깊고 떨리는 숨을 들이마신 다음 천천히 내뱉었다.

일 년 만에 처음으로 노래를 부를 수 있을 것 같다. 무대에 오를 기회조차 없던 발표회 곡을 부르고 싶었지만 가사가 기억나지 않았다.

모르는 부분은 "수—박—"으로 얼렁뚱땅 부를 수도 있지만 그건 칼리만의 것이다.

내가 부를 수 있는 노래가 하나 있다.

주머니에 손을 넣는다. 부드러운 조니의 무지개를 만지며 깊게 숨을 들이마셨다. 그리고 나는 내 친구들을 위해 무지개를 노래하기 시작했다.

분홍빛 정적 속에서 울리는 내 목소리는 쉬어서 예전과는 다르게 들렸다. 주위에 새밖에 없는 게 다행이다. 칼리는 이런 내 목소리가 굉장히 섹시하다고 했겠지만. 그리고 조니는 미소 지으며 눈빛으로 음악에 맞춰 춤을 추었을 것이다.

조니와 칼리가 어딘가에 함께 있을까? 내가 이해하지 못하는 것들을 함께 나누고 있을까?

만약 그 둘이 함께 나를 보고 있다면, 홀로 묘지에서 반짝이는 분홍색 돌을 향해 무지개를 노래하는 나를 보고 완전히 정신이 나갔다고 놀릴지도 모른다.

맹세컨대, 노래를 끝마치자 누군가의 웃음 소리가 들렸다.

두 사람의 웃음소리다.

오, 나의 재즈맨,

덧없는 상냥함과

여름의 산들바람은

은은히 떠다니며

살며시 맴도네

닿지 않으면 한낱 숨소리일 뿐

가장 부드러운 속삭임에

우리는 귀 기울이지만

너는 그저 침묵하네

무사히 떠내려가네

아름다운 영혼들이

평화의 꿈을 꾸는 그곳으로